古波斯经典神话

افسانه های مقدس پارسی باستان

元文琪　于桂丽　编译

创于1897
The Commercial Press
商务印书馆

图书在版编目（CIP）数据

古波斯经典神话 /（伊朗）埃赫桑·亚尔沙泰尔编著；
元文琪，于桂丽编译 . — 北京：商务印书馆，2021
ISBN 978-7-100-18903-3

Ⅰ.①古… Ⅱ.①埃… ②元… ③于… Ⅲ.①神话 –
作品集 – 伊朗 Ⅳ.① I373.73

中国版本图书馆 CIP 数据核字（2020）第 146875 号

GUBOSI JINGDIAN SHENHUA

古 波 斯 经 典 神 话

元文琪 于桂丽 编译

商 务 印 书 馆 出 版
（北京王府井大街 36 号 邮政编码 100710）
商 务 印 书 馆 发 行
天津旭丰源印刷有限公司印刷
ISBN 978 – 7 – 100 – 18903 – 3

2021 年 3 月第 1 版 开本 889×1194 1/16
2021 年 3 月第 1 次印刷 印张 19½

定价：58.00 元

目　录

下　编　史诗《列王纪》选粹

——盖世英雄鲁斯塔姆传奇

2

编译者序言

　　伊朗古称波斯，是个有着悠久历史和文化传统的亚洲国家。它像其他世界文明古国一样，也有许多优美动人的神话与传说，只是由于种种原因，以前没有翻译和介绍过来，所以我们才对它感到比较生疏。其实波斯神话无疑是波斯文学创作的源泉，也是古波斯文学的重要组成部分。2020 年秋季学期，此书部分内容首次用于北京外国语大学新生研讨课教学，引起学生们关注和喜爱，普遍反映这门课使他们加深了对颇感生疏的古波斯传统文化的了解和认识，使他们的"心灵从古波斯人的智慧和道德中得到滋养。"鉴于此，本书的出版，必将引起我国读者，尤其是神话爱好者和学习波斯语言文化的广大师生极大兴趣。

　　本书上编，根据伊朗学者埃赫桑·亚尔沙泰尔编著的《古波斯神话与传说》（德黑兰图书翻译出版社，1958 年）翻译而成，包括十一篇古波斯经典神话。从原始之初神主霍尔莫兹德与阿赫里曼争斗天宇，到贾姆希德接受神主霍尔莫兹德的指示修建城堡，从贾姆希德的故事到萨珊王朝开国皇帝阿尔达希尔·帕帕克的生平业绩和文治武功，这些神话与记录它的文献——萨珊王朝时期的流行语言帕拉维语一并保留下来。最后两篇故事《扎里尔与阿尔贾斯布》和《阿尔达希尔·帕帕克行传》，是根据伊朗第一部长篇叙事诗《缅怀扎里尔》和富有浪漫色彩的传奇故事《阿尔达希尔·帕帕克的业绩》编译而成的。成书于公元五世纪末六世纪初的《缅怀扎里尔》，是一部洋溢着爱国主义热情的英雄赞歌，它记述了伊朗和邻国突朗之间因宗教分歧而发生的一场战争。作者通过对战争起因、战争动员、战争经过和战争结局的生动描绘，讴歌了伊军统帅扎里尔为坚持民族宗教信仰，为捍卫国家的独立和尊严，而英勇杀敌、为国捐躯的英雄壮举；赞扬了以扎里尔的幼子巴斯塔瓦尔等人为代表的伊军将士浴血奋战、全歼敌军的大无畏英雄气概；同时嘲讽了突朗国君阿尔贾斯布及其将领比达拉弗什的飞扬跋扈、阴险狡诈的丑恶嘴脸，因而深刻地阐明了这样一个主题：为祖国和正义事业而战必胜，倒行逆施、胡作非为者必败！

《阿尔达希尔·帕帕克的业绩》约成书于公元六世纪末七世纪初，讲的是有关萨珊王朝开国皇帝的历史传说故事。全书分为四章，每章又以大故事套小故事的框架结构层层展开情节，显得跌宕起伏，引人入胜。主人公阿尔达希尔的形象，在为完成统一国家大业和为民除害的激烈斗争中突出地表现出来。他那种坚忍不拔、百折不挠的奋斗精神，那种排除万难去争取胜利的英雄气概，给人们以鼓舞和向上的力量。尽管故事中含有君权神授、人命天定和圆梦占卜等宗教迷信的成分，但仍不失为古波斯神话传说中的上乘之作。

上编十一个故事虽篇幅不长，却具有统筹兼顾、选材精当的优点；因而使我们能够"管中窥豹"，略见别具风采的前伊斯兰时期伊朗的神话与传说的大概。似乎应该说，具有鲜明民族特色的古波斯经典神话传说，不愧为世界民间文学艺术宝库中的珍品，完全值得我们加以欣赏和研究。[①]

下编包括民族史诗《列王纪》选粹，从自古英雄多悲歌——盖世英雄鲁斯塔姆传奇、鲁斯塔姆降生、少年初露锋芒到兄弟自相残杀、鲁斯塔姆遇难等九个精彩篇章。这些家喻户

---

① 参见元文琪著：《二元神论：古波斯宗教神话研究》，中国社会科学出版社，1997。

晓的神话传说故事，取材于民间传说和不同版本的《王书》创作，经过诗人菲尔多西呕心沥血三十余年的加工润色，使鲁斯塔姆的英雄形象显得更为高大、丰满和光彩照人。这部洋洋十万四千余行[①]的鸿篇巨制，用了将近五分之三的篇幅，集中描写几乎贯穿整个英雄时代、长达数百年之久的古代伊朗（主要是传说中的凯扬王朝）与东部邻国突朗[②]之间的战争。在这场保家卫国和维护本民族宗教信仰的战争中，伊朗人民前仆后继、浴血奋战，做出了重大牺牲，涌现出许多功绩卓著、可歌可泣的英雄人物，而作为这场战争主角的鲁斯塔姆则不愧为英雄群中的翘楚、首屈一指的豪杰。他先后七次力挽狂澜，使凯扬王朝转危为安，真正称得起是国家栋梁和军队的坚强后盾，伊朗民族的中流砥柱。

民族史诗《列王纪》又译为《王书》，其作者菲尔多西（公元940—1020年），生于霍拉桑的图斯，"戴赫干"[③]阶层。自幼受到良好的文化教育。他熟谙阿拉伯语和萨珊帕拉维语，对伊斯兰哲学和宗教学也有一定造诣。卷帙浩繁的史诗《列王纪》结构宏伟，人物众多，几乎囊括了前伊斯兰时期和伊斯兰初期伊朗民间流行的神话传说和历史故事。

从开天辟地、文明之初写起，直至萨珊王朝（公元224—651年）被游牧的、笃信伊斯兰教的阿拉伯人所灭。上下四千余年，经历了五十位国王的统治。主要记述传说中伊朗庇什达德王朝、凯扬王朝和历史上萨珊王朝诸帝王的文治武功、众英雄的丰功伟绩。书中生动地再现了各个历史时期伊朗人民的劳动

[①]《列王纪》的传抄本不同，诗行多少有别。另说为十二万行。——编译者注，下同从略，不再另行加注。

[②] 位于伊朗东北部（河外地区）的突厥人国家。在波斯古经《阿维斯塔》中被称作"突尔亚那"。据传说，庇什达德国王法里东在位后期，将这块国土分给长子突尔，因而得名。

[③]"戴赫干"，词义为"农民""土地所有者"。菲尔多西时代是指中、小地主或乡绅，他们具有强烈的民族意识，并以传承本民族文化为己任，十分重视古波斯文化的传播。

生活、社会斗争和精神风貌。因而，它被认为是古波斯人政治、文化生活的百科全书，民族成长和发展的历史画卷。从写作顺序和体裁上，似可将《列王纪》描述的历史内容大致划分为三个部分：

1. 神话传说（公元前3223—前782年），万余行诗。着重记述伊朗雅利安人的起源、古波斯文明的萌芽、火的发现、农耕的开始、衣食的制作和文字的使用等。

2. 英雄传奇（公元前782—前50年），六万余行诗，是史诗的精华和核心部分。作者透过对传说中伊朗与邻国突朗之间长达数百年之久的战争（从庇什达德王朝后期至凯扬王朝结束）的详尽描述，成功地塑造了若干开拓疆土、抗击异族入侵的帝王形象，如性情乖戾又好大喜功的凯·卡乌斯、文武双全又智慧贤明的凯·霍斯鲁和权迷心窍、一意孤行的古什塔斯布等；歌颂了一大批忠君爱国、为民除害的英雄人物，如萨姆世家和凯扬王族、国师古达尔兹和军事统帅图斯世家，以及米拉德、法里东和巴尔津等家族成员，他们无不是功绩卓著、声名显赫的豪杰。尤其是有关"盖世英雄"鲁斯塔姆的故事片段，写得精彩纷呈，感情沛然，堪称波斯古典叙事诗的典范。

3. 历史故事（公元前50—651年），三万余行诗。主要描述萨珊王朝诸帝王的内政外交和国家的兴衰荣辱，其中对开国立业的阿尔达希尔·帕帕克、以"宽肩"著称的沙普尔、勇武过人的巴赫拉姆·古尔、治国有方的阿努希尔旺、与亚美尼亚姑娘希琳相爱的霍斯鲁·帕尔维兹等帝王的形象，刻画得比较生动细腻。关于历史上马兹达克教徒起义、著名宰相伯佐尔格·梅赫尔的直言进谏、象棋从印度传入、《卡里来和笛木乃》的翻译，以及边陲守将巴赫拉姆·丘宾叛乱等故事的描写，也给人留下颇为深刻的印象。

本书最后附录了"经典神话与传说补遗"，其中包括以下内容：

一、琐罗亚斯德教经典神话与传说四篇《隐遁先知降世除恶神话》《具有非凡神力的灵体神话》《人类始祖凯尤玛尔斯的传说》《虔诚的维拉夫梦游记》。

二、中古波斯文学经典故事两篇《希琳和法尔哈德》和《波斯王子胡玛与中国公主胡玛雍》。

1.《希琳和法尔哈德》的故事，在伊朗家喻户晓，妇孺皆知，并在多位波斯诗人作品中提及。这个故事取材于诗人内扎米的名著《霍斯鲁与希琳》，该书共一万三千行，讲述萨珊国王霍斯鲁·帕尔维兹（公元 590—627 年在位）与亚美尼亚公主希琳感人肺腑的爱情故事。菲尔多西的史诗《列王纪》曾提到这则民间传说，但内容过于简略。内扎米做了增补润色，成功地塑造了一位情爱甚笃、坚贞不渝的贵族妇女形象。

2.《波斯王子胡玛与中国公主胡玛雍》是公元十四世纪苏非派诗人哈珠·克尔曼尼（1310—1373）家喻户晓、妇孺皆知的作品。哈珠·克尔曼尼 1310 年生于克尔曼，殁于设拉子。童年在家乡度过，成人后游学雷伊、伊斯法罕、阿塞拜疆、大马士革、伊拉克和埃及等地。据说在设拉子逗留期间，与抒情诗巨擘哈菲兹过从甚密，两人建立深厚友谊。故此赢得"园丁诗人"的美誉。哈珠·克尔曼尼的作品有"伽西代"体颂诗集和"伽扎尔"体抒情诗集，以及仿内扎米风格的叙事诗，《波斯王子胡玛与中国公主胡玛雍》是其中之一，全诗约四千三百行。有道是，天公作美，有缘千里来相会，有情人终成眷属。喜见伊朗胡玛王子与中国公主胡玛雍缔结良缘，相敬如宾，相亲相爱，共度美满幸福的生活。这段中国和伊朗联姻的佳话，世代相传，成为丝绸之路上两国友好交往、源远流长的明证。

上述这些经典神话与传说的产生、发展和演变，与史前雅利安人长期漂泊迁徙的历史演变密切相关。

早在公元前四千纪至前三千纪，生活在中亚阿姆河和锡尔河流域的印度—伊朗雅利安人，已由新石器时代晚期过渡到金属时代。公元前 1750 年左右，印度—伊朗雅利安人游牧部落由于人口繁衍和寻觅水草丰盛之地的需求，开始溯阿姆河和锡尔河向中亚南部迁徙。他们中的一部分越过兴都库什山进入印度河中上游的旁遮普谷地，被称为印度雅利安人；另一部分南下拥进阿富汗和伊朗高原，被称为伊朗雅利安人。这种不断地、渐进地向南扩张的移民浪潮，在伊朗高原持续了七八百年的时间。从公元前十一世纪至公元前八世纪，伊朗各部落开始由原始公社制社会向奴隶制社会过渡。在这个历史大变动时期，产生了反对传统的自然崇拜和多神信仰，力主奉祀善神阿胡拉·马兹达（又称霍尔莫兹德）的琐罗亚斯德教（即祆教，亦称拜火教）。该教的圣书《阿维斯塔》收录了古老的神话与传说，从不同角度反映了原始社会和由原始社会向奴隶制社会过渡时期印伊人和伊朗雅利安人的劳动生活、社会斗争和精神面貌。

公元前 550 年居鲁士大帝创建的阿契美尼德王朝，是伊朗第一个庞大而松散的奴隶制国家，它于公元前 331 年灭于希腊—马其顿的亚历山大之手。异族的统治维持不足一百年，就被帕提亚（安息）王朝（公元前 247—224 年）取而代之。随后，萨珊王朝（公元 224—651 年）崛起，它作为一个经济昌盛、文化发达的中央集权制国家，统治伊朗长达四百余年，直至公元 7 世纪中叶被笃信伊斯兰教的阿拉伯人所征服。如果说前伊斯兰时期阿契美尼德王朝的楔形文字（古波斯文）仅在帝王的碑志铭文中给我们留下一些支离破碎的神话传说片段，那么帕提亚和萨珊王朝的帕拉维文（中波斯文）古籍经典就为我们保存了相当丰富的宗教神话和英雄传说。

前伊斯兰时期保存神话传说最为丰富，影响也最显著的，当首推波斯古经《阿维斯塔》。《阿维斯塔》是伊朗最古老的一部诗文总集，约成书于公元前十一至前八世纪。相传古人曾用金字把它抄写在一万两千张牛皮上，存放在帝王的宝库中。公元前四世纪亚历山大东征波斯时，将其付之一炬。帕提亚国王巴拉什一世（公元51—78年在位）曾下令搜集散失在民间的波斯古经的断简残篇，但未能成书；直至萨珊王朝的著名国君阿尔达希尔在位期间（公元224—240年在位），才在广泛收集和认真整理的基础上，由祭司重新编订出二十一卷本的帕拉维文《阿维斯塔》，全书共有三十四万五千七百字。信奉伊斯兰教的阿拉伯人入主伊朗之后，琐罗亚斯德教日趋衰落，其圣书《阿维斯塔》亦被《古兰经》取而代之。随着岁月的流逝，它的大部分已经散失，流传至今仅存八万三千字，大致可分为《伽萨》《亚斯纳》《亚什特》《万迪达德》《维斯佩拉德》和《胡尔达·阿维斯塔》六个部分。

与本书上编有关的《亚什特》，是波斯古经中篇幅最长，写得也最生动有趣的部分，共二十一篇，均以神祇的名字作标题。从语言和写作方法看，大体上可分为长、短两类。而且含有大量的原始神话、英雄传说和民间故事片断，具有重要的历史和文学价值。

除了波斯古经之外，前伊斯兰时期伊朗的神话传说，还保存在帕拉维语宗教典籍《班达赫申》和《丁·卡尔特》中。这两部重要的《阿维斯塔》文献，皆出自祭司之手，约成书于公元九世纪。《班达赫申》意为"原始的创造"，共三十六章，现存一万三千字。主要讲述善本原的原始创造与恶本原的破坏捣乱、尘世万物从创生到毁灭的演变过程，以及传说中伊朗凯扬王朝诸帝王的统治疆域和丰功伟业。另一部《阿维斯塔》文献《丁·卡尔特》享有琐罗亚斯德教"百科全书"的美誉，共九卷（前两卷已失传），十六万九千字。书中除了有关波斯古经的成书、保存、被焚毁和重新编定，以及该圣书各卷名称及其内容梗概的记载之外，还记述了教主琐罗亚斯德的训示及其生平业绩，并详细阐述了各种宗教法规和戒律。取材于《丁·卡尔特》的《琐罗亚斯德的诞生》，尽管把教主琐罗亚斯德的出生说得天花乱坠，神乎其神，什么他的灵光来自"漫无边际的光源"，他

的灵魂附着在天国里的胡姆草上，他的躯体是天神用水和草制成的，他的诞生是灵光、灵魂和躯体三合一的产物，等等，其目的无非是要把琐罗亚斯德捧上天，使百姓奉之若神明而已。但是，只要我们仔细阅读，用心思考，仍可从字里行间发现琐氏诞生于其中的社会形态，是以逐水草而居的游牧业为主的民族部落社会。马克思说得好，神话"也就是已经通过人们的幻想用一种不自觉的艺术方式加工过的自然和社会形式本身"。因此，神话故事无论怎样玄之又玄，终归还是逃不出社会现实的制约，这乃是一条铁的法则。

古波斯神话传说，内容丰富，浩如烟海，且具有鲜明的民族特征，堪称历史悠久的古波斯文学的源头，影响深远。这些神话传说在民间广为流传，影响深远。治波斯文化的学者和对古波斯文化感兴趣的读者，只有了解了这些神话传说，才能加深对波斯文化传统的认识，才能深刻理解波斯人的民族性格和思想观念的来龙去脉。据悉，中国大学里的波斯语言和文学教学中，缺乏有关这方面的教学，应该予以增补为善。

编译者

2020 年 10 月 20 日

上编

古波斯经典神话

一　霍尔莫兹德与阿赫里曼

根据帕拉维语文献《班达赫申》编写

【按语】伊斯兰教问世之前，古代伊朗人信奉琐罗亚斯德教。先知琐罗亚斯德号召人们投入"抑恶扬善"的伟大斗争，他鼓励辛勤劳作，赞誉真诚、善良的嘉言懿行，反对邪恶和虚伪。萨珊王朝时期诸国君，如阿尔达希尔①、沙普尔②和阿努希尔万③等，无不是琐罗亚斯德的虔诚信徒和热情赞助者。

　　琐罗亚斯德教教徒对世界的创立有其独特的看法。他们坚信，人世间一切美好和有益的事物，全都是至高无上的神主霍尔莫兹德的创造；而世上一切邪恶和有害的东西，皆出自恶魔阿赫里曼之手。在他们眼中，阿赫里曼是穷凶极恶、狰狞可怖的魔鬼，他专事伤害神主霍尔莫兹德的创造物；他千方百计地蛊惑人心，妄图把黎民百姓引入歧途。阿赫里曼作恶多端，不

---

① 阿尔达希尔（公元224—240年在位），伊朗萨珊王朝的开国皇帝。
② 沙普尔一世（公元240—270年在位），阿尔达希尔之子，曾大败罗马军队，俘获罗马皇帝瓦勒里安。
　沙普尔二世（公元309—379年在位），根据他的命令，大祭司长阿扎尔帕特·梅赫拉斯潘丹编定《胡尔达·阿维斯塔》，即波斯古经《阿维斯塔》的简缩本。
③ 阿努希尔万（公元531—579年在位），曾实行重大的社会改革，使萨珊王朝呈现空前繁荣的局面。

遗余力地创造种种灾难。衰老、疾病、痛苦、折磨、虚伪和丑恶，等等，无不是他带到尘世来的。

琐罗亚斯德教教徒认为，世界上存在着善与恶两种力量，它们如同光明与黑暗一样泾渭分明。一个是善良、美好和幸福的源泉，一个是邪恶、丑陋和罪恶的渊薮；霍尔莫兹德无疑是前者的象征，阿赫里曼则是后者的体现。琐罗亚斯德教教徒确信，人类是神主霍尔莫兹德创造的，而阿赫里曼则竭力进行煽动和蛊惑，以诱使人们走上犯罪的道路，存在于神主霍尔莫兹德和魔王阿赫里曼之间的斗争至今尚未结束，人类应该好自为之，以真诚、善良的美德，帮助神主霍尔莫兹德夺取最后的胜利。

关于开天辟地和人类的创造，琐罗亚斯德教教徒有这样的传说：早在原始之初，就存在着互不相同、截然分开的两个世界，它们分别属于霍尔莫兹德和阿赫里曼。智慧的霍尔莫兹德预见到阿赫里曼将向他的世界发动进攻，为防患未然，首先着手创造了由纯洁的精灵组成的天国。阿赫里曼则创造出形形色色的妖魔鬼怪，以期在与霍尔莫兹德的战争中得到他们的支援和帮助……下面讲述的故事，是根据帕拉维语文献《班达赫申》[1]的有关记载编写而成的。

善良、纯洁的创造者霍尔莫兹德，生活在无限光明的世界，他的仁慈和智慧是无与伦比的；而邪恶、卑贱和冥顽不灵的阿赫里曼，则深藏于黑咕隆咚的魔窟中。在光明世界和黑暗世界之间隔着一个广大的空间，两者遥遥相对，彼此不相通连；两个世界的另一端是无边无际、没有尽头的。

无比智慧的霍尔莫兹德早就知道远处有个黑暗世界，恶魔阿赫里曼出于卑鄙、邪恶的本性，绝不会安于现状规规矩矩地过日子，终有一天他将伸出魔掌，使光明世界遭受灾难。为了

---

[1]《班达赫申》，帕拉维语的重要文献，约成书于公元 9 世纪。全书共四十六章，内容是讲神主马兹达对天国和尘世的创造，恶魔阿赫里曼给光明世界带来的灾难，以及善与恶两大势力的斗争。书中有不少传说中的帝王和英雄的故事。

石刻画：神主阿胡拉·马兹达（即霍尔莫兹德）把象征王权的"光环"
递到阿尔达希尔手上。阿胡拉·马兹达和阿尔达希尔面对面
骑着战马，阿赫里曼和阿尔达万的尸体被踩在马蹄下。

防患于未然，做好反击恶魔阿赫里曼的准备，霍尔莫兹德经过一番思考，决定首先创立一个理想的天国。在这个理想的天国里，既没有水和土，也没有皮肉和躯体，唯一的存在物是精灵。在这个天国里，既没有物质的运动，也没有言论和行动，到处是一片宁静和安谧。

霍尔莫兹德建成天国之后，转眼已过三千年。

愚昧透顶的阿赫里曼，起初并不晓得还有一个光明世界。这一天，他钻出黑魆魆的魔窟，东游西逛，无意中发现了霍尔莫兹德光辉灿烂的世界。阿赫里曼又是惊愕，又是妒忌，于是顿生邪念，妄图摧毁这个美好的世界。破坏成性的阿赫里曼惯于暴殄天物，自然容不得光明世界的存在。但他很快就明白了，贸然发动进攻是战胜不了强大的霍尔莫兹德的。无奈何，他只好怏怏不乐地返回去，钻进自己那黑暗的魔窟。

阿赫里曼并未死心，他在冥思苦想地打主意，必欲摧毁光明世界而后快。为达此目的，他创造出形形色色的妖魔鬼怪。

阿赫里曼中计

霍尔莫兹德看到阿赫里曼创造出许多丑陋不堪、狰狞可怖的妖魔鬼怪，心中毫不畏惧，因为他已预见到这场斗争的结局，对未来充满必胜的信心；只是出于策略的考虑，这才向阿赫里曼提议讲和。霍尔莫兹德心平气和地说道："阿赫里曼呀，信仰和赞美我的创造物吧！作为报答，我将使你免于死亡，获得永生，过上不愁吃喝的美满生活。"

闻听此言，阿赫里曼误以为霍尔莫兹德是因心虚胆怯才向他乞求和解。于是，他大吼一声，喝道："休得胡思乱想！你我势不两立，不共戴天，怎能叫我信仰和赞美你的创造物？相反，我将使你的创造物永远遭受折磨，让他们不再向你顶礼膜拜，而要跪倒在我的脚下！"

霍尔莫兹德放声笑道："阿赫里曼呀，你也太不自量力了！妄想加害于我的创造物，让他们背叛我而屈服于你？哈哈！谈何容易！"

然而，睿智的霍尔莫兹德心里明白，对阿赫里曼的威胁不可掉以轻心！应该设法确定斗争的年限，以便争取一段时间，做好制服阿赫里曼及其众妖魔的充分准备；如若不然，任其肆意破坏捣乱，就可能被他们钻了空

阿赫里曼

子，美好的创造物就可能上当受骗，误入歧途，被他们拉过去做坏事。

想到这里，霍尔莫兹德和颜悦色地说道："阿赫里曼呀，这样办吧！咱们商定一段时间，作为双方斗争的期限，譬如说，九千年，你看怎么样？"

冥顽不灵的阿赫里曼觉得这样也未尝不可，便点头答应了。

随后霍尔莫兹德斩钉截铁地表示，他必将赢得这场斗争的最后胜利，因为能未卜先知的霍尔莫兹德对未来九千年的斗争过程和结局早已了如指掌。头三千年内，阿赫里曼将龟缩在黑暗的魔窟中，束手无策，一筹莫展，而霍尔莫兹德将成为独步天下、无可争辩的统治者。第二个三千年，阿赫里曼将与霍尔莫兹德争夺世界的统治权。这时世界上充满光明与黑暗的激烈搏斗，善与恶两大势力相互纠缠在一起，被称为"混合时期"。最后三千年，霍尔莫兹德在真诚善良的人们的协助下，将彻底战胜阿赫里曼及其众妖魔。

阿赫里曼听说斗争最后胜利将属于霍尔莫兹德，心中惴惴不安。此时，霍尔莫兹德开始吟咏神圣的颂歌。

刚刚诵读三分之一，阿赫里曼就觉得头重脚轻，站立不稳；诵读过三分之二，阿赫里曼便不由自主地跪倒下去；诵读完最后一部分，阿赫里曼已经六神无主、不知所措了。他失魂落魄地逃回他的住处，龟缩在黑魔窟之中，无精打采地混过了三千年。

霍尔莫兹德开天辟地

就在阿赫里曼蛰居于地狱般的魔窟的三千年当中，霍尔莫兹德有条不紊地充实了天国，并着手创造尘世，以便在罪恶的阿赫里曼发动进攻之前，修建起异常坚固的防御工事。

为了充实天国，霍尔莫兹德创造出六大天神，作为自己统

辖世界和与阿赫里曼进行斗争的得力助手。这六大天神依次为巴赫曼[①]、奥尔迪拜赫什特[②]、沙赫里瓦尔[③]、埃斯梵达尔马兹[④]、霍尔达德[⑤]和莫尔达德[⑥]。

阿赫里曼也不甘示弱，他相应地制造出六大妖魔作为自己的心腹和帮凶，其中米图赫特[⑦]和阿库曼[⑧]是众妖魔的首领，专门与真诚天神奥尔迪拜赫什特和善良天神巴赫曼作对。

在着手创造尘世之前，霍尔莫兹德先用"漫无边际的光源"造出熊熊燃烧的火焰，再用熊熊之火造出形如十五岁青年[⑨]的大气，继则用大气造出液态的水，以便来日制服兴妖作怪的旱魃，最后用水造出了土壤。

火、气、水、土四大要素准备齐全之后，霍尔莫兹德便开始创造尘世。

尘世的创造

霍尔莫兹德首先用熔铁造出天穹，把整个世界罩住。天穹的顶端与"漫无边际的光源"相连通。这苍穹就是霍尔莫兹德

① 巴赫曼，第一大天神，在天国代表神主马兹达的智慧和善良，在尘世为动物的庇护神。
② 奥尔迪拜赫什特，第二大天神，在天国代表神主马兹达的至诚和纯洁，在尘世为火的庇护神。他被推崇为神主马兹达的儿子。
③ 沙赫里瓦尔，第三大天神，在天国代表神主马兹达的威严和统治，在尘世为金属的庇护神，并负责救助贫穷百姓。
④ 埃斯梵达尔马兹，第四大天神，在天国代表神主马兹达的谦虚和仁爱，在尘世为土地的庇护神。土地神被推崇为神主马兹达的女儿，可见其地位的重要。
⑤ 霍尔达德，第五大天神，在天国代表神主马兹达的完美和长寿，在尘世为水的庇护神。水在人类的生活中极为重要，故另有次等的司江河的神灵。
⑥ 莫尔达德，第六大天神，在天国代表神主马兹达的永恒和不朽，在尘世为植物的庇护神。
⑦ 米图赫特，阿赫里曼制造的谎言魔鬼，专门与第二大天神奥尔迪拜赫什特作对。
⑧ 阿库曼，阿赫里曼制造的邪念魔鬼，是第一大天神巴赫曼的敌手。
⑨ 在琐罗亚斯德教教徒看来，男子到十五岁就算成人。

与阿赫里曼作战时用的铠甲。

其次，霍尔莫兹德创造了江河。为了使江河长流不息、永不干涸，特指使能生云的风前去推波助澜。

再次，霍尔莫兹德创造了大地，置于苍穹之下。大地的长度、宽度和深度相等。地表面高低起伏不平，且有高山峻岭位于其上，高山里蕴藏着丰富的石灰、硫黄以及铁和锌等各种金属。地面之下有水在流动。

霍尔莫兹德继则创造了植物。他让一棵树木长出地面，其色泽十分鲜明，但却没有枝叶和树皮，树表面光滑无刺。这棵树上布满各类植物的种子，可用来培育不同品种的花草树木。为使草木繁密茂盛，霍尔莫兹德指令水与火前去相助。

接下去，霍尔莫兹德在"伊朗维杰"[①]的"达依蒂"[②]河岸边，造出一头白牛[③]作为家畜之首，后来"伊朗维杰"便成为雅利安人的故乡。霍尔莫兹德指派水和草去帮助白牛，以使它长得健壮，并能繁殖后代。

最后，霍尔莫兹德创造出第一个人凯尤马尔斯[④]，他像太阳

[①] 古代伊朗人把自己的故乡"伊朗维杰"视为雅利安人的发源地。——原编者注
关于伊朗维杰的地理位置，专家们说法不一。有的认为是指伊朗北部的阿塞拜疆，有的则认为是指伊朗高原以东的费尔干纳，或者在花剌子模和海瓦一带。

[②] 传说中流经伊朗维杰的一条大河，如果说伊朗维杰是在花剌子模，那么达依蒂河就是阿姆河。——原编者注
关于达依蒂河的地理位置，学术界尚无定论。有的说是伊朗西北部的阿拉斯河，有的说阿富汗境内的扎拉弗尚河，或者阿姆河。

[③] 这头牛是霍尔莫兹德创造的第一个四条腿动物，后来所有的动物都是由它繁殖出来的。这头牛被恶魔阿赫里曼折磨致死。——原编者注
据《班达赫申》记载，神主马兹达最先创造出一头公牛，它被阿赫里曼折磨致死。死牛的躯体化为五十五种谷物和十二种药草。牛的精液被运到月宫，经过纯化，产生出一对动物，后繁殖出二百八十二个动物。

[④] 根据古老的传说，凯尤马尔斯是霍尔莫兹德创造的第一个人。他在光明天国生活了三千年，后下凡尘世，在阿赫里曼发动的进攻中被杀死。凯尤马尔斯是人类的始祖，整个人类都是由他繁殖出来的。——原编者注
《列王纪》中的凯尤马尔斯是庇什达德王朝的第一位国君。但据《班达赫申》记载凯尤马尔斯却是神主马兹达创造的第一个人。他在深山老林中独居三十年。死后，从他的脊柱里流出精液，经阳光的照射和净化，渗入地下。过了四十年，从地下长出一株植物，活像大黄的两根连在一起的叶茎。两根叶茎逐渐长成一对男女的形状，男的名叫马什亚，女的名叫马什亚内。五十年后，（下转第11页）

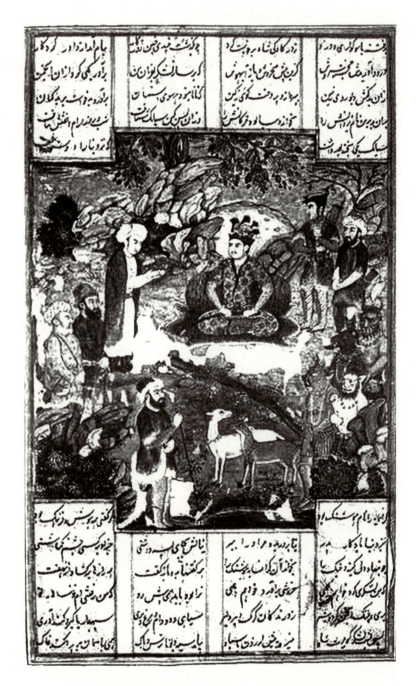

凯尤马尔斯下令与众魔鬼战斗，选自《王书》

一样光彩夺目，霍尔莫兹德在流经大地中央的达依蒂河右岸创造了凯尤马尔斯，白牛就在河的左岸，中间隔着一泻千里、奔流不息的达依蒂河。凯尤马尔斯耳聪目明、口齿伶俐，他是全人类的始祖。

霍尔莫兹德用水创造了世间万物，唯独白牛和凯尤马尔斯是用火造成的。

尘世的创造整整持续了一年时间。霍尔莫兹德分六次创造了我们的世界。每次创造之后，都要休息五天。后来人们就用这五天来欢庆神主开天辟地的成功[1]。

霍尔莫兹德从法尔瓦尔丁月[2]的第一天开始创造世界，先后用四十天造出天穹，用五十五天造出江河，用七十天造完大地，用三十五天造出植物，用七十五天造出动物，用七十天造出人类。

星体的创造

霍尔莫兹德设计并制造出七层天，将太阳、月亮、恒星和行星分别安置在苍穹与大地之间的七层天上，充分做好了迎战恶魔阿赫里曼的准备。

（上接第9页）他们结为夫妻，生出一对男女。这对男女又生出七对男女，其中一对男的叫西亚马克，女的叫纳萨克。他们又生出一对男女，分别叫作弗拉瓦克和弗拉瓦凯因。他们又生出十五对男女。就这样不断地繁衍增殖，人口越来越多。地面上七个国家的居民，全是他们的后裔。

[1] 古波斯人为纪念神主霍尔莫兹德对世界的创造，每年举行六次节日庆祝活动，每个节日持续五天，最后一天达到高潮。这六个节日被统称为"加罕巴尔"，它们依次为米迪尤扎尔姆（2月11—15日）、米迪尤沙姆（4月11—15日）、帕蒂亚沙希姆（6月26—30日）、阿亚萨列姆（7月26—30日）、米迪亚列姆（10月16—20日）和哈马斯帕特马达姆（每年的最后五天，这五天被称作"巴希扎克"）。

[2] 法尔瓦尔丁月，古波斯人有自己特殊的历法，沿用至今基本没变。法尔瓦尔丁月，是伊朗太阳历的第一个月。

第一层天是云彩所在。云层之上是第二层天，上面星斗密布，霍尔莫兹德从闪烁的群星中挑选出四颗明亮的星作为星空的四大首领："泰什塔尔"[1]主管东方诸星，"萨德维斯"[2]主管南方诸星，"瓦南德"[3]主管西方诸星，"哈弗特·欧兰格"[4]主管北方诸星。"哈弗特·欧兰格"的七颗明星与地面上的七个国家互相照应，当恶魔阿赫里曼发动进攻时，七颗明星就负责保护这七个国家[5]的安全。

众星的四大首领又归北极星所统属。因此北极星就成为满天星斗的总司令。

星层之上是第三层天，上面有发出纯光的星体。假使邪恶的阿赫里曼得以穿过星层，那么这第三层天就将是不可逾越的屏障，他是无论如何也通不过去的。

随后，霍尔莫兹德创造了月亮，把它安置在第四层天上，他将世上所有四条腿动物的胎藏置于月亮之中，以免遭受阿赫里曼及其众妖魔的伤害。

在月亮之上，霍尔莫兹德又造出太阳，构成第五层天。太阳和月亮是一切星体的统帅。

在太阳之上是"漫无边际的光源"。这第六层天是"阿姆沙斯潘丹"[6]，即霍尔莫兹德六大助神的住地。最高的第七层天，是神主霍尔莫兹德本人居住的宫殿。

---

[1] 泰什塔尔，或称蒂尔，在《阿维斯塔》中是雨神的名字，也指天狼星。有的学者认为大概是指水星。

[2] 萨德维斯，在《阿维斯塔》中指天狼星的伴星，也是雨神泰什塔尔的助手。后世学者的看法不一，有的认为是指昴星团，有的认为是指织女星座或金牛星座中的一颗星。

[3] 瓦南德，可能是指天琴星座中的一颗星。

[4] 哈弗特·欧兰格，指大熊星座中七颗最明亮的星，即北斗七星。

[5] 古波斯人把整个世界划分为七个国家，并认为伊朗是处于中间的第七个国家，它的面积为其他六个国家的面积之和。《阿维斯塔》中记载的这七个国家是：位于西方的阿雷达希，位于东方的萨瓦希，位于东南方的法拉达·扎弗舒，位于西南方的维达·扎弗舒，位于西北方的武鲁·巴雷什蒂，位于东北方的武鲁·贾雷什蒂和位于中央的光辉灿烂的赫瓦尼拉萨。

[6] 阿姆沙斯潘丹，是对神主霍尔莫兹德的六大助神的统称。

霍尔莫兹德将风、浮云和闪电置于大地与第一层天之间，以便在未来的善恶之战中，雨神"泰什塔尔"能及时地化云为雨，消除旱魃带来的干旱[①]。

霍尔莫兹德向六大天神分派任务

七层天造成之后，世界上水、气、火、土样样俱全，植物、动物和人类应有尽有。于是，霍尔莫兹德决定把世间万物的管理工作分派给自己的六大助神，并指令众神祇和天使协助阿姆沙斯潘丹完成各自的任务。

至高无上的神主霍尔莫兹德亲自主管人类的事情，第一大天神巴赫曼负责保护四条腿的动物，第二大天神奥尔迪拜赫什特负责保护熊熊燃烧之火，第三大天神沙赫里瓦尔负责保护金属，第四大天神埃斯梵达尔马兹负责管理土地，第五大天神霍尔达德负责管理江河湖海，第六大天神莫尔达德负责保护各种植物。

就这样，霍尔莫兹德完成了开天辟地的创举，把一切安排就绪，做好了迎战阿赫里曼的准备。

在邪恶的阿赫里曼发动进攻之前，世界上一片光明，只有白昼，没有黑夜。世间万物各就其位，静止不动，完全沉浸在宁静和安谧之中。

整个世界秩序井然，一切全都准备停当。这时神主霍尔莫兹德面向人类在天国的众灵体弗拉瓦赫尔[②]们发问道："如今我

---

① 参见《雨神与旱魃之战》的故事。

② 弗拉瓦赫尔，又称弗拉瓦希，意为灵体，是琐罗亚斯德教的专门用语。据帕拉维语宗教文献记载，它含有以下几种意思：其一，原始的神灵，即神主霍尔莫兹德创造的天国里的精神体。由这种精神体组成的天国存在了三千年以后，霍尔莫兹德才又创造出尘世。其二，世间万物的保护天使。神主霍尔莫兹德派众神下凡，以保护自己的创造物。最后被派到世间的，是终审日到来前夕的隐遁先知苏什扬特的灵体。其三，使人类维持生命活动的五种内在力之一。按照琐罗亚斯德教的说法，人类具有生命力、良知、悟性、灵魂和灵体五种内在力。当人死咽气之后，灵体将离开躯体，返回神圣的天国，所以说灵体是永恒不灭的。

已完成世界的创造，做好了迎战阿赫里曼的准备。你们又打算怎么做呢？是遵照我的意旨下凡尘世，投入与阿赫里曼的斗争，以击败形形色色的妖魔鬼怪，彻底清除人间的一切暴虐、贪婪和虚伪，然后留在世上享受幸福美满的生活呢，还是逃避这场与恶魔阿赫里曼展开的殊死斗争？"人类的众灵体表示绝不辜负神主的殷切期望，一定积极参加反对阿赫里曼的斗争。因为他们知道，只有通过与邪恶势力的坚决斗争，人类才能获得拯救和永生。

女妖贾赫的煽惑

魔王阿赫里曼慑于霍尔莫兹德的强大，在头三千年里蛰居于黑魆魆的魔窟之中，整日浑浑噩噩，无精打采，无所事事。众男妖见了心里十分焦急，接二连三跑到他跟前，苦苦哀求道："父王啊，快打起精神来，做好进攻的准备吧！我们要让霍尔莫兹德的创造物遭受痛苦、不幸和灾难，我们要把霍尔莫兹德的世界搞得乌烟瘴气、百孔千疮！"阿赫里曼对这些话充耳不闻，无动于衷。

众妖魔三番五次地前去劝说和请战，并信誓旦旦地表示必欲置光明世界于死地而后快！虽然他们费尽了口舌，但仍然无济于事，阿赫里曼照旧愁眉不展地躺在那里，一动不动。

光阴似箭，转眼三千年过去了。这日，有个名叫贾赫①的淫荡下贱的女妖，来到阿赫里曼身边，哭天抹泪地哀求道："父王啊，振作起精神来，做好进攻的准备吧！说什么也要毁掉霍尔莫兹德的世界，使它陷入灾难的深渊！在未来的战斗中，我绝

---

① 贾赫，词意为"淫乱放荡"的女人。据帕拉维语文献记载，贾赫是恶魔阿赫里曼的女儿。

女妖贾赫

不轻饶那个行善者凯尤马尔斯和霍尔莫兹德创造的那头任劳任
怨的白牛，我将夺走他们的灵光①，结果他们的性命！什么江河、
土地和植物等，也将遭受沉重的打击。霍尔莫兹德的一切创造
物都逃脱不了失败的命运！"

　　不料，女妖的一席话，竟打动了恶魔阿赫里曼的心。只见
他一骨碌爬起来，疯狂地亲吻着她的面颊，轻声说道："好极
了，好极了，我非大干一场不可！"

---

① 神圣的灵光是神主的一种恩赐，它脱离谁，谁就将遭到不幸。——原编者注
　　据帕拉维语文献记载，灵光是神主霍尔莫兹德创造的一种神奇的光芒，它体现着
神主的意志和佑助。对一般人说来，谁若获得灵光，谁就神通广大，具有非凡的
本领；国王若获得灵光，就能克敌制胜，永保江山。《阿维斯塔》中提到的凯扬
灵光，就是属于凯扬王朝诸帝王的灵光。此外，灵光还能变化各种各样的形体，
它附着在谁身上，谁就能逢凶化吉、遇难呈祥。

阿赫里曼的猖狂进攻

法尔瓦尔丁月的第一天，阿赫里曼率领众妖魔从黑暗的地狱出发，气势汹汹地杀向霍尔莫兹德的光明世界。他们钻通了大地之后，立即向苍穹发动猛攻，很快侵占了三分之二的天空。天空就像一只绵羊遇上了恶狼，吓得颤抖不已，刹那间，被张牙舞爪的群魔闹得天昏地暗，一片乌烟瘴气。阿赫里曼像一条凶恶的毒蛇，张开血盆大口朝着霍尔莫兹德的其他创造物扑过去。

江河之水受到妖魔的伤害，变得又咸又苦，污浊不堪。大地上所见尽是毒蛇、猛兽和害虫。蝎子、癞蛤蟆和鳄鱼之类到处乱爬，大地的灵魂悲痛万分，向霍尔莫兹德挥泪控诉众妖魔的恶行。

阿赫里曼气焰嚣张，接着又去进攻白牛，使它饥渴难忍，骨瘦如柴，身染重病，奄奄一息。

霍尔莫兹德连忙用圣草配制成药剂涂在白牛的眼睛上，以减轻阿赫里曼给它带来的痛苦。但白牛的病情仍不见好转，它的灵魂不断地向霍尔莫兹德诉苦和哀求怜悯。临死之前，白牛虔诚地说道："但愿我的后代——有益的四条腿动物能在世上得以繁衍增殖，为实现霍尔莫兹德的宏愿做出贡献！"一语未了，白牛气绝身亡。它的灵魂飞向霍尔莫兹德，立于神主的右侧。

这时，邪恶的阿赫里曼又把进攻的矛头指向了凯尤马尔斯，使他饥渴难忍，病魔缠身，痛不欲生。

英明的神主霍尔莫兹德，早已预见到战争的结局，对最后的胜利满怀信心。他为了减轻阿赫里曼给凯尤马尔斯造成的痛苦，特意造出安眠之神"哈布·阿拉姆巴赫什"，使之变形为十五岁的英俊青年，降临到凯尤马尔斯身边。凯尤马尔斯只觉得头昏脑涨，迷迷糊糊，很快便进入了梦乡。一觉醒来，凯尤马尔斯发觉整个世界昏天黑地，一片混乱，到处都是毒蛇、猛兽和害虫；抬头观天，只见斗转星移，日月奔驰，令他惊骇。妖魔鬼怪的狂呼乱叫声，不时从空中传来，震耳欲聋，使他毛骨悚然。

为了结果凯尤马尔斯的性命，阿赫里曼特派"阿斯特维达特"①率领上千名男妖杀向前去。凯尤马尔斯奋起抵抗，与众妖魔苦战了三十年，终因天数已绝，死于众妖魔手下。他的灵魂飞向霍尔莫兹德，立于神主左侧。咽气之前，凯尤马尔斯留下宝贵遗言："但愿我死之后，我的子孙后代得以繁衍增殖，过上真诚美好的生活，彻底清除阿赫里曼及其众妖魔带给尘世的罪恶和灾难！"

丧心病狂的恶魔阿赫里曼又扑向熊熊燃烧的火焰，使之冒出股股黑烟。随后，他率领众妖魔和效忠于他的七大行星，一齐杀向第二层天，在众吉星的旁边安置了预兆不祥的凶星。

黑暗势力大举入侵光明世界，使霍尔莫兹德的创造物备受摧残。面对阿赫里曼及其众妖魔的猖狂进攻，天神地祇、日月星辰和霍尔莫兹德的一切创造物奋起抵抗，誓与来犯之敌血战到底！

战争的结局

经过九十天的激烈战斗，光明势力终于取得了胜利。霍尔莫兹德和众神祇击败了形形色色的妖魔鬼怪，并把邪恶的元凶阿赫里曼赶回自己的老巢——黑暗的地狱。神主霍尔莫兹德修补好苍穹，使之严严实实地罩住整个世界，以免再次遭受阿赫里曼的破坏。

---

① 阿斯特维达特，阿赫里曼制造的死亡魔鬼。

但是，阿赫里曼及其众妖魔带给尘世的种种灾难却一时难以肃清。因此，世上充斥着痛苦、疾病、贫穷、暴虐和谎言，毒蛇、猛兽和害虫到处可见。立于神主右侧的牛精古舒尔万①为此深感痛心与不安，他就像上千个男人异口同声的说话那样，大声地问道："至高无上的神主霍尔莫兹德！那个能庇护你的创造物，并使他们摆脱阿赫里曼带来的深重灾难的伟人在哪里？如今地面上充斥着毒蛇猛兽，江河之水遭到污染，花草树木干枯萎缩，牛羊牲畜体弱多病，这伤心的情景岂能等闲视之？！你说的那个将肩负起捍卫世界重任的伟人在哪儿呢？"

随后，白牛的灵魂飞向太阳、月亮和众星辰，每到一处都提出同样的问题，恳求得到答复。

神主霍尔莫兹德用手指着琐罗亚斯德的灵体②，胸有成竹地回答说："这就是将下凡尘世，并担当起捍卫世界重任的那个人。他将传播霍尔莫兹德教③，引导人们走上真诚、纯洁、善良的光明大道。"

---

① 古舒尔万，词意为"牛精"，即霍尔莫兹德创造的第一个四条腿动物白牛的灵魂。他是牲畜的庇护神。
② 此处指琐罗亚斯德在天国的精神体。——原编者注
③ 霍尔莫兹德教，亦称马兹达教，即琐罗亚斯德教。

二　贾姆希德的故事

根据《阿维斯塔·万迪达德》第二章编写

【按语】贾姆希德的故事是伊朗最古老的神话传说之一，其中谈到在他统治世界期间，曾发生过一场极其可怕的、毁灭性的暴风雪。琐罗亚斯德教的圣书、伊朗最古老的经典《阿维斯塔》中记载的这个传说，与菲尔多西的《列王纪》所讲述的有关贾姆希德的故事，内容迥然不同。

在《列王纪》中，贾姆希德被描写成伊朗古代的一位贤君；而《阿维斯塔》里的贾姆希德，却是担当起庇护霍尔莫兹德所创造的世界重任的第一个人，正是他受命于至高无上的神主，负责治理尘世，以保护人类、动物和植物的安全和不断繁衍。在贾姆希德统治时期，百姓安居乐业，国家繁荣富强，世上根本不存在什么疾病、衰老和死亡。

据《阿维斯塔》记载，贾姆希德是一位英俊的美男子，拥有大批优良的牲畜。因此在波斯古经中直接称呼他为"美男子"或"拥有良畜者"。

贾姆希德的故事早在琐罗亚斯德教问世之前，就已在民间广为流传。后来，随着琐罗亚斯德教的广泛传播，故事里难免掺入一些宗教的说教，这是不足为奇的。

波斯波利斯①阶梯浮雕上的霍尔莫兹德

霍尔莫兹德与贾姆希德

　　神主霍尔莫兹德创造出天体、江河、山脉、植物、动物和人类之后，便完成了开天辟地的伟业。这时，他打算制定一种宗教法规，作为黎民百姓言行的标准，以使他们避恶从善，成为真诚、纯洁的信徒。

　　为此，神主霍尔莫兹德决定物色和委派一个人，作为宗教法律的庇护者，并教导自己的属民严格地加以贯彻执行。

　　贾姆希德是最为合适的人选，因为他是世上最有智慧、最杰出的人，而且长得眉清目秀、仪表堂堂，还拥有大批的良畜。

　　神主霍尔莫兹德看中了贾姆希德，就把他唤来，说道："英俊的美男子，拥有良畜的贾姆希德呀！我想在世上创立一种真诚、纯洁的宗教，并挑选你作为该教的庇护人。你就做好准备，

---

① 波斯波利斯，又称"塔赫特贾姆希德"，波斯帝国大流士一世即位以后，为了纪念阿契美尼德王国历代国王而下令建造的第五座都城。希腊人称这座都城为"波斯波利斯"，意思是"波斯之都"，伊朗人则称之为"塔赫特贾姆希德"，即"贾姆希德御座"。古老的波斯是众神庇佑的王国，阶梯上饰有大量浮雕，浮雕上的来自不同属国和民族的朝贡团，他们手捧金银珠宝，或是牵着狮子、麒麟、双峰骆驼等。该浮雕反映了波斯帝国繁荣昌盛的景象，以恢宏的方式呈现了波斯帝国的壮丽威严。这些雕刻品历经2400多年至今依然栩栩如生，被保存下来。

传说中的美男子贾姆希德

担负起领导和庇护我的正教的重任来吧！"

贾姆希德毕恭毕敬地回答说："啊，圣洁的神主霍尔莫兹德！我被创造出来不是为了传播纯洁的宗教，也不懂得怎样庇护你的正教。在这方面我没有一点经验，恐怕难以胜任。"

贾姆希德成为世界的统治者

"英俊的美男子，拥有良畜的贾姆希德呀！"神主霍尔莫兹德开口言道，"既然你没有做好传播我的正教的准备，那就担负起庇护我的世界的重任来吧！你要使我的创造物身强体壮，繁衍增殖，生活得无忧无虑、美满幸福。今日我把照拂世间万物的重任托付给你，你就做我的世界的统治者吧！"

贾姆希德欣然同意，点头称是道："啊，圣洁的神主霍尔莫兹德！我将成为你的世界的庇护者，使你的创造物茁壮成长，不断繁衍，使他们过上美满幸福的生活。在我统治期间，世上刮的风不冷也不热，绝不存在悲伤、疾病和死亡。在我统辖的范围内，没有人年迈体衰、老态龙钟，父亲和儿子长得都很年轻，看上去才不过十五岁。"

听罢此言，神主霍尔莫兹德微笑着取出一枚金戒指和一把镶金的鞭子交给贾姆希德，作为他拥有神圣王权的标志[①]。就这样，贾姆希德成了世界的首领和庇护者。

地面的第一次扩展

贾姆希德统治世界转眼已过三百年。太平盛世，人畜兴旺，万物竞长。地面上举目所见，尽是人类、大小四条腿动物、鸡犬和熊熊燃烧的火焰，致使霍尔莫兹德的创造物感到拥挤不堪。

于是，神主霍尔莫兹德唤来贾姆希德，对他说道："英俊的美男子，拥有良畜的贾姆希德呀！如今地面太狭小，日益增长的人类、牲畜和家禽再也没有地方可住了！"

中午时分，贾姆希德戴上金戒指，手持镶金的鞭子，面向太阳走去。他一边用金戒指和镶金的鞭子轻轻地在地上蹭着，一边口中振振有词地念道："啊，尊敬的大地！请向四周扩展开来吧！扩大些，再扩大些！以容纳不断繁衍的人类和大小四条腿动物。"

大地果然顺从地向四周扩展开来，比原来的面积扩大了三分之一。这样，人类、牲畜和家禽就不再感到拥挤，各自按照自己的愿望，找到了适宜的栖身之地。

---

① 另外一种说法是，神主霍尔莫兹德把一枚金戒指和一柄镶金的手杖赐给贾姆希德，作为他拥有王权的标志。

地面的第二次扩展

六百年过去了，贾姆希德统治世界安然地度过了六百个冬春。霍尔莫兹德的创造物大量繁殖，与日俱增。地面上到处都是人类、大小四条腿动物、鸡犬和熊熊燃烧的火焰，显得拥挤不堪。

霍尔莫兹德再次唤来贾姆希德，对他说道："英俊的美男子，拥有良畜的贾姆希德呀！如今地面太狭小，人类和四条腿的动物已经找不到多余的空地，深感为难。"

中午时分，贾姆希德面向太阳走去。他一面用金戒指和镶金的鞭子轻轻地在地上蹭着，一边口中振振有词地念道："啊，尊贵的大地！请向四周扩展开来吧！扩大些，再扩大些！以便容纳日益增长的人类、牲畜和家禽。"

大地顺从地向四周扩展开来，比最初的面积扩大了三分之二。这样，人类和牲畜就不再感到拥挤，各自找到符合自己愿望的栖身之地。

地面的第三次扩展

贾姆希德统治世界过去了九百年。霍尔莫兹德的创造物不断地繁衍增殖，数量越来越多。地面上满是人类、牲畜、家禽和熊熊燃烧的火焰，显得拥挤不堪。

神主霍尔莫兹德第三次召见贾姆希德，对他说道："英俊的美男子，拥有良畜的贾姆希德呀！如今地面太狭小，已经住不下日益增长的人类和大小四条腿动物。"

于是，贾姆希德再次面向太阳走去。他一面用金戒指和镶金的鞭子在地上轻轻地蹭着，一边请求大地向四周扩展开来。大地

乖乖地向四周延伸，比最初的面积扩大了一倍。这样，人类、牲畜和家禽就不再感到拥挤，各自选择适宜的地点，安顿下来。

霍尔莫兹德召集众神开会

伟大的造物主霍尔莫兹德决定在名叫"伊朗维杰"的地方召集群神开会，贾姆希德也应邀率领着世上的众圣贤赶去参加。

会后，霍尔莫兹德把毁灭性的暴风雪即将来临的消息告诉了贾姆希德。神主严肃地说道：

"英俊的贾姆希德呀！极其寒冷的冬天眼看就要来临。到时候，北风凛冽，大雪纷飞，从高山之巅到峡谷深渊，都将被茫茫白雪覆盖，所有大小四条腿动物——无论是在深山老林，还是在牛圈马棚，都将被活活冻死。暴风雪过后，将出现奔腾咆哮的山洪，地面上的青草将被洪水淹没，再也看不到牛羊的踪迹。

"英俊的贾姆希德呀！为了使人畜不至于死净灭绝，你要事先修建一座坚固的城堡，每面城墙的长度相当于一个跑马场①。你要将品种优良的大小四条腿动物、鸡犬和燃烧的火种运进城堡，并为人类建造房屋，为牲畜搭好圈棚。你还要开辟水渠，准备好丰茂的青草地和广阔的牧场。城堡内不但要有住房，而且要有地窖和走廊。

"你要把世上最优秀、最善良和最健美的男女带进城堡，同时还要从各种有益的动物中挑选出最优良、最温顺、最健壮的一对也带进城堡。你要在城堡内种植最挺拔的树木和最芬芳的花草；此外，还要备有最香甜、最可口的珍馐佳肴。

"城堡内收罗的各种动植物，务必要成双配对，以便它们传

---

① 在《阿维斯塔》中使用的长度单位名叫"恰雷图"，表示多长不得而知。此处说相当于一个跑马场那么长，只是一种推测。

宗接代，繁衍生息。凡因遭受恶魔阿赫里曼的摧残而不健全的人，像疯子、侏儒、驼背、畸形和麻风病患者，以及四肢不全和牙齿脱落者，均不可带入城堡。

"在城堡的最高层、中间和最低层，你要分别开辟出九条、六条和三条通道。在这上下三层的通道里，各储存一千、六百和三百个男女的胎藏，然后用金戒指分别做出明显的记号。最后，你不要忘了开设大门和窗洞，以使光线照射进城堡。"

贾姆希德修建城堡

贾姆希德对神主霍尔莫兹德的指示一一照办。他用脚把土块踩碎，用手揉搓成泥，修建起坚固的城堡——每面城墙的长度相当于一个跑马场。他遵照神主的吩咐，挑选出成双配对的男女，雌雄搭配的大小四条腿动物和鸡犬，以及熊熊燃烧的火种，带进了城堡。

在城堡内，贾姆希德挖了一条长千步的水渠①，开辟出永不枯槁的青草地和广阔丰茂的牧场，并修筑了住房、地窖和走廊。贾姆希德带进城堡的动物、植物和人类，不用说，全是经过精心挑选的。凡是遭受过恶魔阿赫里曼摧残的生灵，如疯子、驼背、突胸、畸形和患有麻风病的人，以及四肢不全和牙齿脱落者，一律被拒之城堡之外。贾姆希德还为城堡安上了门窗，以保持城堡内的光线充足。

这样，以英俊的贾姆希德为首的霍尔莫兹德的最佳创造物，便都聚集在新建的城堡内。这时，霍尔莫兹德命令鸟中之王

---

① 据帕拉维语文献记载，该水渠长度为一个"哈斯拉"，究竟表示多长不得而知，此处说长千步，只是一种估计。

"卡尔希普德"① 飞往城堡，前去传达神主关于宗教的指示。

在贾姆希德修建的城堡内，日月星辰每年只升降一次，在那里一年相当于世间的一天。每过四十年，城里的每对夫妻生下一对男女婴孩，每对牲畜生下一对雌雄幼畜。城堡内的人畜就这样繁衍生息，等待着极其可怕的、毁灭性的暴风雪的到来。

---

① 卡尔希普德，又称卡尔希普坦，词意为"善良的"。据传说此鸟通人语，所以能把神主霍尔莫兹德的指示传达给贾姆希德城堡的居民。

三　神箭手阿拉什

根据《泰什塔尔·亚斯特》和比尤尼《传世之作》编写

【按语】①阿拉什是伊朗古代的一位勇士，以善射著称。他的名字最早出现于波斯古经《阿维斯塔》的《雨神颂》里，被称作埃雷赫沙（Erekhsha）；而伊斯兰时期的各种文献，有的则称他为阿拉斯纳斯。关于阿拉什的传说，古籍有不尽相同的记载，下述故事是其中比较流行的一种说法。值得注意的是，菲尔多西的《列王纪》只字未提神箭手阿拉什的故事，史诗所记载的阿拉什是传说中伊朗凯扬王朝的著名国君凯·卡乌斯的兄弟，两者不可混淆。这则短小精悍的故事结尾处提到，古波斯人把有关阿拉什的传说与本民族传统的重要节日联系在一起，借以寄托自己的哀思。

古时候，伊朗和突朗②两国长期敌对，互争雄长，它们之间经常发生战争。在伊朗国王玛努切赫尔③和突朗君主阿弗拉西亚

---

① 原书每篇故事前面均有按语，唯独这一篇例外。考虑到全书体例的统一，编译者补写了这则按语。

② 突朗是古代伊朗的邻国，位于阿姆河和锡尔河之间。据传说，庇什达德王朝的法里东国王将这片土地赐给二儿子突尔，因而得名突朗。

③ 玛努切赫尔，在《阿维斯塔》中称其为曼努什·奇斯拉，是庇什达德王朝法里东国王之子伊拉杰的后裔。他领兵击败并杀死了宿敌突尔和萨尔姆，登上伊朗国王的宝座。

布①的一次交战中，伊军损兵折将，在马赞德朗②严重受挫，陷入进退维谷的困境。后来，双方同意媾和，但在划定国界的问题上又发生激烈争吵。经过谈判，双方达成如下协议：由伊方挑选出一名战士，从马赞德朗向东方发射一箭，箭落之地即为两国的边界，任何一国都不得越界侵占他国的领土。

伊朗和突朗两国的谈判刚一结束，大地之神埃斯梵达尔马兹便闻讯赶来。她吩咐人准备好良弓和利箭，然后把阿拉什唤到跟前。阿拉什是伊朗军中最杰出的弓箭手，他力大无穷，谁也没有他的箭射得远。

这时，只听地神开口言道："勇士阿拉什呀，你就用这张弓向东方发射一箭吧！"阿拉什心中明白，这次射箭意义非同小可，它关系到伊朗疆土的范围大小，因此，必须把全身的力气都使出来。

于是，阿拉什脱去铠甲和内衣，裸露出强健的身躯。他英姿勃勃地走到国王和众将士面前，毅然决然地道出感人肺腑之言："尊敬的国王陛下！众将士们！请看我的身体是多么结实和健美！但我完全知道，就在箭发出之后的瞬间，我全身的力气将随着飞箭而去。为报效祖国，贡献出自己的宝贵生命，我死而无憾！"

说罢，勇士阿拉什拿起弓箭，迈步登上达马万德山③山顶。只见他举弓搭箭，倾平生之力将箭射出，旋即倒地身亡，光荣为国捐躯。

至高无上的神主霍尔莫兹德命令风神护送飞箭，并为飞箭开路，使之在空中流星般地急驰。就这样，从清晨到中午，阿拉什射出的箭飞速前进，越过了无数的高山峡谷和平川旷野。

---

① 阿弗拉西亚布，又称弗拉西亚布，突朗著名国君，是伊朗凯扬王朝诸王的死敌。据《列王纪》记载，他是突尔之孙、帕尚格之子。
② 马赞德朗位于伊朗北部、里海南岸。
③ 达马万德山，伊朗北部厄尔布尔士山的主峰，海拔五千六百多米，为伊朗最高峰。

阿拉什张弓发箭，为国捐躯

　　中午时分，飞箭在阿姆河①上空坠落，箭镞插进生长在岸边的一棵硕大的核桃树根里。于是，那棵核桃树便成了伊朗和突朗两国交界的标志。后人为了纪念阿拉什的英雄壮举，每年都举行热烈的庆祝活动。

　　据说，古波斯人当中流行的蒂尔甘节②，就是出于缅怀为国捐躯的勇士阿拉什而逐渐形成的传统节日。

---

① 阿姆河位于中亚地区，是中亚流量最大的河流。
② 蒂尔甘节，是古波斯人传统的重大节日，直到今天，每年的7月上旬伊朗人都像过年一样地欢度这个节日。

四　雨神与旱魃之战

根据《泰什塔尔·亚斯特》和帕拉维语文献《班达赫申》编写

【按语】古波斯人信奉各种各样的神灵，在他们看来，世界上一切美好事物都是由神灵负责掌管的。像江河湖海、花草树木和熊熊燃烧之火，乃至生儿育女、缔约结盟和克敌制胜等，无不由天神地祇主管。有些神祇还以自然物的形式存在于尘世。譬如，大地就是"斯潘达尔马兹"① 神的化身；月亮和太阳本身也被奉为神明。古波斯人还认为，世上的一切邪恶、污秽、破坏和灾难，全都是阿赫里曼及其帮凶众妖魔造成的。诸如暴虐、虚伪、贪婪和诡骗，乃至干旱、疾病和死亡等就分别由相应的魔鬼加以操纵。

　　下面的故事生动地描述了雨神与旱魃的争斗——最后以旱魃的失败和雨神的胜利而告终，并形象地展示了古人对夏季多雨的原因和电闪雷鸣的由来所做的解释。

　　泰什塔尔星② 是司雨之神。神主霍尔莫兹德完成世间万物的创造之后，委派泰什塔尔星负责为尘世提供用水。他的职责是

① 斯潘达尔马兹，即埃斯梵达尔马兹。
② 泰什塔尔星，大概是指老人星。——原编者注
　　学界说法不一，有的说指天狼星，有的认为是水星。

行云播雨，浇灌大地，以使草木青翠，百花盛开；使江河奔流，泉水淙淙；使雅利安人的国家五谷丰登，一片欣欣向荣。

邪恶的阿赫里曼是幸福、欢乐和繁荣的仇敌，他把霍尔莫兹德的美好世界视为眼中钉、肉中刺，必欲除之而后快。为此，他命令阿普什①兴妖作怪，刮起灼人的热风，使土地龟裂，草木枯萎，江河干涸。

泰什塔尔神降雨

泰什塔尔神在夜空中高高升起，前来助神主霍尔莫兹德一臂之力。他第一次化作身材魁梧、双目炯炯、容光焕发的十五岁青年，一连十个夜晚在空中飞驰，行云播雨，浇灌大地。

雨神泰什塔尔第二次化作一头长着金犄角、强壮有力的公牛，一连十个夜晚在空中飞驰，行云播雨，浇灌大地。

第三次，雨神泰什塔尔化作一匹长着金耳朵、戴着镶金辔头的白骏马，一连十个夜晚在空中飞驰，行云播雨，浇灌大地。

瓢泼大雨连绵不绝，整个大地一片汪洋，水深足有一人多高。世上所有的毒蛇、猛兽和害虫要么被淹死，要么深藏洞穴，销声匿迹。

这时，从神主霍尔莫兹德那里刮来阵阵清风，推波助澜，将流水吹送到最边远的地方。地面上的水流汇集起来，渐渐形成辽阔无边的法拉赫·卡尔特河②。

---

① 阿普什，即旱魃，是雨神泰什塔尔的敌人。
② 法拉赫·卡尔特河，是雅利安人国土上的一条大河。——原编者注
在《阿维斯塔》中它被称作沃鲁·卡沙，词意为"辽阔无边的"，是神话传说中的一条大河。据专家们考证，此河可能是指马赞德朗海，亦即今日之里海。

雨神泰什塔尔与旱魃阿普什的较量

　　大水退后，那些被淹死的毒蛇猛兽和害虫的尸骸残存下来，使地面受到严重污染。为了荡涤地面上的脏物，使大地面貌焕然一新，雨神泰什塔尔再次化作长着金耳朵、戴着镶金辔头的白骏马，飘然降落到法拉赫·卡尔特河岸边。

　　这时，专与雨神泰什塔尔作对的旱魃阿普什，摇身变成一匹短尾巴、缺鬃毛、无耳朵的黑秃马，紧跟着也降落到法拉赫·卡尔特河岸边。

　　两匹马扭打在一起，酣战了三天三夜。雨神泰什塔尔渐渐不支，败下阵来，被旱魃阿普什从法拉赫·卡尔特河岸边赶出千步之外。于是，世上干旱缺水，到处一片荒凉。

雨神泰什塔尔与旱魃阿普什的较量

雨神泰什塔尔与旱魃阿普什的再次较量

战败的雨神泰什塔尔悲痛万分，他喟然长叹，向神主霍尔莫兹德大声哭诉道："啊，我多么不幸！世上的江河和草木多么可怜！人们又是多么倒霉！为什么黎民百姓不向我顶礼膜拜，以使我从他们的祈祷声中汲取力量，进而战胜可恶的旱魃。啊，伟大的造物主霍尔莫兹德！请帮帮我，赐给我力量，以降甘霖满足世间万物的需求！"

大慈大悲的神主霍尔莫兹德有求必应，赐予泰什塔尔十匹马、十峰骆驼、十头牛和十条江河的力量。力量倍增的雨神泰什塔尔摇身变作金耳朵的白骏马，飘然降落到法拉赫·卡尔特河岸边。旱魃阿普什随之化为短尾巴、缺鬃毛、无耳朵的黑秃马前来迎战。

雨神泰什塔尔击败旱魃阿普什

将近中午，雨神泰什塔尔经过一番激烈的搏斗，终于击败了旱魃阿普什，将他从法拉赫·卡尔特河岸边赶出千步之外。泰什塔尔欣喜若狂，情不自禁地欢呼起来："感谢神主霍尔莫兹德！我真是太高兴了！大地上的草木和江河啊，手舞足蹈吧！雅利安人的国家啊，尽情歌唱吧！今后江河之水滔滔，将畅通无阻地流向田园和牧场。"

雨神泰什塔尔再次化作金耳朵的白骏马，飘然降落到法拉赫·卡尔特河。大河上下顿时波涛汹涌，掀起滔天巨浪，撞击着岸边的礁石，发出震耳欲聋的声响。但见耸立在法拉赫·卡尔特河边的高山之巅，云雾缭绕，气象万千。这时，南风劲吹，驱赶着浮云，把雨水和冰雹带向七个国家的处所。

闪电雷鸣的由来

旱魃阿普什并不甘心失败，他在魔鬼"斯平奇卡尔"①的支援下，再次向雨神泰什塔尔发动进攻。泰什塔尔奋起狼牙棒，用力朝他们的头部打去。就在手起棒落的刹那间，"阿塔什·瓦泽什特"②放出一道闪电，当即将斯平奇卡尔击毙。遭受致命打击的斯平奇卡尔发出声嘶力竭的哀鸣，这哀鸣就是我们在闪电之后所听到的霹雷声。

得胜的泰什塔尔连续十个夜晚降下倾盆大雨。雨水将地面上动物的尸骸和脏物冲刷得一干二净，随后注入大海。海水之所以是咸的，原因就在于此。

三日过后，来自天国的清风将流水吹送到四面八方。地面上的流水汇集成三大海洋、二十三条大江、两大清泉和两股奔流不息的溪水。

---

① 斯平奇卡尔，又称斯潘贾鲁什，隐藏于云中的妖魔，司雷电，专与雨神泰什塔尔作对。
② 阿塔什·瓦泽什特，即空中的闪电之神。

五　灵光的故事

根据《扎姆亚德·亚什特》编写

【按语】古代伊朗人认为，他们的国王和先知无不是神圣的灵光的拥有者。神圣的灵光象征着天赐的恩惠，任何帝王的权威若没有灵光的神助就绝对树立不起来；伊朗诸王也不例外，他们也是凭借灵光的威力实行统治的。假如他们当中有人违背天意，亵渎神明，引起霍尔莫兹德的不悦和反感，那么灵光就将脱离他；而一旦失去灵光的庇佑，时乖运蹇的国君就将大难临头，落得身败名裂的下场。灵光既然是神主霍尔莫兹德赐给自己属民的一种恩泽，所以通常它被想象为一种神奇的光圈；有时它也能变化为飞鸽、老鹰或者山羊，等等。

阿赫里曼及其众妖魔，专事伤害和摧残霍尔莫兹德的创造物，他们对霍尔莫兹德的光明、美好的世界深恶痛绝，必欲除之而后快；对神圣的灵光，则恨不能牢牢地抓在手中，据为己有。众妖魔之首阿库曼，狰狞可怖的怪物阿日达哈克，阿赫里曼的重要帮凶赫什姆①和竭力引诱人们做坏事的"赫拉德·纳

---

① 赫什姆是阿赫里曼制造的凶残魔鬼。

帕克"①，以及伊朗人不共戴天的顽敌阿弗拉西亚布，都曾为夺取
灵光施展出浑身的解数。霍尔莫兹德及其众神祇和伊朗诸帝王，
则千方百计地保护灵光，以免被阿赫里曼及其众妖魔抢走这无
价之宝。

伊朗诸王与灵光

灵光与之结合的第一位国君是庇什达德王朝②的胡尚格。③
胡尚格是地面上七个国家的统治者，他征服了黎民百姓和形形
色色的妖魔鬼怪，并消灭了马赞德朗以及吉兰④三分之二的魔鬼
和邪教徒。

胡尚格之后，神圣的灵光与镇妖者塔赫穆雷斯⑤合为一体。
塔赫穆雷斯是地面上七个国家的统治者，他制服了众妖魔和巫
师术士，并将邪恶的阿赫里曼变为一匹马，骑在上面从大地的
这一端跑到另一端，为期三十年。

塔赫穆雷斯之后，神圣的灵光与拥有良畜的美男子贾姆希
德合为一体，贾姆希德独步天下、威震八方，是世间万物的统
治者，他将阿赫里曼的帮凶和众妖魔打得落花流水，一败涂地。

贾姆希德统治时期，世上既不冷，也不热；既没有衰老，

---

① 赫拉德·纳帕克，又称安格拉·迈纽，即阿赫里曼。
② 庇什达德王朝是传说中的伊朗第一个王朝，凯尤马尔斯是该王朝的第一位国君。据《列王纪》记载，庇什达德王朝历时两千四百四十一年，先后有十个国王执政，他们主要是同形形色色的妖魔鬼怪进行斗争。
③ 胡尚格，西亚马克之子，继凯尤马尔斯之后成为伊朗的国君，在位统治四十年。他击败众妖魔，为被杀害的父亲报仇雪恨。胡尚格是伊朗最古老的"萨达"（点火）节的创始人，他在位期间，人们学会了击石取火、开采铁矿和用兽皮缝制衣服。
④ 吉兰，是伊朗北部的一个地区，传说中那里的妖怪很多。
⑤ 塔赫穆雷斯，胡尚格之子，庇什达德王朝的第三位国君。他将妖魔鬼怪杀得落花流水，一败涂地，故有"镇妖者"的美称。他在位期间，人们学会了纺织、饲养家禽和牲畜。

伽尔沙斯布力斩头上生角、吞噬人畜的巨龙

也没有死亡；人类从不年迈体衰，牲畜从不精疲力竭；江河湖海永不干涸，花草树木永不枯萎；嫉妒魔鬼无法逞其能，百姓安居乐业，生活幸福安定。

可是，后来由于贾姆希德居功自傲，亵渎神明，神圣的灵光化作一只鸟展翅飞去。失却灵光庇护的贾姆希德惶惶不可终日，结果被众妖魔击败，只得潜伏地下，销声匿迹①。

据说，神圣的灵光先后三次脱离贾姆希德。第一次，灵光化作一只雄鹰展翅飞去，被具有千只耳朵、千只眼睛和领有辽阔原野的天神梅赫尔夺得。

---

① 印伊人神话传说中的贾姆希德，在伊朗又称伊摩，在印度则称阎摩。印度的阎摩是阴曹地府之王，后通过佛教传入我国，被称作阎罗王。另据《列王纪》记载，贾姆希德是塔赫穆雷斯之子，庇什达德王朝的第四任国君，在位统治七百年，行医、造船等技艺是他传授给黎民百姓的。他还开采宝石，第一个制作出镶有宝石的王座。每年一度的新春佳节，也是由他创立的。

第二次，灵光化作一只雄鹰展翅飞去，被攻无不克、战无不胜的著名国君法里东夺得，法里东击败和杀死了生着三张嘴巴、六只眼睛的怪物阿日达哈克——他有上千种形体变化，是恶魔阿赫里曼为摧毁神主霍尔莫兹德的光明世界而特意制造出来的巨妖。

第三次，灵光化作一只雄鹰展翅飞去，被力大无穷、声名显赫的勇士伽尔沙斯布夺得。伽尔沙斯布力斩头上生角、吞噬人畜的巨龙——从它的鼻子、脖颈和腹部喷射出的黄色毒汁比一杆梭镖还高。伽尔沙斯布还除掉了两大妖魔：一个是青面獠牙、狰狞可怖的甘达尔弗[①]，他张开血盆大口，专门吞噬霍尔莫兹德的创造物；另一个是头上生角、嗜杀成性的斯纳维扎克，他曾在民众的集会上口出狂言："我将制服和驾驭天和地！我要把赫拉德·帕克[②]从光明天国拉下来，再将赫拉德·纳帕克从黑暗的地狱拖上来！"英雄伽尔沙斯布毫不留情地结束了他的性命。

阿扎尔与阿日达哈克争夺灵光

赫拉德·帕克意欲获得神圣的灵光，以降福于世上的行善者。赫拉德·纳帕克对灵光垂涎三尺，恨不能牢牢抓在自己手里，据为己有。于是，双方展开了激烈的争夺。

赫拉德·帕克派遣自己的得力助手、最敏捷的天神巴赫曼和奥尔迪拜赫什特，与火神阿扎尔[③]一起前去夺取神圣的灵光。赫拉德·纳帕克也不甘示弱，派出了自己的主要帮凶，最敏捷

---

① 甘达尔弗，在《列王纪》中是暴君扎哈克的大臣。在《阿维斯塔》里他被称作"金脚踵"甘达尔弗，意思是说这个妖怪非常高大，河水只能没到他的脖脖子。

② 赫拉德·帕克，又称斯潘德·迈纽，意为"圣洁的智慧"，也就是神主霍尔莫兹德。

③ 巴赫曼、奥尔迪拜赫什特和阿扎尔，是琐罗亚斯德教信奉的三位神灵。——原编者注

阿扎尔与阿日达哈克争夺灵光

的阿库曼、赫什姆、斯皮图尔①和阿日达哈克。

　　只见神采奕奕、容光焕发的阿扎尔飞速冲上前去，正待伸手去抓那灵光。转瞬间，邪恶的、长有三张嘴巴的阿日达哈克从后面紧追上来，大吼一声，破口骂道："住手！霍尔莫兹德创造的阿扎尔。快滚回去！你若胆敢动一下这灵光，我就当场结束你的性命！叫你再也不能光照霍尔莫兹德的大地，充当真诚世界的庇护者。"阿日达哈克凶相毕露，令人生畏。阿扎尔怕出危险，只得作罢，将手缩回。

　　邪恶的、长有三张嘴巴的阿日达哈克，抖擞精神冲上前去，妄想抢走灵光。此时，阿扎尔勃然大怒，厉声喝道："呔！三张嘴巴的阿日达哈克，休得逞狂！你若敢动一下这灵光，我就用火烧烂你的嘴巴，当场把你化为灰烬！叫你再也不能在真诚世界横行霸道，为所欲为。"慑于阿扎尔的神威，阿日达哈克只得缩回魔掌，以保全自己的性命。

────────────

①斯皮图尔是贾姆希德的兄弟，他和扎哈克一起将贾姆希德锯成两半。

就在火神阿扎尔和巨妖阿日达哈克你争我夺、互不相让之际，神圣的灵光纵身跃入法拉赫·卡尔特河。江河之神赶忙将灵光保护起来，深深地藏在河底。

阿弗拉西亚布三次下水追逐灵光

突朗暴君阿弗拉西亚布——伊朗人不共戴天的仇敌，东奔西走，四处搜寻神圣的灵光。但见他来到法拉赫·卡尔特河边，脱光衣服，潜入水中，奋力游向灵光。属于伊朗人的灵光，迅即离去，纵身跃出大河。

阿弗拉西亚布扑了一个空，心中好生气恼。他从法拉赫·卡尔特河中游上岸来，骂骂咧咧地叫道："既然我抓不到这灵光，就索性把真诚世界搅个阴错阳差，好坏难分，让霍尔莫兹德也不得安生！"

为夺得伊朗人的灵光，阿弗拉西亚布再次脱光衣服，潜入法拉赫·卡尔特河中。他奋力向灵光游去，满以为可以到手。岂料神圣的灵光刹那间已跃出大河，逃得无影无踪。

阿弗拉西亚布两次入水，均无所获，心中很不自在。

贼心不死的阿弗拉西亚布第三次脱光衣服，潜入法拉赫·卡尔特河中。他奋力向前游去，心想这回说什么也要把伊朗人的灵光抢到手！然而，事与愿违，这次他又扑了个空。神圣的灵光还未等他靠近，早已逃之夭夭，纵身跃出法拉赫·卡尔特河。灵光每次逃遁之后，都在离法拉赫·卡尔特河不远的地方出现一个大湖，三次逃遁就形成了三个大湖①。

突朗暴君阿弗拉西亚布三次入水，均未得逞，只得作罢，

---

① 《阿维斯塔》中提到这三座湖的名字分别是霍斯鲁湖、万加赫兹达湖和乌日丹万湖。另据《班达赫申》记载，霍斯鲁湖距奇恰斯特湖（今之雷扎耶湖）三百多公里远，其他两座湖的地理位置不详。

打消了夺取灵光的念头。神圣的灵光本是属于伊朗人的，非伊朗人企图夺走灵光只能是白日做梦，痴心妄想。

当伊朗凯扬王朝的凯·古巴德①、凯·卡乌斯、凯·西亚乌什相继登基为王时，神圣的灵光与他们相结合，使之成为机智、果敢而清廉的国君。

此后，神圣的灵光与英姿焕发、足智多谋、骁勇善战的凯·霍斯鲁合为一体。正因为有灵光的庇佑，所以凯·霍斯鲁在战场上从未中敌人的奸计和暗算，他用兵如神，无往不胜。凯·霍斯鲁活捉了邪恶的阿弗拉西亚布及其兄弟奸诈的伽尔西瓦兹②，为被他们杀害的英雄西亚乌什报了仇、雪了恨。

再后，神圣的灵光与凯·古什塔斯布合为一体。凯·古什塔斯布是琐罗亚斯德教的虔诚信徒和赞助者，他为了圣洁的正教，毅然拿起武器，与魔鬼崇拜者和邪教徒展开英勇的斗争，终于战胜了妄图消灭正教的突朗国君阿尔贾斯布，使琐罗亚斯德教得以发扬光大，广泛地传播开来。

复活日来临之前，即世界末日到来的前夕，先知琐罗亚斯德的后裔苏什扬特③，将下凡尘世，以拯救和重建世界。到那时，神圣的灵光将与苏什扬特合为一体。于是，真诚将战胜虚伪，

---

① 凯·古巴德，在《阿维斯塔》中被称作卡维·卡瓦塔，意为"万民拥戴之君"。据《列王纪》记载，庇什达德王朝末君伽尔沙斯布死后，鲁斯塔姆遵从父命，去厄尔布尔士山中请出法里东的后裔古巴德，让他登基为王，成为凯扬王朝的第一位君主。

② 伽尔西瓦兹，在《阿维斯塔》中被称作凯雷萨瓦兹达，意为"难以持久的"。突朗国君阿弗拉西亚布的兄弟，以阴险狡诈著称，最后被西亚乌什之子凯·霍斯鲁所杀。

③ 苏什扬特，琐罗亚斯德教的隐遁先知。据传说，他降临人世之后，将清除一切邪恶和污秽，使真诚和正义取得彻底胜利。——原编者注
据琐罗亚斯德教传说，教主琐罗亚斯德与妻子赫沃薇同床三次，每次精液都洒在地上，报信天使内里尤桑格奉神主霍尔莫兹德之命，将琐氏精液的光和力取走，转交给江河女神阿娜希塔保存。另据《班达赫申》记载，教主琐罗亚斯德的精液被保存在锡斯坦的基扬赛湖，总共有九万九千九百九十九位善者的灵体负责守护先知的精液。琐氏过世的头一千年末，将有一位名叫芭德的姑娘，在湖中洗浴，先知的精液进入她的体内，使其受孕，生下第一位隐遁先知胡希达尔；琐氏过世后的第二个一千年末，将有一位名叫贝赫芭德的姑娘，去湖中洗浴，并受孕，生下第二位隐遁先知胡希达尔·马赫；琐氏过世后的第三个一千年末，将有一位名叫艾蕾达特·菲兹丽的姑娘，去湖中洗浴并受孕，生下第三位隐遁先知苏什扬特。

凯·古什塔斯布在海中追逐灵光

为非作歹的凶魔赫什姆将溜之乎也，水神霍尔达德和植物神莫尔达德将彻底击败旱魃和饥馑妖魔，万恶不赦的阿赫里曼将销声匿迹，逃得无影无踪。

六　琐罗亚斯德的诞生

根据帕拉维语文献《丁·卡尔特》编写

【按语】自从邪恶的阿赫里曼最初侵犯光明世界，并与霍尔莫兹德约定进行为期九千年的斗争以来，头三千年时间内，霍尔莫兹德积极备战，一直忙于充实天国和创造尘世的工作；而阿赫里曼慑于霍尔莫兹德的强大，担心遭到可耻的失败，不敢轻举妄动，整天无精打采地龟缩在黑暗的魔窟之中消磨时光。

　　第二个三千年开始，阿赫里曼在女妖的煽动下，率领众妖魔气势汹汹地杀向光明世界，大肆摧残霍尔莫兹德的创造物，给尘世带来黑暗、疾病、痛苦、贫穷、暴虐和虚伪，以及有害的毒蛇猛兽，使江河、土地、植物、动物和人类深受其害，苦不堪言。

　　在最后三千年，神主霍尔莫兹德为拯救世界于阿赫里曼带来的灾难之中，特派琐罗亚斯德①下凡，广泛传播自己的教义，

---

① 琐罗亚斯德，在《阿维斯塔》中被称作扎拉苏什特拉，意为"老骆驼"，或"黄骆驼的拥有者"。历史上是否确有其人，至今尚无定论。关于他的出生年月和出生地，学术界众说纷纭。据宗教传说琐氏出生在伊朗东部的巴尔赫地区，约公元前660年至前583年在世（新说则认为琐氏约在公元前11世纪生于伊朗东部的锡斯坦）。其父为普鲁沙斯布，其母为杜戈达娃。他有个表兄弟名叫迈迪尤马赫，是最早皈依琐罗亚斯德教的信徒之一。琐氏兄弟五人，他排行老三。（转下页）

以引导黎民百姓走上正途，使世界变得真诚、纯洁和繁荣，最后彻底战胜阿赫里曼及其众妖魔。

约定的九千年结束之日，即复活日[①]到来之时。可以肯定，到那时一切罪恶、丑陋和污秽将被消除净尽，霍尔莫兹德的创造物将永远不会再受恶魔阿赫里曼的摧残，整个世界将焕然一新，恢复原来纯洁、光明的面貌。

根据琐罗亚斯德教人的传说，伊朗第一位先知琐罗亚斯德的诞生，是天国里三种元素相结合的产物，即琐罗亚斯德的灵光——神主霍尔莫兹德恩赐的光辉，琐罗亚斯德的灵魂[②]和琐罗亚斯德的躯体。下面就来讲述这个故事。

琐罗亚斯德的灵光

神主霍尔莫兹德从第六层天的"漫无边际的光源"取来属于琐罗亚斯德的灵光，先把它运到第五层天的太阳上，又从太

（接上页）琐氏结过三次婚，大老婆生了一子三女，其中小女儿普鲁奇斯塔，最得父亲的宠爱。二老婆生了两个儿子。三老婆名叫赫沃薇，是古什塔斯布国王的大臣法拉舒什塔尔的女儿。她没有生孩子，但却由此产生了一个有关隐遁先知的故事。布道之初，琐罗亚斯德遭到祭司们强烈反对，收的教徒寥寥无几。后来，因得到凯·古什塔斯布国王的支持和赞助，琐罗亚斯德教才得以广泛地传播开来。

① 复活日，又称终审日。——原编者注
根据琐罗亚斯德教人的说法，复活日到来之际，苏什扬特将唤醒众亡灵，进行最终的审判。到时候，整个大地将被洪水般的熔铁所覆盖，善者的灵魂经此熔铁的考验升入光明、美好的天国；恶者的幽灵将在铄石流金中发出痛苦的哀号，最终跌落阴森可怖的地狱。

② 灵魂是神主霍尔莫兹德的创造物，它是永恒不灭的。据琐罗亚斯德教的传说，人死后灵魂出壳，最初三日内盘旋于死者的躯体之上，仍能感受到世间的温暖苦乐，所以家人要在此时举行祭奠，以告慰亡灵。三日过后，幽灵将被风吹送到"钦瓦特"桥头，接受神的检验。行善积德的正教徒，其亡灵将在花容月貌的仙女指引下，安然通过宽敞的大桥，再经过"善思、善言和善行"三道关口，即升入天国。作恶多端的邪教徒，其亡灵将由丑陋不堪的妖婆带路，走上变得细如毫发的钦瓦特桥，最终跌落地狱。凡生前所作所为善恶参半、功过相等之人，其亡灵的归宿将是"哈梅斯塔坎"，即介乎天国和地狱之间的阴阳界，在那里等待终审日的到来。

阳运到第四层天的月亮上，然后从月亮转运到群星闪烁的星空。

琐罗亚斯德的灵光从星空降落到弗拉希姆①家族的祭火台。打那以后，弗拉希姆家族的祭火台即使不添加柴草，也照样熊熊燃烧，长年不熄②。弗拉希姆是何人？他就是琐罗亚斯德的外祖父。琐罗亚斯德的灵光从祭火台进入已经怀孕的弗拉希姆妻子的体内。数月后，她生下一个女婴，取名叫杜戈达娃③。

杜戈达娃渐渐长大，成了十五岁的妙龄女郎。因为她体内含有神圣的灵光，所以显得光彩夺目，与众不同。即使在黑夜之中，她也像明灯一样，闪耀着光芒。

阿赫里曼及其众妖魔出于邪恶的本性，生怕琐罗亚斯德降临人世。于是，他们施展鬼蜮伎俩，竭力蛊惑民心，散布流言蜚语，致使弗拉希姆及其家人误以为杜戈达娃之所以浑身发光，是因为她中了妖术。这样，杜戈达娃便被赶出了弗拉希姆家族。

杜戈达娃四处流浪，不觉来到斯皮塔曼④部落的住地，该部落酋长把她收养在自己家里。没过多久，杜戈达娃便与酋长的儿子普鲁沙斯布⑤结为夫妻。普鲁沙斯布是何人？他就是琐罗亚斯德的父亲。这样，琐罗亚斯德的灵光就从弗拉希姆家族转移到普鲁沙斯布家族。

琐罗亚斯德的灵魂

琐罗亚斯德的灵魂是神主霍尔莫兹德创造的。在琐罗亚斯

---

① 弗拉希姆的全名为弗拉希姆·拉万·祖依什。——原编者注
② 古波斯人家中设有祭火台，以保持熊熊之火长燃不熄。——原编者注
③ 杜戈达娃，又称杜戈图依，琐罗亚斯德的母亲。
④ 斯皮塔曼，意为"斯皮塔马家族的人"，斯皮塔马是琐罗亚斯德的老祖宗。
⑤ 普鲁沙斯布，又称普尔沙斯布，琐罗亚斯德的父亲。

神主霍尔莫兹德的两大助神巴赫曼和奥尔迪拜赫什特
把胡姆草安放在一棵参天大树的顶端

德作为神的使者下凡尘世之前，他的灵魂和其他神祇一样，是
生活在光明天国里的。琐罗亚斯德降生的时日很快就要到了。
于是，神主霍尔莫兹德的两大助神巴赫曼和奥尔迪拜赫什特①，前
去采撷一根神圣的胡姆草②，然后将琐罗亚斯德的灵魂置于细长、

① 巴赫曼和奥尔迪拜赫什特等神祇又是伊朗月份的名称。——原编者注
　据《阿维斯塔》记载，古代伊朗阳历十二个月和每月三十天均有保护神。十二个
　月的保护神依次为法尔瓦尔丁、奥尔迪拜赫什特、霍尔达德、蒂尔、莫尔达德、
　沙赫里瓦尔、梅赫尔、阿邦、阿扎尔、戴依、巴赫曼和埃斯梵德。
② 胡姆，在《阿维斯塔》中称胡摩，即印度《吠陀》里所说的苏摩，它原是一种药
　草，从中可榨取汁液，供祭神和祈祷时饮用，据说有延年益寿的功效。祭祀时饮
　用的胡姆汁，被称作"帕拉胡姆"，是将胡姆草、石榴枝和圣水一起放入一钵内，
　按严格的宗教礼仪捣制而成。此处的胡姆草是指生长在天国里的仙草。此外，胡
　姆还是一位天神。《阿维斯塔》中提到抓获突朗国君阿弗拉西亚布的修道士，名
　字也叫胡姆。

美丽的胡姆草茎内。两位大天神手里捧着这根胡姆草，从第六层天的"漫无边际的光源"出发，飘飘然降落尘世，把胡姆草安放在一棵参天大树的顶端——那上面有两只大鸟筑的巢。

一条巨蛇盘绕在大树上，但见它冲着鸟巢迅速地爬过去，张口吞噬了几只雏鸟。胡姆草施展神威，杀死巨蛇，救出了两只大鸟。这天，杜戈达娃的新婚丈夫普鲁沙斯布恰好赶着牛群来到青草地。

巴赫曼和奥尔迪拜赫什特飘然出现在他的面前，指引他走到顶端有胡姆草的那棵大树下。普鲁沙斯布得助于两位大天神，上树取下那根神圣的胡姆草，带回家去，交给自己的妻子保存起来。

琐罗亚斯德的躯体

琐罗亚斯德的躯体是由神主霍尔莫兹德的另外两大助神霍尔达德和莫尔达德用水和草制成的。霍尔达德是司水之神，莫尔达德是植物的庇护神。霍尔达德和莫尔达德在空中行云播雨，浇灌干渴的大地。人畜为天降甘霖欢欣雀跃；草木因得雨水滋润而显得郁郁葱葱。

霍尔达德和莫尔达德将琐罗亚斯德的躯体的分子置于雨中，让其随着雨点降落大地，渗入到草木的体内。

在霍尔达德和莫尔达德的启示和引导下，普鲁沙斯布赶着六头健壮的母牛，到丰茂的草原上去放牧。牛群饱餐了一顿含有琐罗亚斯德的躯体分子的青草。每只母牛的乳房都沉甸甸的，充满了乳汁；琐罗亚斯德的躯体分子与牛乳融合在一起。普鲁沙斯布把六头母牛赶回家，交给妻子杜戈达娃，让她把牛奶挤出来。随后，夫妻两人把保存下来的胡姆草——大天神巴赫曼和奥尔迪拜赫什特帮助他们搞到的圣草捣碎，掺进牛奶里，一股脑儿地喝下去了。这样，琐罗亚斯德的灵魂及其躯体分子，便同杜戈达娃体内的琐罗亚斯德的灵光合为一体。事过不久，杜戈达娃便生下了伟人琐罗亚斯德——他日后挑起了传播霍尔莫兹德正教的重任，成为伊朗的第一位先知。

巴赫曼和奥尔迪拜赫什特来到有胡姆草的那棵大树下

七　大流士大帝与高马塔

根据比斯通山岩铭文和希罗多德《历史》第三卷编写

【按语】阿契美尼德国王居鲁士①之子冈布吉亚②登基为王之后，再次出兵埃及，征服了这个历史悠久的国家，从而把波斯帝国的疆域扩展到非洲大陆。在凯旋途中，冈布吉亚听说国内有个名叫高马塔③的祭司，假借他兄弟巴尔狄亚的名义篡夺了王位，朝廷文武百官居然俯首帖耳，唯其马首是瞻，不由得怒发冲冠，火冒三丈。据传，盛怒之下的冈布吉亚竟拔剑自刎，一命归天。

出生于阿契美尼德王族的大流士④，不甘心王权落入他人之手，这时挺身而出，揭露高马塔佯称冈布吉亚的兄弟进而窃据王位的卑鄙行径；他联合波斯贵族势力，剪除了僭号者，登上

---

① 居鲁士（公元前559—前529年在位），出身阿契美尼德族。他乘米底内乱之机，奋起反抗米底的统治，经过三年战争，终于消灭米底，建立阿契美尼德（波斯）王朝。

② 冈布吉亚，又译冈比西斯，或冈比西斯（公元前529—前522年在位），继居鲁士之后，成为波斯奴隶制大帝国的君主。他于公元前525年出兵征服埃及。为了巩固自己的统治地位，他秘密处死了谋反的亲兄巴尔狄亚。

③ 高马塔，又译高墨达，祭司出身的米底人，他谎称是冈布吉亚的兄弟巴尔狄亚，并乘冈布吉亚远征埃及之机发动叛乱，篡夺了波斯王权。

④ 大流士（公元前522—前486年在位），出身于阿契美尼德族的旁支。他联合波斯其他六族的上层，杀死篡位夺权的高马塔，登上了波斯帝国的王位，成为煊赫一时的国君。

国王的宝座。但是，国内局势仍然动荡不安，危机四伏，叛乱者坐地为大，自立为王，气焰十分嚣张。大流士调兵遣将，大举讨伐，把各地的王位觊觎者逐个击败，终于实现了一统天下的夙愿。

国内的叛乱很快平息下来，大流士大帝的御旨在整个阿契美尼德王国境内畅通无阻。嗣后，随着大流士大帝的远征近伐，当时许多富饶之邦，诸如波斯、米底、伊拉克、埃及、埃塞俄比亚、阿富汗、亚美尼亚、小亚细亚、索格特和花刺子模等，全部划入波斯帝国①的版图，阿契美尼德王朝的声名煊赫一时，威震天下。有史以来，著名的国君难以数计，但像大流士那样英明显赫的君主似乎还不曾见过。

卓尔不群的大流士国王，令人将他的生平业绩及其在位期间做出的伟大贡献铭刻在克尔曼沙赫附近的比斯通②山岩上，以使子孙后代永远记住：他是怎样剪除篡位者高马塔的，是怎样使国家摆脱混乱不堪的局面的，又是怎样在霍尔莫兹德神的庇护下，使自己的命令在从印度半岛至非洲大陆的辽阔疆域内畅通无阻，使伊朗的国威大振、名扬四海的。

关于大流士与冒名的巴尔狄亚的故事，除了比斯通山岩上的铭文之外，古希腊史学家希罗多德③在其名著《历史》中有更为详细的记述。下面是比斯通山石刻铭文中记载的有关大流士和高马塔的故事：

"大流士国王说：登基为王之前，我做了这样一件事。当时居鲁士之子、赫赫有名的冈布吉亚是这个国家的君主。他出身

① 波斯帝国，即阿契美尼德王国，它包括阿契美尼德诸王向外扩张的疆域。在古代，波斯（又称帕尔斯，或法尔斯）仅是伊朗西南部的一个行省，波斯人只是古伊朗高原居民的一部分。欧洲人自希腊时期便把波斯作为伊朗的全称，中国古代也把伊朗称为波斯。

② 比斯通，又译贝希斯敦，位于伊朗西部克尔曼沙赫附近的一座山。比斯通山岩铭文是用古波斯文、依兰文和阿卡德文刻写的，具有重要的历史价值。

③ 希罗多德（公元前484—前425年），古希腊历史学家，所著《历史》共九卷，以记载希腊—波斯战争为主，是研究古史的重要材料。

于我们的家族。冈布吉亚有个亲兄弟名叫巴尔狄亚，被他秘密地处决了。黎民百姓并不知道冈布吉亚杀死了自己的亲兄弟。

"嗣后，冈布吉亚出兵埃及。当他坐镇埃及的时候，国内民心思变，图谋不轨，在波斯、米底和其他地方屡有叛乱发生。

"此时，有个名叫高马塔的祭司，在阿尔克德里什山区起来造反，并扬言说，他就是居鲁士的儿子、冈布吉亚的兄弟巴尔狄亚。不明真相的人们听信了他的谎言，纷纷投到他的麾下，共同反对冈布吉亚。高马塔以巴尔狄亚王子的名义登上王位。远征埃及的冈布吉亚得悉此事，怒不可遏，自杀身亡。

"大流士国王这样说：被高马塔以阴谋手段夺去的王权，多少年来一直是属于我们家族的。祭司高马塔从冈布吉亚手中先后夺占了波斯、米底和其他一些地方，俨然以国王自居。

"大流士国王这样说：无论在波斯还是米底，我们家族当中没有人能从祭司高马塔手中夺回失去的王权。臣民们惶惶不可终日，因为高马塔处决了许多以前认识巴尔狄亚王子的人。他这样做是怕事情败露，被人认出自己并非居鲁士之子巴尔狄亚。

"对祭司高马塔的胡作非为，没有人敢吭一声，直至我挺身而出。我祈求霍尔莫兹德的庇佑，霍尔莫兹德给予我以神助。

"巴加亚迪什月①过去十天之后，我率领一支精锐部队，消灭了祭司高马塔及其心腹密友。我在米底国纳萨一带的山区彻底击败高马塔及其同伙，结束了他的统治；尔后，遵从霍尔莫兹德的神意登上了王位。是天神霍尔莫兹德把王权恩赐给我的。

"大流士国王这样说：我恢复了一度被人夺走的我们家族的统治权，使之建立在牢固的基础上。我把祭司高马塔毁坏的神庙修葺一新，并将他从臣民百姓手中掠夺去的牲畜、牧场、房

---

① 巴加亚迪什月，是阿契美尼德王朝时期的月份名称。——原编者注
　　巴加亚迪什原为古波斯历法中的元月，时值秋季。为庆祝一年之始，人们在这个月举行节日活动。琐罗亚斯德教创立以后，巴加亚迪什月改为梅赫尔月，即波斯阳历七月。每年从波斯阳历七月十六日至二十一日，波斯人都要过梅赫尔甘节，这是仅次于新年的大节日，此种习俗一直沿袭至今。

屋和财产归还给原主。我使波斯、米底和其他地区的黎民百姓重新过上安定的生活。总之，被高马塔夺去的一切，我又全部夺回来了。

"这就是我遵照霍尔莫兹德的意旨所完成的事业。在霍尔莫兹德神的庇护下，我付出了极大的努力，以使祭司高马塔篡位夺权的阴谋未能得逞；我竭尽全力为的是维护和巩固我们家庭的王权。"

大流士大帝逝世两年后出生的希腊著名史学家希罗多德，在《历史》一书中对冈布吉亚和巴尔狄亚，以及大流士登基为王的故事有更加详尽的描述，其内容要比他从当时波斯人那里听来的还要丰富①。从他的描述中我们不难看出，这个在民间流行的故事起初就带有神话传奇的色彩。现将希罗多德收录的这则故事简述如下。

计划出征埃塞俄比亚

阿契美尼德国王冈布吉亚征服埃及之后，一心想把迦太基和埃塞俄比亚据为己有，并打算将努比亚也置于波斯帝国的领土范围之内。

于是，冈布吉亚决定派遣若干战船驶往迦太基，并命令部分军队做好出征努比亚的准备；与此同时，他还派暗探潜入古老的埃塞俄比亚，以刺探和收集该国的民情和军事情报。

可是，雇来驾驶战船的腓尼基水手坚决拒绝开往迦太基，因为迦太基人的祖先原本是腓尼基人，腓尼基水手当然不愿同室操戈，与自家人动刀枪了。

---

① 希罗多德关于冈布吉亚在埃及所作所为的记述，是从臣服于波斯帝国的埃及人那里收集来的，并不完全真实可靠。——原编者注

　　出于无奈，冈布吉亚只得放弃攻占迦太基的计划，而把注意力集中到征服埃塞俄比亚上来。他挑选了几位使臣，令其随身携带厚礼和友好信件，前去拜访埃塞俄比亚国王，以便乘机深入了解该国的军事实力和风俗民情。

　　埃塞俄比亚人的风俗习惯与其他国家迥然不同。当时，该国居民以身材高大和长相英俊而遐迩闻名。正因为身材高大，所以他们显得比一般人更加强健有力。

埃塞俄比亚国王的强硬答复

　　冈布吉亚的使臣携带贵重礼品来到埃塞俄比亚国王的宫廷，呈上友好的信件。老谋深算的埃塞俄比亚国王早已看透波斯使臣来访的目的，他不动声色地开口言道："伊朗国王馈赠厚礼，显然不是为了寻求我的友谊。你们所强调的这次来访的用意也不真实。说穿了，你们到这里来，无非是想探听消息，了解我国的民情和国情，以便达到不可告人的目的。贵国国王看来不像是位公正、贤明的君主；否则，为何要对他国的领土垂涎三尺？为何要无缘无故地去征服和奴役他国的臣民百姓呢？我这里有一张硬弓，请你们带回去呈交给国王陛下，并转告他：如果伊朗将士能不费吹灰之力地将这张弓拉开，那么他可以率领精兵强将前来埃塞俄比亚较量一番；如若不然，他就得感谢上帝不曾让埃塞俄比亚人觊觎贵国的领土。"

　　伊朗使臣碰了一鼻子灰，悻悻然返回去，把出使的经过如实地禀告国王。冈布吉亚听罢拍案而起，勃然大怒，当即下令军队向埃塞俄比亚进发。由于盛怒之下草率行事，冈布吉亚对这次出征道路上可能遇到的艰难险阻估计不足，对粮草等军需品的供应也缺乏周密的考虑和安排。

　　伊朗大军来到塔巴斯城后，冈布吉亚另外拨出五万士兵前

去征服努比亚，他自己则率领大军继续向南挺进。

冈布吉亚被迫撤回埃及

军队走了还不到五分之一的路程，粮草已经断绝。但是，急于求成的冈布吉亚仍然坚持进军。士兵们忍耐不住，便把驮军械的牲口宰了，以填充肚皮。不几日，牲口也全吃完了，只得以野草充饥。进入一望无垠的沙漠后，黄沙遍地，寸草难寻，士兵们找不到任何充饥的食物。于是，军中发生了令人触目惊心的事情：士兵们自愿结合，十人一组，采取投签抓阄的办法，凡中签者就被其余的人杀死吃掉。这种野蛮的人吃人的做法传到冈布吉亚的耳朵里，这才使他意识到问题的严重性。出于无奈，冈布吉亚只得放弃原来的打算，下令撤军，返回埃及。在这次徒劳无益的远征中，伊朗军队白白地蒙受了重大的损失。

派去征服努比亚的那支五万人的军队始终没有任何消息。他们既没有抵达努比亚，又未能返回埃及。据努比亚人说，当伊朗军队临近努比亚边界时，一天士兵们席地而坐，正准备用餐，突然狂风大作，飞沙走石，强劲的南风卷起无数的沙柱，劈头盖脸地朝他们袭去，不大一会儿工夫，这支五万人的军队便消失得无影无踪。

神牛阿皮斯被刺伤致死

就在伊朗军队垂头丧气、无精打采地返回孟菲斯城时，只见城内百姓身着五颜六色的服装，有说有笑，载歌载舞，像过节一样热闹。心境不佳的冈布吉亚以为，埃及人偏偏在这个时候兴高采烈地欢度节日，显然是对他出征受挫的嘲弄。于是，他便把满腔怒火一股脑儿地发泄出来。

冈布吉亚差人把孟菲斯的执政官唤来，声色俱厉地质问道："我以前在孟菲斯的时候，从未见过居民们这样喜笑颜开，而今我出师不利，军队遭受严重损失，所以你们才有这份雅兴，过节庆贺，是吧？"执政官连忙回答说："尊敬的国王陛下，孟菲斯人岂敢幸灾乐祸！大王有所不知，埃及人自古信奉神牛阿皮斯，每当它下凡显形之时，城中百姓便过节庆祝，热闹非常，正如大王所见的那样。"

冈布吉亚根本不听那一套，他下令左右将孟菲斯的执政官推出斩首。随后，又将祭司们唤来，不由分说地吩咐道："快把你们的神牛阿皮斯牵来见我！"

阿皮斯，是埃及人奉祀的天神之一。他们认为此神能变化为牛犊，下凡尘世。这头牛犊有特殊的标志：浑身上下呈黑色，唯独前额正中有一方白色的斑纹，背部显现出一只老鹰的图案，尾部的毛每根分成两股。按照埃及人的传统说法，神圣的火种自天而降，进入这头牛犊的母亲的腹内，使之怀胎产下阿皮斯。尔后，这头母牛便不再生育。

祭司们遵旨将神牛阿皮斯牵来。满面怒容的冈布吉亚二话不说，刷啦一声，从腰间抽出明晃晃的宝剑，朝着阿皮斯猛刺过去。他本想戳穿牛犊的腹部，但不知怎么搞的，却只刺中它的大腿。冈布吉亚先是仰天大笑，接着他以讥讽的口吻对众祭司说道："你们真够聪明的！难道这样一头普普通通的牛犊——仅有皮肉和骨头的四条腿动物，也能奉作神明吗？既然铁器可以伤其皮肉，那还算什么神灵？这样的神，也只有像你们这样的傻瓜才会相信。不！你们是在故意戏弄我，我绝不会轻饶你们的！"

说罢，当即下令将众祭司处以死刑，并严禁城内百姓唱歌跳舞，寻欢作乐。

被冈布吉亚用剑刺伤的神牛阿皮斯，伤势日趋严重，不久便死在一座神庙里，祭司们偷偷地将它埋葬了。

据埃及人传说，本来就不明智的冈布吉亚，自从伤害神牛阿皮斯，犯下不可饶恕的罪过之后，变得越发愚蠢了。

巴尔狄亚王子被秘密处决

冈布吉亚变得越来越愚蠢的第一个事例，是他秘密处死了自己的亲兄弟巴尔狄亚王子。

自从冈布吉亚的使臣携带埃塞俄比亚国王的硬弓返回之后，除了巴尔狄亚王子之外，再没有一个伊朗人能够拉开那张弓。冈布吉亚十分妒忌巴尔狄亚，于是便找个借口，把自己的亲兄弟打发回国去了[①]。

事后不久，冈布吉亚夜里做了个梦，梦见从伊朗来的信使向他禀报说，巴尔狄亚现已登上王位，自称天之骄子，凌驾于诸王之上。

梦中醒来，冈布吉亚不觉吓出一身冷汗，他暗自思忖道："此梦不是好兆头！莫非巴尔狄亚心怀鬼胎，图谋不轨，想要加害于我，自己登基为王不成？"想到这里，冈布吉亚决定抢先下手，解除心腹之患。于是，他密令自己的宠臣——波斯显贵帕尔克萨斯普赶回国去，伺机处决巴尔狄亚王子。帕尔克萨斯普遵旨行事，乘巴尔狄亚王子打猎之机，将他杀死在狩猎场。也有人说，帕尔克萨斯普在埃里特雷河边，乘巴尔狄亚王子不备，将其推入河中淹死了。

---

① 此处与比斯通山岩铭文的记载不符，铭文中说冈布吉亚在出征埃及之前就已处死巴尔狄亚王子。——原编者注

当众下令处决公主

冈布吉亚变得越来越愚蠢的第二个事例，是当众下令处决了与他一道前来埃及的亲妹妹。事情的经过是这样的：一天，冈布吉亚闲来无事，正在观看幼狮与家犬的一场恶斗，借以消磨时光。他的妹妹也在一旁观看。就在家犬被幼狮咬翻在地的刹那间，另一只家犬（它与被咬败的那条狗是同窝生的）突然挣脱拴它的绳索，朝着得胜的幼狮猛扑过去。两只家犬密切配合，终于斗败了幼狮。

看到这里，公主不由得鼻子一酸，伤心地落下泪来。冈布吉亚感到疑惑不解，忙问妹妹为何而哭？公主一边抹泪一边说："我见这两只同窝生的家犬，且能在危难时刻互相帮助，因而不由得想起巴尔狄亚兄弟。他一个人留在国内，形单影只，怪可怜的。"冈布吉亚闻听勃然大怒，暴跳如雷，当即喝令左右，将公主押送刑场，处以极刑[1]。

帕尔克萨斯普之子无辜被杀

冈布吉亚的昏庸不仅使皇亲国戚蒙受其害，而且殃及文武大臣，就连遵旨秘密处死巴尔狄亚王子的波斯显贵帕尔克萨斯普也未能幸免。

事情经过是这样的。有一天，冈布吉亚心血来潮，他冷不防向帕尔克萨斯普提出一个问题："老爱卿！你听到臣民百姓都在怎样议论孤王，他们把我看成怎样的一位国君呢？"帕尔克萨

---

[1] 希罗多德还记录了另一则埃及人的传说，其内容与上述故事大同小异。——原编者注

斯普（他的爱子是国王所宠信的斟酒官之一）毕恭毕敬地回答说："尊敬的国王陛下！每当提及大王的恩德，臣民百姓无不啧啧称赞。只是有件小事，人们略有议论，即认为大王似乎有点好酒贪杯。"

闻听此说，冈布吉亚把脸一沉，声色俱厉地反问道："照这么说，波斯人是在责备我沉湎于美酒了？那我岂不成了骄奢淫逸的昏庸之君？既是这样，那他们从前对我的赞美和颂扬，岂不全是骗人的鬼话？"

原来在此之前，冈布吉亚曾召见过几位波斯的达官显贵，当时吕底亚国王克拉索斯（他的国家被居鲁士国王征服，他本人却是居鲁士国王的密友）也在座。冈布吉亚问道："若是把孤王和先王居鲁士相比，你们有什么看法？"波斯显贵们回答说："尊敬的国王陛下当然要比先王更伟大了！因为陛下不仅是居鲁士创建的国家的统治者，而且还征服了埃及和其他许多地方。"克拉索斯沉思片刻，开口言道："尊敬的国王陛下！以鄙臣之见，您与先王居鲁士是不能相比的，因为居鲁士国王生下了像您这样伟大的儿子，而陛下呢，至今还没有做到这一点。"冈布吉亚听到这些颂词赞语，心里乐不可支，他特别夸奖克拉索斯能说会道，善于辞令。

此时此刻，听了帕尔克萨斯普的逆耳之言，冈布吉亚不由得联想起以前的那些赞许他的话，这使他十分恼火，禁不住大发雷霆："帕尔克萨斯普！你自己来评判一下。你们波斯人一会儿这么说，一会儿又那么说，是不是神经不健全？"他见帕尔克萨斯普缄口不语，便又接下去说道："好吧！现在让我来告诉你应该怎样进行判断。看到了吗？你的儿子就站在那边的走廊里。我现在向他发射一箭，假如正中他的心脏，那就意味着波斯人的话全是胡诌八扯；假如射不中，那我就承认波斯人言之有理。"

说完，冈布吉亚起身从箭袋中抽出一支翎箭，瞄准帕尔克萨斯普的儿子，拉弓劲射，青年应声倒地而死。冈布吉亚喝令左右当场解剖尸体，看时，利箭果然正中青年的心脏。帕尔克萨斯普失去爱子，心似刀绞，但他又不敢发作，只得饮泣吞声，被迫承认疯子是波斯的达官显贵，而不是冈布吉亚。

另有一次，冈布吉亚不知为何大动肝火，下令活埋了十二名波斯贵胄。

克拉索斯见冈布吉亚性情暴戾，喜怒无常，动辄处人以死刑，认为这样做委实不妥，便上前规劝几句。不料，竟惹恼了这位任性的国王，当众宣布要处他以死刑。对国王脾气深为了解的宦官，知道冈布吉亚事后会感到后悔，便自作主张，把克拉索斯藏了起来。不一会儿，冈布吉亚真的后悔了，觉得不该处死克拉索斯。这时，宦官把克拉索斯带上来拜见国王。"克拉索斯如今还活着，为此孤王感到欣慰。"冈布吉亚不动声色地说，"但是，你们拒不执行国王的命令，理当问斩！"结果，本想取悦于国王的宦官，反倒成了刀下鬼。

诸如此类伤天害理的事，冈布吉亚还做了不少。譬如他闯进埃及人的神庙，恣意亵渎神明，并将木雕的神像付之一炬。他还不顾埃及百姓的抗议，派人挖掘圣人的陵墓。由此可见，冈布吉亚已经堕落成一个丧失理智的昏君；否则，怎么会对他国人民视为神圣不可侵犯的传统习俗和宗教信仰采取如此轻蔑的态度呢？一个民族的宗教信仰，对该民族来说是至关重要的，要想强迫他们改变传统习俗，那只能是痴心妄想。

两个造反的马朱斯

正当冈布吉亚在埃及称王称霸、为所欲为的时候，有两个马朱斯①在伊朗发动了叛乱。

---

①马朱斯，亦称穆格，即负责宗教事务的祭司。——原编者注

其中有个马朱斯，过去曾担任国王冈布吉亚的内侍，因而对于王宫里发生的事情，诸如巴尔狄亚王子被秘密处死等，他都了如指掌。关于巴尔狄亚王子遇害之事，知情者寥寥无几，这一点他也十分清楚。这个马朱斯有个兄弟，长得很像居鲁士国王之子巴尔狄亚，不仅脸盘儿和体形相似，就连名字也一样，都叫巴尔狄亚。这个马朱斯野心勃勃，他暗中制订好篡位夺权的计划，然后把他的兄弟巴尔狄亚找来，诡秘地说："你就以居鲁士国王之子巴尔狄亚的名义登基为王好了，其余的事一概由我来安排。"

事过不久，假巴尔狄亚王子果然登上了王位。他们兄弟俩向全国各地（包括埃及在内）发出通告说，从此以后，国家的最高统治者是居鲁士国王之子巴尔狄亚，而不是冈布吉亚。

动身去埃及的信使，这日来至叙利亚境内的哈马丹[①]。他听说冈布吉亚率领大军已经到达这里，便急忙赶到军营，大声宣读新国王发布的公告。

冈布吉亚得悉此事，信以为真。他暗自思忖：肯定是帕尔克萨斯普阳奉阴违，拒不执行御旨，没有处死他的兄弟巴尔狄亚，所以才会有今天巴尔狄亚篡位夺权的事发生。想到这里，冈布吉亚把凶狠的目光转向帕尔克萨斯普，话中有话地问道："这大概就是你所谓的'遵旨行事'了？"帕尔克萨斯普连忙申辩说："尊敬的国王陛下！巴尔狄亚王子怎么会登基为王？这种说法纯属无稽之谈！大王切不可轻信谣言，更用不着担惊受怕。为臣遵照圣旨行事，亲自处决了巴尔狄业。如果僵尸也能钻出坟墓，那么阿斯蒂亚格[②]岂不也将死而复活，来与大王争权？人死命亡，此乃天经地义！大王尽可放心，绝不会有巴尔狄亚犯上作乱之事。以卑臣所见，似应将那信使唤来，仔细问个明白，

---

① 这里所指的哈马丹不是米底王朝的旧都哈马丹。——原编者注
② 阿斯蒂亚格，米底王朝的末君，被冈布吉亚的父亲居鲁士击败，从而导致米底的灭亡和阿契美尼德王朝的建立。——原编者注

也好弄清楚到底是什么人指使他来宣读公告的。"

信使被侍卫带进来，帕尔克萨斯普严肃地发问道："喂，你说你宣读的是新王巴尔狄亚的命令。我倒要问你，这份公告是巴尔狄亚亲手交给你的，还是你从他的代理人手中得到的？你不必担惊受怕，只管老老实实地讲出来！"

信使毕恭毕敬地回答说："自从国王陛下出征埃及之后，我确实未曾见过巴尔狄亚王子。这份公告是过去曾做过宫廷内侍的马朱斯给我的，他说这是新王巴尔狄亚的命令。"

信使的话打消了冈布吉亚对帕尔克萨斯普的怀疑。他抱歉地说："帕尔克萨斯普，你完成了孤王交给你的任务，是不应该受到责备的。寡人现在很想知道，那个打着巴尔狄亚王子的旗号篡位夺权的亡命之徒到底是谁呢？"

帕尔克萨斯普语气相当肯定地回答："尊敬的国王陛下！根据已掌握的情况，那个胆大包天的家伙很可能就是曾做过宫廷内侍的马朱斯。他有个兄弟也叫巴尔狄亚。看来，他们用冒名顶替的卑劣手法，妄图掩人耳目，一举夺得国王的桂冠。"

听到这里，冈布吉亚不禁想起不久前做的那个梦，这才恍然大悟。原来梦中所见的那个巴尔狄亚是冒牌的。他对自己不顾兄弟情义，狠心处死亲骨肉的做法深感后悔，不由得潸然泪下，哭出声来。

冷静下来之后，冈布吉亚经过一番思考，感到形势相当严峻。他应该尽快进军舒什城①，以便同冒名的巴尔狄亚决一死战。就在冈布吉亚跨上战马的刹那间，由于他用力过猛，不慎将剑鞘的纽扣撞碎，利剑从鞘中脱落，剑锋刺伤了他的大腿。说也凑巧，冈布吉亚恰好是在他当年刺伤神牛阿皮斯的地方受

---

① 舒什，是阿契美尼德王朝的都城之一。——原编者注
　据史书记载，阿契美尼德王朝共有四座都城，它们是帕萨尔加德、埃斯塔赫尔（即波斯波里斯）、舒什（又译苏撒）和埃克巴坦（即哈马丹）。

的伤①。

冈布吉亚觉得这次受伤来得蹊跷，恐怕是不祥之兆。他问左右侍卫："这里是什么地方？"回答说："哈马丹！"听到这三个字，冈布吉亚不觉一怔，脸色都变白了。原来，此前曾有算命先生预言，他将死于哈马丹。当时，他还以为算命先生指的是伊朗的哈马丹，心想能在那座名城寿终正寝也够福气了。时至今日，他才明白算命先生指的是叙利亚的哈马丹！想到这里，冈布吉亚不禁喟然长叹："啊，居鲁士国王之子冈布吉亚呀！就在这里你将一命归天！"

冈布吉亚道出真情

受伤后的冈布吉亚一反常态，变得沉默寡言，忧心忡忡。大约过了二十天，冈布吉亚召见波斯的达官显贵，语重心长地对他们说道："现在，我要向你们公开一件迄今为止我一直守口如瓶的秘密：那是在埃及的时候，一天夜里我做了个梦，梦见从伊朗来了个信使，禀报说巴尔狄亚已登上王位，自称天之骄子，凌驾于诸王之上。这个噩梦令人不寒而栗。我生怕失掉国王的桂冠，便匆匆地做出决定，干了一件很不明智的事。想来也许是天命如此，由不得你我。当时我又着急又生气，就横下一条心，命令帕尔克萨斯普火速返回波斯，秘密处决巴尔狄亚，以消除我的心腹之患。他完全遵照我的指示办了。

"巴尔狄亚被秘密处死之后，我心里才镇定下来，以为从此

---

① 显然埃及人试图说明，冈布吉亚的受伤致死，是他亵渎和伤害神牛阿皮斯所应得的惩罚。——原编者注

前文提到冈布吉亚在孟菲斯刺伤神牛阿皮斯；但此处所说冈布吉亚受伤的地方，从上下文来看，却是叙利亚境内的哈马丹，两个地方并不一致。原文如此，编译者不便更改。

可以高枕无忧了。但我万万没有想到，还会有人打着巴尔狄亚的旗号起来造反。显然，是我估计错了。我白白地葬送了自己亲兄弟的性命。如今既没能保住王权，又失去了骨肉兄弟，真是搬起石头砸自己的脚，自作自受！在我梦中出现的那个巴尔狄亚，根本不是居鲁士国王之子巴尔狄亚，而是祭司出身的巴尔狄亚！他和他的兄弟密谋篡位夺权，发动了叛乱。

　　"如今我重病在身，心有余而力不足。要剪除这两个僭位者，是多么需要像我兄弟巴尔狄亚那样的人呀！可是，这样的人才，却被我亲手毁掉了，实在令人痛惜。痛定思痛，现在只好向你们——波斯的达官显贵做个交代，告诉你们我死后应该做些什么。让我指王室家族的庇护神起誓，并郑重地留下自己的遗嘱：希望你们，尤其是出身阿契美尼德王族的人，无论如何要夺回王权，绝不能让我们家族的统治权落入米底祭司的手中！

　　"要动用武力，或者施展计谋夺回我们家族的王权。能用武力夺取，就动用武力；能用计谋夺取，就施展计谋。总之，要不惜任何代价，夺取和巩固王权。

　　"如果你们这样做了，我将祈求天神赐福于你们，使你们的土地肥沃，连年丰收；使你们的女人怀孕生产，养育优秀的子孙；使你们的牛羊成群，膘肥体壮；使你们的生活幸福，充满欢乐。假如你们不这样做，那我就将诅咒你们，使你们遭灾受难，像我一样落得可悲的下场！"

假巴尔狄亚执掌朝政

　　居鲁士之子冈布吉亚，在位统治七年零五个月后与世长辞。波斯的达官显贵并不相信冈布吉亚临死前说的话。他们认为，冈布吉亚之所以要那么说，意在蛊惑人心，煽动他们反对巴尔狄亚王子上台执政。这时，帕尔克萨斯普见冈布吉亚已去世，

自己失去了保护人，便矢口否认曾参与杀害巴尔狄亚王子之事。他这样做的结果，越发使波斯的达官显贵觉得冈布吉亚的遗言不可信了。

随着冈布吉亚的去世，冒名的巴尔狄亚越发得势，举国上下，没有人敢出来与他分庭抗礼。于是，他心安理得地做起皇帝来。为了笼络人心，他宣布帝国境内的臣民可免缴赋税三年，也不必再受服兵役之苦。与此同时，他还把金银财宝分赐给自己的心腹密友，以赢得他们的欢心和支持。

假巴尔狄亚露出马脚

假巴尔狄亚的统治平安地度过了七个月，进入第八个月，他的马脚便暴露出来。最先察觉出假巴尔狄亚破绽的，是遐迩闻名的波斯显贵胡塔纳。他经过仔细的观察，发现新王巴尔狄亚深居皇宫，很少抛头露面；执政以来，从不召见任何波斯显贵。胡塔纳由此产生疑惑，并想尽快解开这个谜。为此，他求助于自己的女儿。胡塔纳的女儿原是冈布吉亚国王的宠妃，新王巴尔狄亚上台执政后，她便成了后宫的嫔妃之一。

胡塔纳给女儿写了封信，托人捎进后宫。他在密信中问道："女儿呀！你可知道与你同衾共枕的男人，究竟是居鲁士国王之子巴尔狄亚，还是其他的什么人呢？"女儿回信说，在新王登基之前，她从未见过巴尔狄亚王子，因此，无法判明他到底是谁。

在给女儿的第二封信中，胡塔纳告诉她，只要去问问住在宫中的阿图萨王后就能得到肯定的答复。因为阿图萨是居鲁士国王的女儿，巴尔狄亚的姐姐，她当然认识自己的亲兄弟了。女儿在复信中说，她根本见不着阿图萨王后和宫中的其他嫔妃，因为自从新王即位以后，嫔妃们便被分隔居住，每人都有自己单独的庭院，不准随便出入。

读了女儿的回信，胡塔纳的疑心更加重了，他急不可待地提笔写了第三封信，信中说道："亲爱的女儿，你出身于名门望族，是知书达理之人。如果父亲为了崇高的目的而有求于你，即使面临危险的话，我相信你也不会推辞的。

"假如像为父所怀疑的那样，这位新王并非居鲁士之子巴尔狄亚，那么他冒名顶替，篡位夺权，霸占你为妃子，骑在波斯人的头上作威作福，就该受到严厉的惩罚！现在，为父要求你这样去做：夜里当你确信他已睡熟时，就假装亲昵地把手伸过去，摸摸他的耳朵看，如果他没有耳朵，那就是冒名的假巴尔狄亚！"（祭司出身的巴尔狄亚，在居鲁士当政时曾因犯罪行为而被割掉了两只耳朵。）

女儿的复信是这样写的："我这样做确实很危险。如果他真的没有耳朵，又发现我知道了真相，那他是不会轻饶我的。但是，父亲大人请放心，纵然有生命危险，女儿也坚决照着父亲的话去做！"

是夜，胡塔纳的女儿热情接待新王，说了不少温存体贴的话。新王满心欢喜，灭灯就寝，很快进入梦乡。这时胡塔纳的女儿假装翻了个身，顺势把手臂伸向新王的耳部，她立刻明白了躺在她身边的男人是没有耳朵的假巴尔狄亚！翌日清晨，她赶忙写信把了解到的情况报告父亲。

波斯七君子结成同盟

摸清了新王的底细，胡塔纳立即派人把他最贴心的两位波斯显贵阿斯帕查纳和高巴鲁瓦请到家中，将了解到的新情况转告他们。对新王早有疑心的这两位波斯显贵得知事情真相后，都表示愿意同胡塔纳携手合作，共同努力推翻僭位者。他们经过一番讨论，决定每个人再去发展一个忠实可靠的波斯显贵，

加入他们的组织。于是，很快就组成了一个六人小集团。

就在这个时候，维什塔斯普之子大流士从波斯来到京城舒什。大流士的父亲是声名显赫的波斯总督。来到京城不久，大流士便被胡塔纳等人看中，并被吸收加入了秘密组织。

就这样，七位波斯显贵结成了同盟，他们发誓要把失去的王权重新夺回来，七君子围坐在一起，进一步商讨夺权大事。轮到大流士发言时，只听他激动地说道："原先我还以为只有我一个人知道真正的巴尔狄亚王子已被秘密处死，新上台的国王是假巴尔狄亚呢。没想到诸位大人早已知情，并决心付诸行动，夺回王权，这真太好了，正合我的心愿。我这次特意赶到舒什来，不为别的，就是要除掉这个冒名顶替的假巴尔狄亚！依我之见，事不宜迟，应该尽快地采取行动，越快越好！"

胡塔纳不慌不忙地说道："大流士呀！你父亲维什塔斯普勇武过人，是一员虎将，想必你也是位有胆有识的俊杰；然而，此举事关重大，万不可操之过急，还是小心谨慎为好。我们首先应该扩大组织，积蓄力量，然后看准时机给敌人以致命的打击！"

大流士坚决反对这种意见，他直截了当地反驳说："若是按照胡塔纳大人的意见行事，我们必将坐失良机，功败垂成！试想时间拖得久了，万一走漏风声，泄露机密，你我岂不要人头落地？眼下最重要的是我们七个人必须守口如瓶，绝对保密。胡塔纳大人却主张扩大组织，吸收新成员，这样做显然不妥。人多了容易出事，难保没有那见利忘义之徒，昧着良心出卖朋友，叛变投敌。根据当前的形势来看，我认为应该马上采取行动，今天就动手解决问题。你们若是不同意，我一个人也要坚持这样做！无论如何不能再拖延了。与其等着让别人揭发我们，还不如抢先下手，打他个措手不及！"

胡塔纳见大流士情绪异常激动，态度十分坚决，自知难以说服他，便追问道："你这样急于求成，甚至连一天的时间都不愿耽搁，那么我倒要问问，你怎样才能进入戒备森严的皇宫，向假巴尔狄亚发起进攻呢？如果你没有亲眼看见，至少也该听说过，皇宫四周全有卫兵把守，怎么能够闯进去呢？"

大流士胸有成竹地回答说："是的，有些事情说起来容易，做起来难；可是，也有些事情恰恰相反，说起来很难，做起来倒也容易。依我看，卫兵这一关就不难通过。我们七个人不都是波斯的达官显贵吗？卫兵们出于尊敬，见了我们不会一点面子也不给吧？

"另外，我还有个理由充足的借口。我将对卫兵们说：我父亲是波斯总督，他写了个奏折，要我进宫亲自呈交给国王陛下。他们还能不放行吗？当然，肯放我们进宫的卫兵，应该得到奖赏；倘若有人阻止我们入宫，那他就是我们的敌人，对他没有别的办法，只能用武力解决，硬闯过去！"

大流士的话音刚落，高巴鲁瓦接着说道："诸位大人，现在形势紧迫，要求我们当机立断，迅速采取行动，不能迟疑不决，坐失良机！摆在我们面前只有两条路：要么杀进皇宫，夺回失去的王权；要么夺权失败，献出自己的生命。成败在此一举，还有什么可犹豫的？

"我们全是波斯的显贵，怎么能容忍米底的马朱斯骑在我们头上作威作福，发号施令？那个马朱斯算什么人？他不过是因犯罪而被割去耳朵的跳梁小丑！大家都还记得冈布吉亚临死前的遗言吧？他是怎样诅咒那些对夺回王权不积极、不热心、不全力以赴的人呢！当时，我们听不进他说的话，误以为他想煽动我们去反对自己的兄弟巴尔狄亚王子。现在真相大白了，我们还不应该按照他的遗嘱去行动吗？正如大流士所说，机不可失，时不再来！我们七个人何不马上就动身出发，冲进皇宫，除掉那个冒名顶替的假国王呢？"

众人听了高巴鲁瓦的一席话，连连点头，表示赞同。于是，波斯七君子达成一致意见，决定立即采取果断行动。

帕尔克萨斯普壮烈牺牲

正当波斯七君子密商夺权大事的时候，皇宫里发生了一件意外的事。原来，假巴尔狄亚和他兄弟为了维护和巩固自己的统治地位，早就想拉拢颇有名望的波斯显贵帕尔克萨斯普。因为只有帕尔克萨斯普确切地知道巴尔狄亚王子已被处死，以及他们是如何耍弄阴谋诡计上台的。此外，假巴尔狄亚兄弟也了解冈布吉亚是怎样对待帕尔克萨斯普的，并知道他的爱子是被冈布吉亚当作箭靶子射死的。他们想利用帕尔克萨斯普对冈布吉亚的不满和仇恨，达到自己的卑鄙目的。

于是，新王派人把帕尔克萨斯普请进宫来，设宴款待他，席间又是封官许愿，又是馈赠厚礼，百般进行拉拢，末了，要求他对所知道的一切严加保密，绝不外传。

帕尔克萨斯普点头应是，哪里敢说半个不字！新王得寸进尺，向他提出进一步的要求：“孤王打算在城门外召集波斯臣民，由你出面发表讲话，告诉他们新即位的国王千真万确是居鲁士国王的儿子巴尔狄亚！你看如何？”帕尔克萨斯普毕恭毕敬地回答说：“一切遵命照办！”

遵照圣旨，城里的波斯臣民全都聚集到城门楼下。帕尔克萨斯普被请到城门楼上，发表讲话。他首先提到阿契美尼德王朝的创始人阿契美尼德的名字，历数了阿契美尼德及其后嗣直至居鲁士国王[①]的功德，尤其对居鲁士大帝在位期间完成的丰功伟绩更是赞不绝口。接着，他把话锋一转，大声说道：“臣民们！现在让我来揭露一个秘密！以前我由于贪生怕死，不敢把它公诸于众。今天，我不能再保持沉默了，我要把这个秘密告诉大家。这个秘密就是冈布吉亚生前曾暗地里指使我秘密处决

[①] 居鲁士，是阿契美尼德的第四世孙。——原编者注

了他的亲兄弟巴尔狄亚王子！现在在台上统治你们的，不是居鲁士国王的儿子，而是米底的祭司巴尔狄亚，他是靠阴谋诡计爬上王位的！"

帕尔克萨斯普在结束演讲时，慷慨激昂地号召波斯臣民奋起反抗假巴尔狄亚的统治，为恢复阿契美尼德家族的王权而英勇斗争，他无情地诅咒了那些不积极参与夺权斗争的人。说完，他从高高的城楼门上纵身跳下，当场摔死在众人面前。帕尔克萨斯普就这样结束了自己的一生，他以视死如归的壮烈行为表明，他不愧为波斯的伟大民族英雄。

皇宫内的一场激战

再说波斯七君子商定采取行动之后，立即举行了拜神仪式。他们每个人都对天盟誓，表示不达目的，死不瞑目！这时候，他们还蒙在鼓里，对外边发生的事情一无所知。来到街上，他们才听到帕尔克萨斯普壮烈牺牲的消息。因为出现了意外的情况，他们赶忙拐进一个僻静的胡同，紧急磋商。胡塔纳和由他发展的那位波斯显贵反复强调，既然事情已发生变化，局势异常混乱，就不宜按原定计划行事，待摸清情况之后，再另作安排为妥。但大流士等人却坚持己见，认为时局对采取行动更为有利，一刻也耽误不得。

正当双方争执不下之时，忽见天边飞来两只黑秃鹫，后面紧跟着七只老鹰。那七只老鹰迅速地追赶上来，用尖喙利爪将两只黑秃鹫撕得粉碎。波斯七君子认为这是吉祥的预兆，更加坚定了夺权必胜的信心。于是，他们停止争论，甩开大步直奔皇宫。

正如大流士所预料的那样，他们顺利地通过了皇宫大门。一向十分尊敬波斯达官显贵的卫兵，连问也没问一声，就放他们进去了。他们刚进入庭院，迎面碰上了几个太监。众太监挡住去路，上前仔细盘问，并责怪卫兵不该随意将人放进宫来。

波斯七君子见众太监纠缠不休，说什么也不准他们入内，勃然大怒，抽出刀剑，将他们砍倒在地。随后，径直朝内宫冲杀过去。

这时，假巴尔狄亚正和他兄弟一起商讨对策，研究如何应付由于帕尔克萨斯普的反叛所造成的混乱局面。忽听得窗外传来太监的惨叫声，兄弟两人不知发生了什么事情，急忙跑出屋外看个究竟。当他们发现几个波斯显贵持刀执剑地冲杀进来，方知大事不妙，转身回屋去取武器。其中一个绰起一张弓，另一个抓起一根长矛。于是，双方短兵相接，在宫内展开了一场激战。

假巴尔狄亚兄弟命赴黄泉

俗话说"困兽犹斗"，一点不错。假巴尔狄亚兄弟虽然已经身陷绝境，但仍不甘心失败，还要负隅顽抗。手持长矛的那个拼命挣扎。混战中，他先刺伤阿斯帕查纳的左腿，后又刺瞎温德法尔纳的右眼；但他终因寡不敌众，惨死于刀剑之下。

慌乱中只绰起一张弓的假巴尔狄亚，抵挡一阵之后，猛然将弓朝对方扔过去，并乘机逃进一间耳房。还未等他把门关上，大流士和高巴鲁瓦便紧跟着闯了进来。

高巴鲁瓦与假巴尔狄亚扭在一起，在地上翻过来滚过去，打得难分难解。大流士持剑立在一旁，不知如何下手是好。因为耳房里黑乎乎的，他生怕不慎误伤了高巴鲁瓦①。

---

① 皇宫大殿四周的耳房通常不安窗户，光线只能从门缝里照射进来，所以显得黑乎乎的。——原编者注

高巴鲁瓦发觉大流士站在那里发愣，便大声喊道："你待着干什么？还不快点动手！""怎么下手哇？伤着你可怎么办？"大流士不知所措地回答。"怕什么?！快下手吧！刺死我也没关系。"高巴鲁瓦的话使大流士勇气倍增，他不再犹豫，果断地举剑猛刺，苍天保佑，正中假巴尔狄亚的后背，只听他惨叫一声，便呜呼哀哉了。

篡位夺权的假巴尔狄亚兄弟被杀死了。大流士等人砍下他们的首级，提在手中，欣喜若狂地冲出皇宫，向人们报告这个大好消息！

知道了事情真相的波斯人，为大流士等七君子的英雄行为拍手叫好，为从米底祭司手中夺回王权而热烈欢呼！他们纷纷拿起武器，到处寻找米底祭司，见一个杀一个，毫不留情。若不是因为夜幕降临，恐怕连一个米底祭司也难保住性命。

商定挑选国王的方法

五天的动乱过去之后，京城才逐渐恢复了平静。在夺权斗争中立下不朽功勋的波斯七君子，就政权的组织形式和国家领导人的人选问题举行会议。经过反复的磋商，最后一致同意组建王国政权，并从他们当中挑选出一个人来担任国王。这时，胡塔纳表示，他不愿意参加国王的竞选，希望把他排除在国王候选人之外。但他有一个请求，即无论是谁当选为国王，都不得限制他及其家族成员的自由。其他六位波斯显贵答应了他的请求。

商定的挑选国王的方法是这样的：翌日拂晓，六君子一起骑马出发，向城外飞奔，日出之后，谁骑的那匹马最先昂首嘶鸣，谁就将成为一国之君。

大流士登基为王

大流士有个聪明机智的马夫，名叫雅瓦尔。当挑选国王的方法定下之后，大流士便把他找来，推心置腹地说道："雅瓦尔呀！我们几个人已经商量好了，明天一大早全都骑上马往郊外跑，看谁的马最先叫起来，那他就将赢得国王的桂冠！现在就全靠你了。怎么样？有什么绝招就施展出来吧！但愿你饲养的马能帮助我登上王位。"

"如果事情是这样的话，那就请主人放心吧！"雅瓦尔蛮有把握地说，"我自有办法解决这个难题。"

当天夜晚，雅瓦尔从马厩中挑选出一匹健壮的母马，牵到城外的旷野。随后，他又骑上大流士的那匹骏马赶到郊外。雅瓦尔手牵公马围着母马转了几圈，每转一圈，都让公马比原先更靠近母马，到最后便将公马和母马拴在一块儿。

翌日拂晓，大流士等人按照规定，一同驱马前进，向郊外飞奔。在城外的旷野奔驰了没多久，大流士的坐骑突然纵身跃起，昂首嘶鸣①。就在这刹那间，一道闪电划破万里无云的天空，接着传来震耳欲聋的雷声，似乎整个天空都在为大流士呐喊助威。

此情此景使其他几位波斯显贵惊愕不已，他们慌忙下马，跪倒在地，齐声向大流士三呼万岁，拥戴他为伊朗的君主。于是，大流士登基加冕，成为阿契美尼德王朝的伟大国君。在从埃及、埃塞俄比亚到中国边境，从印度到希腊的广袤千里的国土上，到处传诵着大流士大帝的英名。

---

① 另有一种说法是，大流士的马夫这时将手放到马的鼻子上，使它发出叫声。——原编者注

八　开天辟地的故事

根据帕拉维语摩尼教文献编写

【按语】摩尼①约在距今一千七百年前的伊朗萨珊王朝初期问世，他自称是上帝的使者，为拯救受苦受难的黎民百姓才来到人间。摩尼云游四海，传经布道，先后去过印度和土耳其等国，竭力号召人们皈依他的宗教。确实有为数不少的人成为摩尼教②的信徒，但他也遭到当时异教徒的激烈反对。结果，萨珊国王巴赫拉姆二世③被迫将摩尼处以极刑。他死后，摩尼教得到广泛传播，从非洲大陆到中国，到处都有摩尼教徒的活动。

对于世界的创造，以及人类在世上的地位和作用，摩尼教有系统而独特的看法和见解。从保留至今的摩尼教经典中——它的一部分是近年来才发现的，似可透过富有神话色彩的宗教说教，窥见这种思想体系的概貌。归纳起来不妨这样说：我们

---

① 摩尼（公元216—277年），摩尼教的创始人，生于泰西封附近的马尔迪努。他出身于名门望族，母亲满艳是安息王族的女儿，父亲帕塔克原籍哈马丹，后移居南巴比伦（今伊拉克）。创教初期，他深得萨珊国王沙普尔一世（公元240—270年在位）的器重。他写的经书《沙普尔甘》就是以这位国王的名字题名的。萨珊国王巴赫拉姆一世在位期间（公元271—274年），摩尼教受到琐罗亚斯德教势力的排挤和打击，后在巴赫拉姆二世当政时（公元274—293年），摩尼本人被钉死在十字架上。在他死后，摩尼教得以广泛传播，发展成为一个世界性的宗教。

② 摩尼教，在中国称为明教、末尼教，或明尊教。该教的主要教义之一是"二宗三际"论。"二宗"指光明与黑暗，即善与恶两大本原；"三际"指三个时期，即初际、中际和后际，当两大本原断然分开时，就是初际；当他们相互斗争，混合在一起时，便为中际；当他们重新分开，不再纠缠时，即为后际。该教的另一重要教义是"人类自身明暗二性"说。

③ 巴赫拉姆二世，公元274—293年在位。

所生活的世界，是在善与恶、光明与黑暗两大本原的斗争中产生的；当光明与黑暗再度断然分开，恢复到原来彼此隔离的状态时，我们这个世界也就不复存在。换言之，我们的世界将随着善、恶两大本原相互斗争的结束而消亡。

下述的关于开天辟地的神话，是根据摩尼教文献编写而成的。摩尼教徒信奉各种各样的神灵，同时认为存在着形形色色的妖魔鬼怪。伊朗摩尼教徒把众妖魔的首领称作阿兹[1]或阿赫里曼；而把善良和光明世界的最高统治者称作扎尔万[2]。神主扎尔万之子霍尔莫兹德则被尊崇为大天神。

光明世界和黑暗世界

原始之初，人类世界并不存在。那时候，只有两大本原[3]：光明本原和黑暗本原。光明本原是美好、善良和智慧的体现；黑暗本原是丑陋、邪恶和愚痴的渊薮。光明世界占据着北方，辽阔无垠。黑暗世界位于南方，与光明世界相邻。

光明世界的主宰是扎尔万，他统治的世界充满了光明、美善、平和和秩序。在这个世界上没有死亡、疾病、黑暗和斗争，到处是一片光明和安谧。

黑暗世界的统治者是凶残、暴虐的魔王阿兹。在黑暗世界里充斥着愚痴、邪恶和好斗的妖魔鬼怪。

---

[1] 阿兹，意为"贪得无厌的"，是黑魔王的名称。
[2] 扎尔万，意为"永恒的时间"，是光明世界的主宰。中国摩尼教称其为明父、明尊或大明尊。
[3] 两大本原，或称两大元素。——原编者注

光明与黑暗斗争的开始

善与恶、光明与黑暗两大本原各据一方，互不相干；光明世界和黑暗世界断然分开，彼此不相往来。这种情形大约持续了很长时间[1]。有一天，正在东游西逛的黑暗魔王阿兹，偶然发现了光明世界。面对这样一个光辉灿烂、秩序井然的美好世界，他感到十分惊愕。贪婪的本性促使他产生了征服光明世界，进而把光明元素据为己有的念头。于是，阿兹率领众妖魔向光明世界发动了突然袭击。

光明世界的主宰扎尔万事前毫无战争准备。为了阻止和击退黑暗妖魔的进攻，他赶忙由自身召唤出两位神来，其中一个名叫霍尔莫兹德[2]，是骁勇善战之神。扎尔万派霍尔莫兹德前去抵挡和驱逐众妖魔。

霍尔莫兹德用水、气、火、风和光五大要素作为自己的战斗武器。他以水、气、光和风作为铠甲披在身上，手里拿着火，作为利剑，冲上前去与群魔展开激战。但是，邪恶的黑暗魔王异常凶狠，且有众妖魔助战，因而占了上风。霍尔莫兹德渐渐不支，败下阵来。结果，阿兹及其众妖魔吞噬了由霍尔莫兹德召出的五个儿子[3]，即霍尔莫兹德作为武器使用的水、气、火、风和光五大要素。因孤身作战而败北的霍尔莫兹德昏倒在黑暗世界的魔窟之中。

---

[1] 这里叙述的是初际的情形。

[2] 霍尔莫兹德，即中国摩尼教所称的先意，西方摩尼教文献中称其为初人。

[3] 霍尔莫兹德的五个儿子，即中国摩尼教所称的五明子，他们是气、风、明、水和火五种光明分子。"明"在波斯人看来是"光"。

霍尔莫兹德昏倒在黑暗世界的魔窟之中

梅赫尔·伊扎德击败众妖魔

　　过了好长一段时间，霍尔莫兹德才从昏厥中苏醒过来。他发现自己孤零零地躺在漆黑的洞穴里，这才意识到自己由于打了败仗，所以落得这样可悲的下场。霍尔莫兹德百般无奈，只得大声疾呼，向自己的母亲[①]——扎尔万召唤出的另一位神，乞求援助。霍尔莫兹德的"呼声"化作神灵[②]，顷刻间，从黑暗的魔窟飞到光明世界的神殿，把霍尔莫兹德战败被俘的消息报告给他的母亲。霍尔莫兹德的母亲匆忙去见扎尔万。她鞠躬行礼后，毕恭毕敬地说道："啊，光明世界的主宰！快救救我的儿子霍尔莫兹德吧！如今他战败被俘，只身一人被关在魔窟中忍受痛苦。"

[①] 霍尔莫兹德的母亲，即中国摩尼教所称的善母，西方摩尼教文献中称其为生命母。
[②] 此处指呼神。在摩尼教的教义中，呼神象征着大明尊对战败的光明分子的挂念。

为了搭救霍尔莫兹德，扎尔万又从自身召唤出几位神来，其中以梅赫尔·伊扎德①最为强大。负责搭救霍尔莫兹德的梅赫尔·伊扎德飘然来至黑暗世界的边缘，他大声地呼喊着霍尔莫兹德的名字。在听到对方的回答后②，梅赫尔·伊扎德由自身召唤出五个儿子③，以协助他战胜众妖魔。五个儿子当中，以维斯·巴德④最英勇善战。

遵照梅赫尔·伊扎德的命令，维斯·巴德全副披挂，持盾执矛向众妖魔冲杀过去。不一会儿工夫，他就将众妖魔打翻在地，结束了战斗。维斯·巴德把部分妖魔的皮剥下来，还将许多妖魔拴锁在空中。

梅赫尔·伊扎德神开天辟地

这时，梅赫尔·伊扎德神着手建设我们的世界。他用妖魔鬼怪的皮造出十一层天，用众妖魔的肉造出八层地，用它们的骨头在地面上造成山岳。随后，梅赫尔·伊扎德命令自己的儿子帕赫拉格·巴德⑤坐在十一层天的顶端，将系着每层天的绳子抓在手里，就这样提住它们，使之层次分明，井井有条。梅赫尔·伊扎德又吩咐他的另一个儿子曼·巴德⑥用肩膀托住八层地，以免它们坠落。

前面说过，当众妖魔战胜霍尔莫兹德后，吞噬了他的五个

---

① 梅赫尔·伊扎德，意为光明之神。中国摩尼教称其为净风明使，负责搭救先意和降服暗魔。
② 霍尔莫兹德（先意）的应声回答，化作神灵，被称为应神。在摩尼的教义中，应神象征着战败的光明分子对大明尊的向往。
③ 梅赫尔·伊扎德（净风）召唤出的五个儿子，即中国摩尼教所称的净风五子：持世明使、十天大王、降魔胜使、催光明使和地藏明使。
④ 维斯·巴德，即降魔胜使。
⑤ 帕赫拉格·巴德，即持世明使。
⑥ 曼·巴德，即地藏明使。

儿子，即由光明分子组成的水、气、火、风和光。当众妖魔被梅赫尔·伊扎德击败后，大部分光明分子逃出魔掌，获得了解放。梅赫尔·伊扎德就用这些得救的光明分子创造了众星体。他用火造出一轮红日，用气和水造出一轮明月^①，用受到黑暗污染的光明分子造出星星。

尘世的统治者鲁善沙赫尔·伊扎德

　　但是，被妖魔鬼怪吞噬的光明分子并没有全部获得解放，还有一部分光明分子依然留在众妖魔的体内，而这是绝对不能容忍的！必须想方设法搭救它们。于是，霍尔莫兹德和梅赫尔·伊扎德以及光明世界的其他神灵集合起来，一同前去参拜光明世界的主宰扎尔万。众神灵来至御座前，鞠躬行礼后，毕恭毕敬地启奏道："啊，尊贵的光明世界之主！您以神奇的力量召唤出我们，并指挥我们击败了阿兹及其众妖魔，将他们捆锁在空中。可是，至今仍有一部分光明分子被禁锢在暗魔的狱中遭受折磨！似应想个办法，以使光明分子摆脱众妖魔的桎梏，返回光明世界才是。"

　　于是，扎尔万第三次由自身召唤出几位神来，并委任其中的鲁善沙赫尔·伊扎德^②负责统辖尘世的一切。如果说扎尔万是上界天国的主宰，那么鲁善沙赫尔·伊扎德就是包括十一层天和八层地的尘世的统治者。保持尘世的光明，划分白昼和黑夜，使日月星辰循环往复，指引摆脱暗魔羁绊的光明分子返回扎尔万的光明世界，这一切全是鲁善沙赫尔·伊扎德的神圣职责。

---

① 古波斯神话中的太阳和月亮被描绘成飞车。——原编者注
② 鲁善沙赫尔·伊扎德，即中国摩尼教所称的惠明使。

日月星辰的循环往复

鲁善沙赫尔·伊扎德指挥梅赫尔·伊扎德创造的世界运转起来，使日月星辰产生周而复始的运动和变化。就这样，我们所生活的世界才成为今天这副样子。

人世间的光明分子挣脱黑暗牢笼的束缚，聚集起来，逐渐形成光耀柱①，再从光耀柱陆续转移到月宫。这样积累的结果，月宫里的光明分子就愈来愈多。为什么我们起初看到的月亮是一弯新月，日后的亮度逐渐加大，阴影部分逐渐缩小了呢？原因就在于此。十五天过后，月亮由月牙形变成一轮明月，此时月宫中的光明分子达到了饱和。于是，光明分子开始由月宫向日宫转移。正因为如此，所以在满月之后，月亮日趋暗淡，最后光明完全消失，肉眼就看不见它了。

积聚在日宫里的光明分子，最终将返回自己的原始住地——扎尔万所统辖的光明天国。

植物和动物中的光明分子

再说被梅赫尔·伊扎德之子维斯·巴德击败后拴锁在空中的妖魔鬼怪，他们的腹肚内仍藏有若干光明分子。为了从众妖魔的体内解放出这些光明分子，鲁善沙赫尔·伊扎德想出一条妙计②。他采取措施，使这批被俘的妖魔鬼怪生出其他的生物来。于是，雄魔射泄的精液洒到地上，变成了五棵树，世上其他各

---

① 光耀柱，是指夜空中的银河。摩尼教认为，光耀柱既是神，又是灵魂到达月宫、日宫，以至最后返回光明世界的必经之路。
② 据摩尼教传说，鲁善沙赫尔·伊扎德（惠明使）化成裸体美女，激发拴锁在空中的雄魔的情欲。于是，雄魔体内的光明分子便尽行射泄出来。雌魔则因为妒忌和愤怒，而将含有光明分子的分泌物排出体外。

种植物全是由这五棵树繁衍出来的。雌魔的分泌物掉到地上，变成了五类动物，世上其他各种动物，无论是两条腿或四条腿的动物，还是带翅膀的、爬行的或者会游水的动物，无不是由它们繁殖出来的。

这样，在各种动植物的体内就多少都有些光明分子。这些光明分子是在霍尔莫兹德战败之后，被众妖魔吞掉的，现在它们从众妖魔的腹肚转移到动植物的身上。

逐渐摆脱了暗魔束缚的光明分子，先凝聚成光耀柱，然后转移到月宫，天地的创造和日月星辰的循环往复目的只有一个，那便是让光明分子从世上的动植物和其他生物的体内逐渐解放出来，最后返回自己原始的住地。

世界末日

当日月星辰周而复始地运转起来，世界上一切工作安排就绪之后，鲁善沙赫尔·伊扎德下令给萨赞戴·布佐尔格神[1]，要他像为得救的光明分子建造了宫殿那样，再为妖魔鬼怪在天地之外修筑一座监狱。当世界末日[2]来临之际，光明分子全部被从众妖魔的体内解放出来，那时候就把众妖魔关进这座监狱，让他们永远再也不能侵害光明世界。世界末日到来之时，提住十一层天的帕赫拉格·巴德将松开手，使天倾覆；用肩膀扛着八层地的曼·巴德将卸掉担子，使地坠落。于是，天塌地陷之中呈现出一片火光，整个世界将被熊熊燃烧之火化为灰烬，别无他存！妖魔鬼怪全部被禁锢起来，光明分子将从黑暗的魔掌中获得彻底解放。

---

[1] 萨赞戴·布佐尔格，意为建筑大师。中国摩尼教称其为大般明使。

[2] 根据摩尼教的说法，从黑暗妖魔侵入光明世界，明暗发生大战，世界和人类的出现，直到现在，都属于中际时期，这个时期一直延续到世界被大火毁灭为止。世界的毁灭标志着中际的结束和后际的开始。所谓后际，就是恢复到原来初际时的情景，光明和黑暗分开，黑暗妖魔将永远被囚禁，再也不能入侵光明世界。

九　鲁斯塔姆与众妖魔之战

根据索格迪语（粟特语）断简残篇编写

【按语】鲁斯塔姆是古波斯神话传说中最伟大的英雄，有关他的故事很早就在伊朗广为流传。著名诗人菲尔多西在《列王纪》里绘声绘色地描述了鲁斯塔姆的生平业绩，成功地塑造出一位叱咤风云、顶天立地的勇士形象。关于鲁斯塔姆与众妖魔之战的神话故事，是最近才发现的新材料，在《列王纪》中没有这方面的记载。这个故事本自于索格迪语文献。索格迪语是古代伊朗东部的一种语言，流行于中亚一带，昔日撒马尔罕和布哈拉人民就操这种语言，今天它已不为人们所知了。

早在史诗《列王纪》问世之前就已形成的这则神话，显然只是一个篇幅更长、内容更加丰富多彩的故事的一部分，因为它没有开头和结尾，想必是随着岁月的流逝而残缺了。以下编写的故事，除了两三个地方略有改动外，大体上与原文相符。

……鲁斯塔姆追击仓皇逃遁的众妖魔，一直杀到城堡跟前，沿途布满了妖魔鬼怪的尸体。众妖魔像丢了魂似的钻进妖堡，赶忙把所有的城门都关紧，生怕鲁斯塔姆再闯进来。妖魔的城堡固若金汤，一时难以攻克。于是，鲁斯塔姆拨转马头，雄赳

众妖魔商讨对策，备战鲁斯塔姆

赳、气昂昂地返回辽阔而丰茂的大草原。他从拉赫什①背上卸下鞍鞯，放它去吃青草；然后自己脱下盔甲和战袍，坐在地上休息片刻，又吃了点东西充饥。草原上风和日暖，万籁俱寂。鲁斯塔姆感到十分疲倦，便倒下身去，很快进入了梦乡。

城堡内的众妖魔聚集到一起，开会商讨对策，只听他们七嘴八舌地说道："真丢脸！一个普通骑士就把我们打得如此狼狈不堪。如今我们被困在城里，连门都出不去，这怎么行呢？非得想个办法不可。我们大家索性跟那小子拼了！要么杀了他，报仇雪恨；要么战死疆场，同归于尽！总不能老这样等待下去。"

经过一番争论，众妖魔发誓与鲁斯塔姆拼个你死我活。他们开始做战前准备，收集了各式各样的武器。一切准备完毕，众妖魔打开城堡的大门，气势汹汹地杀将出来。群魔当中，有的乘战车，有的骑大象，有的骑野猪，有的骑狐狸，有的骑狼狗，有的骑毒蛇，有的骑鳄鱼，也有徒步而行的。还有会飞的

①拉赫什，鲁斯塔姆战马的名字。——原编者注
　据《列王纪》记载，此马力大无穷，胜过雄狮，且有灵性，能通人语。

妖魔，像黑兀鹫似的在空中急驰。另有不少妖魔头朝地、脚朝天，倒立着行走。

众妖魔一边前进，一边施展各种法术。他们时而呼风唤雨，召来飞雪和冰雹；时而变化出熊熊大火和股股浓烟。就这样，狂呼乱叫地走了好一程，始终未发现勇士鲁斯塔姆的踪影。此时，拉赫什觉察出情况不妙，便用它的尾巴轻拂鲁斯塔姆的面颊，使他醒来，并把妖魔鬼怪已经临近的消息告诉他。

鲁斯塔姆一骨碌从地上爬起来，迅速穿戴好盔甲和豹皮外套，拿起大刀和弓箭，跨上战马拉赫什，前去迎战众妖魔。

鲁斯塔姆看到妖魔大军气焰十分嚣张，他灵机一动，计上心来。鲁斯塔姆俯身凑近拉赫什的耳朵，把自己想出的良策说给它听。战马明白了主人的意图，猛然纵身跃起，昂首长鸣，接着调头向后方急驰而去。

见鲁斯塔姆骑马飞奔，不战而退，众妖魔还以为他心虚胆怯，不敢前来迎战。于是，他们高兴得手舞足蹈，你一言我一语地高声叫嚷："哈哈，吓破了胆的勇士逃跑了！""他再也不敢跟我们较量啦！""赶紧追！可不能把他放跑了！""要是一口把他吞下去，那就太便宜他了。我们应该活捉他，好好地整治整治

众妖魔向鲁斯塔姆发起进攻

他！"

众妖魔相互鼓励着，情绪异常高涨。他们狂呼乱叫，喊杀声震耳欲聋。就这样，紧紧地追赶鲁斯塔姆，必欲置其于死地而后快。

追了一程又一程，众妖魔怎么也追赶不上鲁斯塔姆。他们累得满头大汗，精疲力竭，连队形也保持不住了。就在这时，鲁斯塔姆突然拨转马头，像雄狮捕捉猎物一般，朝着众妖魔猛冲过去，直杀得他们鬼哭狼嚎，尸横遍野……

鲁斯塔姆将自己想出的良策告诉拉赫什

十　扎里尔与阿尔贾斯布

根据帕拉维语英雄赞歌《缅怀扎里尔》编写

【按语】声名显赫的英雄扎里尔，是传说中的伊朗国王古什塔斯布的兄弟。古什塔斯布在位期间，伊朗第一位先知琐罗亚斯德问世，他号召人们信奉至上之神霍尔莫兹德及其六大助神，积极投入"抑恶扬善"的斗争。古什塔斯布国王带头皈依琐罗亚斯德教，并大力支持和赞助琐罗亚斯德的传教活动。

邻国突朗国君阿尔贾斯布得悉此事，勃然大怒，强烈要求伊朗国王古什塔斯布改弦易辙，恢复传统的宗教信仰。古什塔斯布国王断然拒绝了这种蛮横无理的要求，由此导致伊朗和突朗两国之间战争的爆发。《扎里尔与阿尔贾斯布》的故事，生动地描述了在这场战争中伊朗将士为捍卫民族信仰和祖国尊严所表现出的英雄气概和牺牲精神。这篇故事是根据古波斯典籍《缅怀扎里尔》编写出来的。

《缅怀扎里尔》是用帕拉维文撰写的，帕拉维语是伊朗萨珊王朝时期的国语。原著是一部长篇叙事诗，书中记载的故事发生于伊朗东部地区，后在整个伊朗逐渐传播开来。以下改编的故事与原文大体符合，相差无几。

在古什塔斯布国王统治时期，伊朗第一位先知琐罗亚斯德问世，他号召人们奉行真诚、纯洁的原则，尊崇至上之神霍尔莫兹德。伊朗国王古什塔斯布，他的兄弟、伊军统帅扎里尔，他的儿子埃斯梵迪亚尔·鲁因坦王子，以及其他皇亲国戚和达官显贵等，全都加入了琐罗亚斯德教。

先知琐罗亚斯德向人们布经传道，他说我们这个世界是神主霍尔莫兹德创造的，神主霍尔莫兹德创造了世上一切真诚、善良和美好的东西；而魔王阿赫里曼给尘世带来了虚伪、邪恶、丑陋和污秽，使我们的世界受到严重污害，遭到极大的破坏。智慧的霍尔莫兹德是真诚、纯洁的卫士，是行善者的庇护神，他与为非作歹的阿赫里曼展开英勇的斗争；誓将众妖魔驱逐出自己创造的天地，以使人类世界恢复美好、和平的原貌。凡行善积德之人，都是在帮助神主霍尔莫兹德实现这个伟大的目标。

古什塔斯布国王统治下的伊朗臣民，纷纷皈依琐罗亚斯德的正教。当时伊朗的邻国，有位凶残暴虐的国君名叫阿尔贾斯布，他听说古什塔斯布国王背弃了传统的古代信仰[①]，改宗新兴的琐罗亚斯德教，心中颇为恼火，认为这是大逆不道的行为，必须给予严厉的惩罚。

阿尔贾斯布火冒三丈

伊朗国王古什塔斯布皈依琐罗亚斯德教之举，惹恼了邻国的君主阿尔贾斯布。他得悉此事，勃然大怒，当即令人修书一封，向古什塔斯布国王发出最后通牒。为此，阿尔贾斯布召见比达拉弗什·贾杜[②]和纳姆哈斯特·哈扎朗[③]两位大臣，指派他们随身携带书信，并率领两万铁骑，火速奔赴古什塔斯布宫廷。

两位大臣不几日便赶到伊朗王宫跟前，说明来意后，由太

[①] 指远古雅利安人的自然崇拜和多神信仰。
[②] 比达拉弗什·贾杜，又称维德拉弗什·贾杜。贾杜，意为"通巫术的"。他是突朗军队的主将，以狡猾奸诈著称。
[③] 纳姆哈斯特·哈扎朗，突朗的一员大将。

古什塔斯布国王接见来使

　　监进去禀报古什塔斯布国王："希翁①国君阿尔贾斯布的两位使臣比达拉弗什·贾杜和纳姆哈斯特·哈扎朗携带重要书信，率领两万骑兵赶到这里，要求晋见国王陛下，现正在宫外候旨。"

　　古什塔斯布国王准予接见。于是，比达拉弗什和纳姆哈斯特两人进得宫来，把书信呈递给伊朗国王。

阿尔贾斯布发出挑战

　　读信的太监奉旨大声地朗读邻国君主的来函：

　　"希翁国君阿尔贾斯布谨向伊朗国王古什塔斯布陛下致意！

　　"据悉，贵国王现已背弃祖先传统的多神信仰，改宗琐罗亚斯德教，信奉至上之神霍尔莫兹德。作为像你这样一位睿智而著名的国王，竟然被所谓新教的异端邪说所迷惑，以致玷污了自己的好名声，实在令人遗憾！奉劝贵国王还是及早改弦更张，

---

① 希翁，伊朗东部的突厥部落，生活在中亚一带。此处即指突厥。

放弃对霍尔莫兹德的信仰，并将琐罗亚斯德驱逐出境，再次与我们携起手来，信奉共同的宗教。若能照此行事，必将赢得我们对贵国王的敬重。鄙王将每年进贡大批良马和金银珠宝，并向贵国馈赠新的土地。

　　"如若不听劝告，一意孤行，死抱住琐罗亚斯德教不放，那就休怪鄙王翻脸无情。到时候，我将率领重兵出征伊朗，杀得你们国破家亡，流离失所，杀得大小动物无处躲藏。到时候，我要将树木连根拔起，在你的国家点燃大火，烧得你们焦头烂额，鬼哭狼嚎，就连你本人也将身遭不幸，成为可怜的阶下囚！"

扎里尔出面应战

　　希翁国君阿尔贾斯布的猖狂挑战，激怒了古什塔斯布国王的兄弟、伊军统帅、英勇的扎里尔，但见他从剑鞘里抽出明晃晃的宝剑，迈步走上前来，面对比达拉弗什和纳姆哈斯特，义正词严地说道："'两国交战，不斩来使'。幸亏你们二人是使臣；如若不然，我就用这把利剑叫你们人头落地！也好让你们的国君知道，亵渎神主霍尔莫兹德的歹徒，将会有怎样的下场！"

言罢，扎里尔转身向御座上的古什塔斯布施礼，请求国王陛下恩准，由他写信答复希翁国君阿尔贾斯布。古什塔斯布国王点头应允。扎里尔当即令人写好这样一封回信：

　　"伊朗国王古什塔斯布向希翁国君阿尔贾斯布陛下致意！

扎里尔拔剑怒对来使

"首先，应该郑重声明：我们绝不会放弃圣洁的霍尔莫兹德教！也绝不会屈服于威胁和压力，而与你们同流合污，称兄道弟。其次，有必要指出，贵国王妄自尊大，口出狂言，视我军将士为等闲之辈，实在令人难以容忍！你可做好交战的准备，率领大军前来哈蒙原野，咱们兵对兵、将对将地较量一番。在刀光剑影、战马嘶鸣的疆场上，你将会看到敬神的正教徒怎样把魔鬼崇拜者杀得落花流水，一败涂地！"

扎里尔把应战书交给希翁使臣比达拉弗什，斩钉截铁地对他说道："回去禀报你们的大王阿尔贾斯布，看我在战场上怎样收拾他！"

伊朗军队加紧备战

希翁使臣比达拉弗什和纳姆哈斯特携带伊朗宫廷的复函，起程回国以后，古什塔斯布国王指示伊军统帅扎里尔，要他立即进行战争动员，从速在高山顶上点燃熊熊的篝火，以便把圣旨传至全国每个角落：凡十岁至六十岁的男子，都要做好参军的准备。务必在一个月内，全都赶到预定的集合地点。

扎里尔检阅部队

时间没过多久，各地的作战人员从四面八方陆续赶到京城，汇集成一支浩浩荡荡的大军。这日，伊军统帅扎里尔威风凛凛地站在金镶玉嵌的战车上，检阅自己的部队。象骑兵、马骑兵和战车队雄赳赳、气昂昂地依次从他面前走过。

演武场上战鼓咚咚，军号齐鸣。持枪执盾的战士，个个英姿焕发。刀光剑影之中，铜盔铁甲发出耀眼的光辉。战士的吼声响彻云霄，战马的嘶鸣在高山峡谷中回荡。威武雄壮的步伐扬起漫天尘土，使太阳显得暗淡无光，简直分不清是白昼还是夜晚。空中的飞鸟除了马首、枪尖和山顶之外，再也找不到落脚的地方。伊朗大军宛如汹涌澎湃的江河，在平川广野中奔腾呼啸。

贾马斯布的预言

古什塔斯布国王有位年迈而睿智的大臣，名叫贾马斯布①。当军队和武器准备齐全之后，古什塔斯布登上御座，召见老臣贾马斯布。对他说道："啊，我的老爱卿！你见多识广，智慧无比。抬头观望空中浮云，你能准确地判断出来哪块云彩将降雨，哪块云彩没有雨；春暖花开的季节，你能预先知道什么花在白天盛开，什么花在夜间怒放；如果连下十天大雨，你能算出总共有多少雨点降落到地。不用说，你肯定知道在伊朗与希翁的未来战争中所发生的一切。孤王倒要问你，我的兄弟和儿子当中，谁将英勇献身？谁将高歌凯旋？快把有关这场战争的情况，统统地讲出来吧！"

听到这里，老臣贾马斯布喟然长叹，由衷地说道：

"尊敬的国王陛下！要是母亲不生我，那该多好啊！既然生

---

① 贾马斯布，相传为琐罗亚斯德的女婿，普鲁奇斯塔的丈夫。在波斯文学中，他是位学识渊博的智者，象征着宗教的理智。

了我，为什么不在年幼时夭折？啊，我若是只飞鸟，坠落河中淹死，也就不会活到今天，国王陛下也就不会提出这个令人为难的问题。可是，现在大王非要问我不可，老朽也只好照直说了。

"不过，有言在先。国王陛下应以霍尔莫兹德的灵光、琐罗亚斯德教和扎里尔的生命起誓，无论我说什么，都不能惩罚和加害老臣。"

古什塔斯布国王一心只想知道这场战争的进程和结果，也就顾不得那么许多，当即答应了贾马斯布的要求。国王立下誓约之后，贾马斯布开口言道：

"啊，母亲要是没有生我，国王陛下也就不会向我发问，那该多好呀！可是，既然大王非问不可，为臣也只得从命，如实地做出回答：双方兵戈相见之日，战士们奋勇当先，拼命搏杀。啊，不知要有多少母亲失去爱子，有多少儿子失去父亲，又有多少妻子丧失丈夫！伊朗军队不知要有多少匹失主的战马踏着希翁人的血迹东奔西跑，寻找自己的主人而不可得！

"啊！但愿不要发生这样的事情：希翁主将比达拉弗什·贾杜横枪跃马，冲上前来，以卑鄙无耻的手段，将陛下的兄弟、伊军统帅、英勇的扎里尔杀下马来，并掠走他的坐骑——著名的铁蹄黑骏马！

"啊！但愿不要发生这样的事情：邪恶的希翁将领纳姆哈斯特·哈扎朗，将陛下的兄弟、仁慈而善良的勇士帕德·霍斯鲁打翻在地，并掠走他的坐骑；陛下最心爱的儿子、英俊的弗拉什·阿瓦尔德惨遭敌人的毒手！啊，国王陛下的兄弟和儿子当中，总共有二十三人将在这场激战中献出自己的宝贵生命！"

古什塔斯布怒不可遏

听罢此言，国王古什塔斯布不由得怒发冲冠，火冒三丈，他纵身跳下御座，右手持剑，左手执刀，怒不可遏地冲到贾马斯布跟前，嚷道："好个该死的巫师！你胡诌八扯些什么？若不是我以霍尔莫兹德的灵光、琐罗亚斯德教和扎里尔的生命起过誓，这就叫你人头落地，死于我的刀剑之下！"

古什塔斯布持剑怒斥老臣

伊军将领的誓言

老臣贾马斯布百般无奈地说道："啊，尊贵的国王陛下！该发生的事情终将发生，此乃天意也，非你我所能左右。奉劝大王息怒，莫要气坏了身子，还是坐下来，商讨战事吧！"

怒火中烧的古什塔斯布国王哪里听得进去这番劝说，他纹丝不动地站在那里。

伊军统帅、英勇的扎里尔走上前来，劝慰国王道："大王身子要紧，切不可如此暴怒，还是回到御座上去吧！明日两军阵前，我将亲自出马，率领部下消灭十五万希翁将士！"

古什塔斯布国王满腔怒火，依然站在那里，一动不动。

扎里尔的兄弟、虔诚的琐罗亚斯德教徒帕德·霍斯鲁走上前来，劝慰国王道："陛下不必大动肝火，还是请回御座吧！明日两军交锋，我将领兵出战，消灭十四万敌军！"

古什塔斯布国王还是听不进去，依然怒容满面地站在那里。

古什塔斯布之子，英勇的弗拉什·阿瓦尔德走上前来，劝慰父王道："陛下请息怒，回到御座上去吧！父王就请放心，明日我横刀跃马，冲锋陷阵，定将消灭十三万希翁士兵！"

古什塔斯布国王依然无动于衷，面带怒容地站在那里。

这时，伊军名将、英勇善战的王子埃斯梵迪亚尔大步走上前来，劝慰国王道："父王不必担忧和烦恼，快请回御座吧！孩儿以霍尔莫兹德的灵光、琐罗亚斯德教和国王陛下的生命起誓，明日我杀向战场，定要把希翁将士斩尽杀绝，不让一个敌人漏网！"

古什塔斯布下定决心

伊朗众将领钢铁般的誓言，终于使怒不可遏的古什塔斯布国王恢复了平静。他缓步走回去，端坐在御座上，眼睛盯住贾马斯布，说道："但愿你所说的事情永远不会发生！孤王将下令修建一座坚固的城堡。并安上大铁门，让我的兄弟、子女等皇亲国戚住在里面，以免遭到敌人的伤害。"

老臣贾马斯布摇摇头，提醒国王道："尊敬的国王陛下，如果让你的儿子和兄弟都住进坚固的城堡，那么谁又去同希翁人作战呢？除了英勇的扎里尔之外，谁能一举消灭十五万敌军？谁又能像帕德·霍斯鲁和弗拉什·阿瓦尔德那样给希翁人以致命的打击呢？"

国王古什塔斯布缄默不语。过了一会儿，他又开口问道："贾马斯布呀，孤王想知道明日总共有多少希翁将士参战？他们当中又有多少人能活着返回去？"

"与伊朗军队作战的希翁将士总共一百三十一万。"老臣贾马斯布启奏国王道，"这一百三十一万希翁将士当中，没有一个能活着回去，唯独他们的国君阿尔贾斯布例外，但是阿尔贾斯布也不会有好下场！他将被英勇善战的埃斯梵迪亚尔王子擒获。埃斯梵迪亚尔王子将割去他的耳朵，剁掉他的手足，把他倒捆在秃尾巴的毛驴上，放他回去告诉人们：勇士埃斯梵迪亚尔是怎样对付骄横跋扈之人的。"

听到这里，国王古什塔斯布从御座上倏地站起身来，声音洪亮地对文武百官说道："在这场与希翁人的战争中，即使孤王的亲兄弟全部英勇牺牲，皇亲国戚全部战死疆场，我的三十个子女全部为国捐躯，孤王也在所不惜！说什么也不能屈服于敌人的淫威，放弃琐罗亚斯德教。全体将士立即做好迎战的准备！"

伊朗与希翁两军的激战

第二天清晨，伊朗和希翁两国的军队摆好了阵势，士兵们个个摩拳擦掌，跃跃欲试。古什塔斯布国王策马登上山顶，居高临下，俯视着开阔的战场。希翁国君阿尔贾斯布也登上了对面的山头，目不转睛地注视着战场上的变化。

这时，伊军统帅、英勇的扎里尔飞身跨上战马，迅猛地向希翁阵前冲杀过去。在山顶督战的阿尔贾斯布，忽见伊朗军中冲出一员虎将，挥舞着闪光的利剑，犹如燃着竹林的一团熊熊

勇猛的扎里尔左劈右杀

烈火，向他的军队发起猛烈的进攻。扎里尔左劈右杀，如入无人之境；他每一次劈杀，至少有十名希翁士兵应声倒地。就这样，直杀得希翁人血肉横飞，叫苦连天；但扎里尔仍马不停蹄，继续挥舞他手中的利剑。

阿尔贾斯布的许诺

希翁人兵败如山倒，急坏了在山顶观战的阿尔贾斯布，他心慌意乱，连忙高声叫道："众将官，哪个敢去抵挡伊军统帅扎里尔？谁若能把他斩于马下，孤王就予以重赏，并将绝代佳人、美丽的公主扎蕾丝坦①许配给他！否则，让勇猛的扎里尔这样杀下去，到傍晚就会全军覆没，你我的性命也难保全！"

扎里尔英勇牺牲

话音刚落，主将比达拉弗什·贾杜挺身而出，命令部下道："为我备好战马！"但见他手持一杆长枪——枪尖上涂有毒药的魔枪，纵身上马，前去迎战伊军统帅扎里尔。狡猾的比达拉弗什看清了扎里尔的战法，自知正面交锋不是对手，于是他偷偷地溜到扎里尔的身后，举起带毒的魔枪，狠狠地从背后刺透了扎里尔的胸膛。伊军统帅扎里尔惨叫一声，身不由己地跌下马来。刹那间，伊朗勇士们的呐喊声戛然而止，空中也不再有飞矢鸣镝。

---

① 扎蕾丝坦，意为"有金子般乳房的"，形容女人的乳房丰满，长得漂亮。

巴斯塔瓦尔请战

巴斯塔瓦尔冲上战场

在山顶督战的古什塔斯布国王，发现士兵们不再摇旗呐喊，弓箭手不再拉弓发箭，自知情况不妙，心中惴惴不安。"为何不见扎里尔的踪影？莫非发生了什么意外？"想到这里，古什塔斯布国王不禁失声叫道："大事不好！统帅扎里尔可能已经出事。众将官！哪位肯出战为扎里尔报仇雪恨？谁若能一马当先，克敌制胜，孤王愿将盖世无双的胡玛①公主许配给他，使他永享荣华富贵！"

未等众将官应答，扎里尔的幼子巴斯塔瓦尔一个箭步冲将出来，抢先启奏道："尊敬的国王陛下，请下令为我备马，让侄儿去战场走一遭，看看我军将士如何作战，也好探明我父亲、

① 胡玛，又称胡玛克，意为"幸福美满的"。传说她被突朗国君阿尔贾斯布俘虏，后被兄弟埃斯梵迪亚尔救出。

英勇的扎里尔的生死下落。"

古什塔斯布国王摇摇头，劝阻他说："孩子呀！你还年轻，不懂得什么叫打仗。切不可造次到战场上去！否则，万一有个三长两短，岂不正合敌人的心意？到时候，希翁人就会自吹自擂：看！我们把伊军统帅扎里尔及其幼子巴斯塔瓦尔全给收拾了。"

父亲的生死未明，这使巴斯塔瓦尔心急如焚。他不顾国王的劝阻，偷偷地跑到司马官那里，搞来一匹战马。随后，他乘人不备，骑上战马，飞也似的冲向战场。

巴斯塔瓦尔哭悼亡父

巴斯塔瓦尔在战场上发现自己的父亲、英勇的扎里尔倒在血泊之中。他悲痛万分，泪水夺眶而出："啊，无畏的勇士！你为何停止战斗，躺在这里一动不动？啊，矫健的神鹰，是谁掠走你的骏马！父亲呀！是你决心与希翁人血战到底，如今为何孤零零一个人倒在地上不起来？看你的胡须和发辫被风吹乱，你纯洁的身躯惨遭铁蹄的蹂躏，我的好父亲呀！你满面都是灰尘。此时此刻叫孩儿如何是好？倘若我现在下马，将你的头抱在怀里，揩净你面上的污垢，那么敌人就会乘机加害于我，像杀死你一样杀死我！到时候，希翁人会得意扬扬地吹嘘说：'看！一日之内我们接连除掉伊朗两员名将，扎里尔和他的儿子全被我们结果了。'"

巴斯塔瓦尔决心替父报仇

心似刀绞的巴斯塔瓦尔忍住悲痛，含着热泪，驱马返回山顶，叩见古什塔斯布国王，禀报说："侄儿已去过战场，亲眼看到伊朗

将士正在奋勇杀敌。我的父亲、英勇的扎里尔已战死疆场，倒在血泊之中。如蒙国王陛下恩准，我将出阵为亡父报仇雪恨！"

国王古什塔斯布暗自称赞巴斯塔瓦尔的机智勇敢，但仍有所顾忌，不想让他出阵。这时，老臣贾马斯布开口言道："国王陛下不必犹豫，就请下令为他备马吧！扎里尔的仇非他报不可，此乃命运的安排。"

于是，古什塔斯布国王令人牵出一匹雪白的骏马。巴斯塔瓦尔肩挎箭囊，手持长矛，飞身上马，杀向敌阵。

比达拉弗什出战巴斯塔瓦尔

正在山顶观战的希翁国君阿尔贾斯布，忽见一位英俊少年，身骑白骏马，手执一杆长矛，杀得众将士节节败退，狼狈不堪，心中不由得大吃一惊，暗自思忖道："这武艺出众的小儿是谁？打起仗来竟跟扎里尔一般厉害！直杀得我军将士望而却步，不敢近前。如此骁勇的骑手，必定出自皇室家族！"想到这里，阿尔贾斯布不禁高声叫道："众将官！哪个去迎战这个少年骑手？谁若能马到成功，结果他的性命，孤王愿把丰姿秀逸的公主贝赫丝坦①嫁给他做妻子；否则，让这小子拼杀下去，到傍晚就会全军覆没，你我的性命也难保全！"

用卑鄙无耻的手段杀死扎里尔的比达拉弗什·贾杜应声站出来，以轻蔑的口吻说道："待我去收拾这乳臭小子！"言罢，他骑上那匹从扎里尔手中夺过来的铁蹄黑骏马，冲向前去，迎战巴斯塔瓦尔。比达拉弗什自知正面交锋不是巴斯塔瓦尔的敌手，于是，想故技重演，偷偷地溜到对方的背后。机警的巴斯塔瓦尔一眼识破了敌人的诡计，只听他大声喝道："呔！你这阴

---

① 贝赫丝坦，意为"乳房好看的"，形容女子身段标致。

险狡诈的比达拉弗什，休要躲藏，快到前面来见个高低！别看我骑在马上，但却不善骑术；我虽然肩挎箭囊，但却不通箭法，你大可不必惊慌。不过，要老实告诉你，今日交战我定要你的狗命，以报杀父之仇！"

巴斯塔瓦尔杀死比达拉弗什

闻听此言，比达拉弗什气得咬牙切齿，火冒三丈，举起那杆带毒的魔枪，朝着巴斯塔瓦尔杀将过来。就在这一瞬间，比达拉弗什的坐骑——扎里尔的那匹铁蹄黑骏马，因为听到它熟悉的巴斯塔瓦尔的喝令，猛然纵身跃起，昂首嘶鸣。

巴斯塔瓦尔紧握手中的长矛，正待驱马出击时，忽听得扎里尔的亡灵在空中说道："孩子呀，快把长矛丢下，从囊中取出利箭，瞄准比达拉弗什发射！"

巴斯塔瓦尔恍然大悟，立即丢掉长矛，从囊中抽出一支利

利箭瞄准比达拉弗什

箭，瞄准冲过来的比达拉弗什，拉弓劲射。比达拉弗什应声栽下马来，利箭穿透了他的胸膛。

少年英雄巴斯塔瓦尔拜谢父亲亡灵的提示之后，把被比达拉弗什掠去的扎里尔的战袍和盔甲等物收拾好，跨上父亲的那匹铁蹄黑骏马，挥舞着长矛冲向敌阵，前去接应正在酣战的伊军旗手格拉米·卡尔德①。

浴血奋战的格拉米·卡尔德

此时，伊军旗手格拉米·卡尔德正在浴血奋战。但见他用牙齿叼住旗杆，腾出两只手来，挥舞着长枪和利剑，杀得敌兵人仰马翻，叫苦不迭。伊军众将士发现巴斯塔瓦尔杀将过来，便大声对他喊道："巴斯塔瓦尔！你怎么也跑到这儿来了？你年纪还小，不懂得打仗，赶快回去吧？""要当心敌人的刀枪！万一出了事，希翁人会吹嘘说，他们一日之内就结果了伊朗两位王室成员！"

巴斯塔瓦尔依然奋不顾身地拼杀，他对靠近身边的伊军旗手说："好样的！英勇的旗手格拉米·卡尔德！胜利永远属于你！我若能凯旋，一定为你请功，向古什塔斯布国王禀报你是怎样浴血奋战、英勇杀敌的！"

巴斯塔瓦尔和埃斯梵迪亚尔配合作战

随后，巴斯塔瓦尔挥舞长矛继续朝前冲杀，一直杀到在最

---

① 格拉米·卡尔德，格拉米，意为"受人尊敬的"。他是英勇无畏的伊军旗手。

巴斯塔瓦尔和埃斯梵迪亚尔配合作战

前面指挥作战的埃斯梵迪亚尔王子的身边。埃斯梵迪亚尔见扎里尔的幼子巴斯塔瓦尔一路杀来，所向无敌，心中大喜。他让巴斯塔瓦尔留在原地指挥战斗，自己率领部分人马朝着希翁国君阿尔贾斯布所在的山头发起猛攻。眨眼工夫，阿尔贾斯布连同他的十二万大军便被埃斯梵迪亚尔王子赶下山来，迎面又受到巴斯塔瓦尔的阻击。

阿尔贾斯布的可耻下场

这时，分别由伊军旗手格拉米·卡尔德、巴斯塔瓦尔和埃斯梵迪亚尔王子指挥的三路大军，早把希翁军队全部包围起来，截断了他们的退路。伊军将士群情激奋，愈战愈勇，直杀得敌军尸横遍野，血流成河。

没过多久，伊朗军队大获全胜，希翁人一败涂地，除了阿尔贾斯布之外，全都命归黄泉、呜呼哀哉了。

埃斯梵迪亚尔王子活捉了希翁国君阿尔贾斯布。他当即令人剁去他的手足，割掉他的耳朵，然后将他背朝前、脸朝后地倒捆在一头秃尾巴的毛驴上。埃斯梵迪亚尔义正词严地对阿尔贾斯布说道："滚回你的老家去吧！告诉人们你从埃斯梵迪亚尔王子那里得到了什么教训，也好使天下人明白：挑起不义之战，卑鄙无耻地杀死勇士扎里尔的希翁人到头来落得怎样的下场！横行霸道、为所欲为之人最终受到怎样的惩罚！"

阿尔贾斯布的可耻下场

十一　阿尔达希尔·帕帕克行传

根据帕拉维语名著《阿尔达希尔·帕帕克的业绩》编写

【按语】萨珊王朝的创始人阿尔达希尔·帕帕克，是在推翻安息王朝的末君阿尔达万①之后登上伊朗国王的宝座的。阿尔达希尔文武双全，卓尔不群，是历史上著名的贤君，有许多关于他的传说故事，在伊朗人民中间广为流传，历久而不衰。

波斯古籍《阿尔达希尔·帕帕克的业绩》比较集中地记述了这位国君的生平业绩和文治武功。该书用帕拉维文写成。帕拉维语是萨珊王朝时期的流行语言。下面讲述的故事，本自于《阿尔达希尔·帕帕克的业绩》，除了个别地方外，基本上与原文相符。

---

① 阿尔达万，又译阿尔塔邦，伊朗安息王朝的末君（公元216—224年在位）。

（一）阿尔达希尔与阿尔达万

帕帕克的梦

安息国王阿尔达万在位期间，法尔斯地区由帕帕克统辖，他是中央朝廷所封的诸侯。这位阿米尔[①]因膝下无子，正为后继无人而犯愁。

帕帕克有个牧羊人，名叫萨珊[②]，他本是古代波斯国王达拉[③]的后裔。

早在希腊亚历山大入主波斯，灭阿契美尼德王朝之时，王室家族的成员，为逃避亚历山大及其嗣王的迫害，便都隐姓埋名散居全国各地。作为达拉后裔的萨珊，此时装扮成牧民，混在游牧部落之中，成了帕帕克的牧羊人。

帕帕克并不知道他的牧羊人萨珊出身王族，是先王达拉的后裔。一天夜里，帕帕克做了个奇异的梦，梦见一轮红日在萨珊的头顶上端闪耀着夺目的光彩，把整个世界照得通明。次日夜间，他又梦见萨珊骑在一头披红戴绿的白象身上，臣民百姓纷纷跪倒在地，向他顶礼膜拜。

第三天夜里，帕帕克又梦见萨珊的屋内熊熊燃烧着三堆圣火——那本是人们在三大拜火神庙[④]中敬奉的神物，放射出普照世界的光芒。

帕帕克从梦中醒来，心中好生诧异。天刚蒙蒙亮，他就急

[①] 阿米尔，意为地方君主。
[②] 史书中说萨珊是阿尔达希尔的祖父，萨珊王朝由此而得名。
[③] 达拉，即阿契美尼德王朝的末君大流士三世（公元前 336—前 331 年在位）。
[④] 此处指分别建在法尔斯、阿塞拜疆和霍拉桑的三座拜火神庙。——原编者注

不可待地派人请来
几位圆梦者。帕帕
克先把自己三天夜
间梦中所见的情景
原原本本地述说了
一遍，然后要他们
逐一加以解说。

　　众圆梦者听
后，七嘴八舌地说
道："此梦非同一
般！大王梦中所见

梦见萨珊骑在一头白象身上

之人，或者他的子嗣有朝一日必将黄袍加身，登基为王。""光焰
无际的太阳和披红戴绿的白象，是威严和吉利的象征；那三堆
圣火分别代表三大社会阶层，即负责宗教事务的神职人员，军
人和武士，农夫和手工业者。""从梦中可以看出，各阶层的民众
无不对大王梦中所见之人表示臣服和拥护。"

萨珊吐露真情

　　帕帕克听了圆梦者的解说，当即差人召萨珊进宫。让众人
退下之后，帕帕克开口言道："喂！萨珊，老实告诉我，你到底
是什么人？出生在哪个家族？你的祖辈可曾有人是达官显贵，
甚至一国之君？"

　　萨珊毕恭毕敬地回答："假如大王肯开恩宽恕，不加害于小
人，那我才敢公开自己的身份。"帕帕克闻听，点头应允。于是
萨珊就把埋藏在心中多年的隐私全部倾吐出来。

　　帕帕克得知萨珊原来是达拉的后代，其祖辈乃是声名显赫
的波斯帝王，自然对他另眼相看。他掂量着圆梦者的话，便觉

帕帕克召见萨珊

得不无道理。于是，帕帕克令人取来帝王的衣饰给萨珊穿上，让他住进王宫宝殿，享受荣华富贵。事过不久，萨珊又被招为驸马，成了帕帕克的乘龙快婿。

阿尔达希尔的诞生

萨珊和帕帕克之女的结合，生出了阿尔达希尔。幼年的阿尔达希尔天资聪颖，健康活泼，着实逗人喜爱。帕帕克看在眼里，喜在心上。他知道这孩子福气大，将来必能成就一番事业。正因为如此，帕帕克特召阿尔达希尔为义子，对他精心培养，关怀备至。随着阿尔达希尔年龄的增长，及时地为他配备了教师，专门指导他读书习武，演练骑马、射箭的功夫。阿尔达希尔勤奋好学，练就一身好武艺，很快成为法尔斯地区遐迩闻名的人物。

　　阿尔达希尔十五岁那年，安息国王阿尔达万听说帕帕克有个儿子勇武超群，身手不凡，举国上下无人可与之匹敌，遂令人修书一封给帕帕克。信中说："孤王耳闻你有一子，文武双全，人才出众。朕意将他选进王宫，与众王子结交共处，也好使他的才学武艺有机会得到施展和奖励。尊意以为如何？"

　　帕帕克当然不愿意爱子离去，但他慑于阿尔达万的威严，不敢违抗圣旨，只得差人为阿尔达希尔打点行装，准备起程。遵从父王之命，阿尔达希尔携带厚礼和十名仆从日夜兼程，奔赴王宫。

　　阿尔达万坐在御座上，见走进来的阿尔达希尔仪表堂堂，气宇轩昂，心中甚喜，以礼相待之。国王下达旨意，要阿尔达希尔每日与皇亲国戚和众王子一块儿读书习武、狩猎和打马球。阿尔达希尔遵旨行事，不敢有丝毫懈怠。没过多久，宫内人等全都看出阿尔达希尔无论在学业还是武艺方面均比诸王子略胜一筹。

阿尔达希尔惹恼阿尔达万

　　这天，阿尔达万率领诸王子和阿尔达希尔一起出外狩猎。突然一头野驴从他们眼前急驰而过。大王子立刻催马前去追赶，但始终追不上那头野驴。这时，阿尔达希尔骑马从后面急速赶来，只见他举弓发箭，野驴应声倒地，利箭穿透了它的肚皮。不一会儿，阿尔达万与众王子赶到现场，见野驴倒在血泊中，无不啧啧称赞射手的功力。阿尔达万随口问道："这是谁射的呀？"

　　阿尔达希尔不好意思地回答说："是我射的。"话音未落，站在一旁的大王子猛然跳将出来，高声叫道："不！不是他射的，是我射的！"

　　性格耿直的阿尔达希尔见大王子撒谎也不脸红，心里十分

窝火，他实在按捺不住，便脱口说道："善射的美名岂能靠谎言和欺骗来赢得？在这辽阔的原野上猎获一头野驴易如反掌，你若硬说这野驴是你射死的，那就让我们再来比试一下，看谁能先射死一头野驴。到时候，谁英雄谁好汉，不言自明！"

阿尔达万觉得阿尔达希尔年纪不大，口气却不小，竟然不把大王子看在眼里，不由得怒从中来，声色俱厉地说道："你这乳臭未干的小儿，竟敢在国王面前放肆，口出狂言，这还成什么体统?！从今以后，你没资格再与众王子一起读书习武、骑马狩猎和打马球，只配到牲口棚去饲养马匹！我现在就命令你到马厩去干活，无论白天晚上，一刻也不准离开那里！"阿尔达希尔心里明白，国王之所以大动肝火是事出有因的，他不愿意看到别人的本领超过皇太子。

出事之后，阿尔达希尔立即修书一封，向义父帕帕克述说了事情发生的前后经过。帕帕克看完信，心中惴惴不安，替义子捏着一把汗。他考虑再三，决定马上写封回信。

射死野驴后的争执

信中，帕帕克语重心长地说道："孩子呀！这就是你的不对了。区区小事，何必计较？犯不着为此而在国王面前出言不逊，顶撞地位比你高的人。你那样做是很不明智的。现在你应该主动去请罪，以求得陛下的宽恕。智者有言道：'天下本无事，庸人自扰之。'孩子呀！阿尔达万是你我和臣民百姓的统治者。他拥有无以数计的金银财宝和至高无上的权威，这些你是应该知道的。为父对你的忠告是，在王宫一定要百依百顺，唯命是从。千万不可造次，免得闯出大乱子来，不好收拾！"

阿尔达希尔与宫女邂逅

王宫内有个年轻貌美、心地善良的姑娘①，她是国王最宠爱的宫女，因而成为专门侍候阿尔达万的近侍。这天，阿尔达希尔干完了活儿，闲来无事，正坐在马厩门口休息。他吹了一会儿竹笛，接着又哼起了家乡小曲。宫女外出办事路过马厩，无意中瞟了阿尔达希尔一眼，她见那年轻人长得英俊，举止潇洒，不觉动了春心，身不由己地向阿尔达希尔那边凑过去。

两个年轻人攀谈得很投缘，你一言，我一语，不知哪来这么多话。从此以后，宫女抽空就到马厩来与阿尔达希尔相会，两个人的感情越来越密切。

这天晚上，国王阿尔达万突然心血来潮，召见宫内的占星术士，对他们说道："你们仔细观察一番星象，然后告诉我，在孤王和众王子以及各地诸侯和臣民百姓的星象中，你们都看出些什么名堂？对我们这些人的命运前途，你们又有怎样的推断？"

占星术士们仰首望天，仔细观察夜空中星斗的分布和运行。过了一会儿，一位年长的占星术士走上前来，启奏道："尊敬的

---

① 据《列王纪》记载，这位宫女名叫古尔纳尔，意为"石榴花"。

阿尔达希尔与宫女邂逅

国王陛下，我们仔细观察了七大行星和十二个星座。根据星象来推断，不久将出现一位新的国君，他在降服各地诸侯之后，将重新统一天下。"

这时，另一位占星术士走上前来，启奏国王道："夜空中的星象还表明，三日之内从主人家逃出去的一个奴仆，将能战胜他的主人，进而登上国王的宝座。"

夜深人静，万籁俱寂。宫女侍候阿尔达万睡下之后，神不知鬼不觉地走进马厩，把她从占星术士那里听到的话，一五一十地讲给阿尔达希尔听。

阿尔达希尔听完宫女的话，下定了从王宫逃走的决心。他十分激动地对姑娘说："要是你真的爱我，与我心心相印，志同道合，那么咱们就在占星术士所说的三天之内，设法从王宫逃出去。如果霍尔莫兹德①肯以神圣的灵光②佑助我，使我获得成

---

① 霍尔莫兹德是古代伊朗人崇奉的神主。——原编者注
② 神圣的灵光，象征着神的恩惠和庇佑，对帝王来说，有无灵光的庇佑，决定着帝祚的长短。——原编者注

阿尔达希尔与宫女逃出王宫

功，那我就将使你成为世界上最快乐、最幸福的女人！"

阿尔达希尔逃出王宫

宫女脉脉含情地对阿尔达希尔说："我永远和你在一起，永不分离！无论你说什么，我都依你。"阿尔达希尔听姑娘这么说，满心欢喜，高兴得手舞足蹈。两个人当即商量好出逃的计划。

第二天夜里，国王阿尔达万入睡以后，宫女蹑手蹑脚地朝帝国宝库走去。她轻轻地推开宝库的大门，快步走进去。不一会儿，她从里面取出一把印度宝剑、一副镶金嵌玉的腰带、一套铜盔铁甲、金制的马鞍和辔头、若干戴尔哈姆[①]和第纳尔[②]，以及其他贵重物品，然后三步并作两步地去找阿尔达希尔。

阿尔达希尔从马厩中牵出两匹跑得最快的御马，动作麻利地套上辔头，装好鞍子。他先扶宫女骑到马上，然后自己飞身

① 戴尔哈姆，又称戴拉姆，古波斯银币的名称。
② 第纳尔，古波斯金币的名称。

上马。两个人快马加鞭，风驰电掣般地朝法尔斯方向奔去。

　　阿尔达希尔和宫女骑马跑了一整天，傍晚时分，他们来到一个村庄跟前。因为怕被村民们认出来，增添不必要的麻烦，所以阿尔达希尔决定不进村。他拨转马头，拐进村边的一条小路，忽见路边坐着两个老媪。老媪发现了阿尔达希尔，便大声地叫起来："喂！帕帕克的儿子，你用不着担惊受怕！从今以后，谁也不能再伤害你，你将成为整个伊朗的国君。快跑吧！前面就是一条大河。但你不必渡过河去，只要赶到河边，见到河水就绝对安全了，任何敌人也不能加害于你！"听了老媪的话，阿尔达希尔满心欢喜，他催促宫女快跟上来，两个人扬鞭跃马，飞也似的奔向前面的大河。

阿尔达万追赶阿尔达希尔

　　国王阿尔达万一觉醒来，天已大亮，按照常规，国王宠爱的那个宫女应该前来侍候。可是，阿尔达万叫了好几声，都没

阿尔达万追赶阿尔达希尔

有人答应。就在这时，御马官神色慌张地跑来禀报说，阿尔达希尔和两匹御马都不见了。阿尔达万闻听，不觉大吃一惊，但他立刻猜到可能是阿尔达希尔把宫女给拐跑了！御马官尚未退下，国库总监又慌里慌张地跑进来，上气不接下气地禀报说，昨天夜里帝国宝库失窃，丢失了不少贵重物品。这一连串的坏消息把阿尔达万气得脸色煞白，浑身直打哆嗦。他急忙差人把那个年长的占星术士叫来，命令道："你赶快看看星象，告诉我那个可恶的罪犯和不要脸的贱货逃到什么地方去了？应该怎样才能抓到他们？"

占星术士立刻根据星象做出了判断："从星象来看，阿尔达希尔和宫女已朝着法尔斯方向逃去。陛下务必在三日之内将他们抓获；否则，就再也别想抓到他们了！"

为了尽快抓获阿尔达希尔，阿尔达万当即率领四千铁骑，扬鞭跃马，朝着法尔斯方向疾驰而去。

阿尔达希尔得到灵光的庇佑

中午时分，阿尔达万赶到一处集镇——那是去法尔斯的必经之地。他勒住马，向路边的摊贩问道："有一男一女两个人骑马在这条路上飞奔而去，你们可知道他们什么时候经过这里的？"

有一个摊贩回答说："太阳刚刚升起的时候，有两个骑马人飞也似的从这里跑过去。在他们后面还紧跟着一只健壮的羚羊。那羚羊长得可真出奇，甭提有多好看啦！现在呀，他们至少也跑出几法尔桑格①远了，恐怕很难追上他们。"

阿尔达万一心想捉拿阿尔达希尔，他马不停蹄地继续朝前追

———————
① 法尔桑格，伊朗长度单位的名称，1 法尔桑格约等于 6.24 千米。

赶。几个小时之后，阿尔达万来到一座城池，他向居民们打听阿尔达希尔和宫女的行踪。百姓告诉他："中午时分，有两个人飞也似的从这里跑过去，还有一只形状奇特的羚羊紧跟在他们后面。"

百姓的说法使阿尔达万感到迷惑不解，他转过身去问达斯图尔①："两个骑马人自然是阿尔达希尔和宫女了，而紧跟在他们后面的那只羚羊又是怎么回事呢？"达斯图尔解释说："那只奇异的羚羊乃是神圣的灵光的变形，它象征着天神的恩惠和佑助。可以说，帝国的兴衰荣辱将取决于有无灵光的庇佑。现在看来，神圣的灵光尚未降临到阿尔达希尔身上，我们应该加速前进，争取在灵光与阿尔达希尔合为一体之前将他抓获！"达斯图尔的话，使阿尔达万越发心急如火，他顾不上休息，率领众骑兵继续朝前追赶。

他们足足跑了七十二法尔桑格，仍然不见阿尔达希尔和宫女的踪影。第二天，阿尔达万在路上遇到一支骆驼商队，便问他们是否看见一对青年男女骑马朝前飞奔。商队的头目回答说："是啊，是看到一对骑马的男女。他们和你们之间大约有二十一法尔桑格的距离。我们还看到那男青年的马背上有一只形状奇特的健壮的羚羊。"

闻听此言，阿尔达万忙问达斯图尔："那只羚羊骑在阿尔达希尔的马背上，这说明了什么呢？"达斯图尔毕恭毕敬地回答说："尊敬的国王陛下万寿无疆！这说明凯扬灵光②已与阿尔达希尔合而为一了！在这种情况下，要想抓获阿尔达希尔，只能是枉费心机。奉劝大王不必再追赶了。追下去也是徒劳无益，不如暂且返回王宫，另外再想办法对付阿尔达希尔。"

---

① 达斯图尔，意即宰相或大臣。琐罗亚斯德教的主祭也被称作达斯图尔。
② 凯扬灵光，即帝王的灵光，谁若获得这种灵光，谁就将登上帝王的宝座。

安息王子出征法尔斯

大失所望的阿尔达万，像泄了气的皮球，无精打采地返回王宫。但他并不死心，发誓要除掉阿尔达希尔这个心腹之患。于是，他调兵遣将，命令诸王子率领大军杀向法尔斯，必欲置阿尔达希尔于死地而后快。

再说阿尔达希尔听了老媪的话，精神更加振奋，他和宫女一起，快马加鞭向前面的大河飞驰。途中，有几个不堪忍受国王阿尔达万欺压的波斯达官显贵，率领自己的部下，前来投奔阿尔达希尔。他们以铿锵的誓言表示，愿为阿尔达希尔效尽犬马之劳，即使粉身碎骨，也在所不惜！

巴纳克投奔阿尔达希尔

在投奔阿尔达希尔的波斯达官显贵中，有个名叫巴纳克的人，他因为受到安息皇亲国戚的排挤和打击，被迫从伊斯法罕逃到法尔斯地区。巴纳克及其六个儿子率领一支近万名的军队，前来投奔阿尔达希尔。

阿尔达希尔见巴纳克拥有重兵，心中不免直犯嘀咕："他是真心实意地前来投奔我，还是别有用心，想来欺骗我并伺机把我抓去，向阿尔达万请功领赏呢？"巴纳克看透了阿尔达希尔的心思，便当着他的面对天起誓："我和我的六个儿子将竭尽全力为阁下效劳，即使赴汤蹈火也在所不辞！"听了巴纳克的誓言，阿尔达希尔喜不自胜，当即令人修建一座城堡，取名"拉梅什·阿尔达希尔"①。阿尔达希尔让巴纳克父子及其军队留守这

① 拉梅什·阿尔达希尔，又称拉姆·阿尔达希尔，意为"阿尔达希尔的喜悦"。在《列王纪》中此城被称作贾赫拉姆。

座新城，自己继续朝前赶路，直至大河的岸边。

见到了大河，阿尔达希尔心里才一块石头落了地。他知道从此以后敌人再也无法加害于他。阿尔达希尔由衷地感激神灵的佑助。他焚香祷祝，再三地跪拜霍尔莫兹德。为了纪念这次成功地逃出王宫，阿尔达希尔特意在河岸边修建了一座城市，取名为"布赫特·阿尔达希尔"①，并在城内修筑了十座拜火神庙。随后，阿尔达希尔返回巴纳克父子的住地，抓紧时间编练军队，准备与阿尔达万决一雌雄。

阿尔达希尔与阿尔达万之战

军队的编练工作告一阶段之后，阿尔达希尔首先到法尔斯地区最大的拜火神庙，向众神明顶礼膜拜，祈求天神地祇的佑助。接着，他亲自领兵向阿尔达万派的军队展开猛烈的进攻，结果重创敌军，大获全胜，并缴获了大批的武器和牲畜。

初战告捷的阿尔达希尔没有被胜利冲昏头脑，而是再接再厉，继续扩建和壮大军队。为此，他从卡尔曼、莫克兰和法尔斯等地招兵买马，组建和编练新军。就这样，阿尔达希尔的势力很快发展起来，对国王阿尔达万构成了严重的威胁。

已充分做好决战准备的阿尔达希尔，这时率领大军，浩浩荡荡地杀向京城。经过四个月的连续作战，眼看国王的军队就要被彻底摧垮了。阿尔达万焦急万分，慌忙派人到雷伊、达马万德、达依莱曼和塔巴尔斯坦等地去搬取救兵，可是为时晚矣！阿尔达希尔得到神圣的灵光的佑助，是不可战胜的。他的军队所向披靡，把官兵杀得落花流水、一败涂地。国王阿尔达

---

① 布赫特·阿尔达希尔，意为"阿尔达希尔的新生"。此城即今日位于波斯湾岸边的布什尔市。

万终于被阿尔达希尔杀死，他的金银珠宝和财产全部落入阿尔达希尔之手。

大获全胜的阿尔达希尔领兵返回法尔斯，他着手修筑城池，挖掘水渠，疏通河道，开垦荒地，发展农业生产，兴建拜火神庙，总之，做了许多有益于百姓的好事。阿尔达希尔还同阿尔达万的女儿结为夫妻。

阿尔达希尔与库尔德人之战

随着阿尔达万及其军队被消灭，安息王朝也就宣告垮台了。但是，全国各地诸侯割据，互争雄长，觊觎王位者大有人在。阿尔达希尔决定首先制伏桀骜不驯的库尔德人。于是，他率领大军长途跋涉，前去攻打库尔德国王。双方经过一场激烈的战斗，以强悍著称的库尔德人终于击败了阿尔达希尔的军队。阿尔达希尔奋力拼杀，夺路而逃，这才幸免于难。军队被打散了，阿尔达希尔身边只剩下几名骑兵。

夜色漆黑，死一般的沉寂笼罩着荒无人烟的原野。阿尔达希尔一行口干舌燥，饥肠辘辘，几乎陷入了绝境。突然，他们发现远方有一点火光，这一点火光在他们心中燃起了希望。跑近看时，原来是一位放羊的老牧民刚刚把火生着。阿尔达希尔等人受到老牧民的热情款待，平安地度过了一夜。次日早上，他们问老牧民附近可有村庄或集镇。老牧民回答说："离这三法尔桑格远有个大村庄，住着上百户人家，你们不妨赶到那里去。"

阿尔达希尔决定在那个村庄住下来。他先着手整顿残部，把散兵游勇组织起来；然后又筹措款项，招兵买马，组织新军。说也快，没过几天，阿尔达希尔已经拥有四千人马了。头脑简单的库尔德国王还以为吃了败仗的阿尔达希尔早已逃回法尔斯去了呢。

阿尔达希尔乘库尔德国王放松警惕之机，采用夜间偷袭的

战法，向库尔德人发起了猛烈的进攻。这一着果然奏效。库尔德人被杀得丢盔卸甲，叫苦连天，纷纷缴械投降。

这时，阿尔达希尔本想趁势出兵阿塞拜疆和亚美尼亚，将该地区据为己有。不料从法尔斯传来消息说，巨龙崇拜者哈弗坦·布赫特[1]军队十分猖獗，多次袭击他的军队，并掠走了大批财物和军械。

经过一番考虑，阿尔达希尔认为必须首先平息法尔斯和卡尔曼地区的叛乱，待内地的社会秩序稳定之后，才能从容不迫地征伐其他较远的省区。

（二）阿尔达希尔与哈弗坦·布赫特

在波斯湾岸边有一座不大的城市名叫卡贾兰。城里的居民十分贫穷，为了糊口度日，他们含辛茹苦，付出了艰巨的劳动。各家各户的姑娘也不例外，都得靠自己干活挣饭吃。纺棉花是她们从事的主要工作之一。每天清晨，姑娘们各自带上棉花和纺锤，成群结伙地到城郊的山坡下去纺线；日落黄昏时再把纺好的棉纱带回家。谁家姑娘纺的棉花多，自然挣的钱也多。

城内有一户住家，主人有七个儿子，人们就叫他哈弗坦·布赫特。哈弗坦·布赫特还有个聪明伶俐的女儿，爱之如掌上明珠。这位姑娘和别人家的姑娘一样，每日都到郊外山坡下去纺棉花。这天，当她从一棵苹果树旁走过时，忽然刮来一阵风，把树上的一个熟透的苹果吹落到地上。姑娘停住脚，躬身拾起那个苹果，顺手装进自己的干粮袋，继续朝山坡走去。

---

[1] 哈弗坦·布赫特，意为"得救于七大天神者"。在《列王纪》中他被称作哈弗特·瓦特。

神奇的蠕虫

中午时分，纺线的姑娘们放下手中的活儿，围坐在一起吃饭。哈弗坦·布赫特的女儿掏出路上捡来的那个苹果，使劲儿咬了一大口。无意中她发现苹果心里有一条蠕虫[①]，便用手指将它轻轻地捏住，小心翼翼地放进自己的纺锤盒内。只听她一本正经地对女伴们说道："这条小虫可是个吉兆！今日我就托它的福，纺的棉纱肯定比你们所有的人都多！"一语未了，逗得姑娘们前俯后仰，大笑不止。一下午的工夫转眼就过去了。日落黄昏时，哈弗坦·布赫特的女儿与姑娘们结伴回城。进了家，她把纺好的棉纱交给母亲，看时竟比平日多出一倍。母女俩笑逐颜开，心里美滋滋的。

第二天，姑娘随身多带了不少棉花，但没用多大工夫就全纺好了。她提前赶回家，把棉纱交给母亲。就这样一连数日，无论她带去多少棉花，只一会儿工夫就能纺完。

哈弗坦·布赫特的女儿觉得这条蠕虫很神奇，因此格外用心护养它，每天都喂它苹果吃，照顾得无微不至。

母亲见女儿近日来手脚特别勤快，纺的纱又多又好，心中十分纳闷，她忍不住问女儿这当中究竟有什么奥秘。姑娘便把去郊外的路上拾到苹果，发现蠕虫之事，一五一十地述说出来。父母亲听了，

发现蠕虫

[①] 帕拉维语中蠕虫的发音是"卡尔姆"，这个词又是一个部落的名称。后文中说这条神奇的蠕虫变成一条巨龙，暗指卡尔姆部落的发展壮大。

好生诧异，但都认为这确是走运的好兆头。从此以后，全家人对这条神虫精心照拂，不敢有丝毫疏忽。

哈弗坦·布赫特家自从得了神虫，生意便越做越兴隆，日子也越过越富裕，很快成为闻名遐迩的大财主。

神奇的蠕虫一天天长大，小小的纺锤盒已经盛不下它了。家里人特意做了个黑色的大箱子，将神虫放在里面供养。

哈弗坦·布赫特发家致富的事，成了街头巷尾人们议论的话题，自然也传到卡贾兰地区阿米尔的耳朵里。见钱眼红的阿米尔对哈弗坦·布赫特的万贯家资早已垂涎三尺，他恨不能马上把那些明晃晃的金银财宝据为己有。于是，阿米尔千方百计地制造借口，对哈弗坦·布赫特进行敲诈勒索。哈弗坦·布赫特忍无可忍，便和自己的七个儿子串联了若干人，准备同专横跋扈的阿米尔拼个你死我活。

卡贾兰的阿米尔终于被奋起造反的民众杀死，他的官邸和家产也全部被没收。哈弗坦·布赫特率领民众，英勇作战，一举夺占了卡贾兰城。他受到百姓的拥护，被推举为新阿米尔。

哈弗坦·布赫特的女儿给巨龙喂食

遵照哈弗坦·布赫特的命令，人们在山上新建了一座坚固的城堡，安上了大铁门，四周还筑起了围墙。新阿米尔让众百姓迁居城内，他把那里当作自己扩充势力范围的根据地。那条蠕虫如今已长得活像一条龙。城里的人们用石头和砂浆专为它砌了个大池塘，然后把它运进城堡。

对龙的饲养和照料仍由哈弗坦·布赫特的女儿负责。她每天喂的尽是蜂蜜、牛奶和稻米等美味可口的食物，因而那条龙眼看着一天大似一天，长得跟巨象一般。全城堡的居民都要为巨龙尽心效力，此外还配有专人负责守护和伺候它。哈弗坦·布赫特凭借巨龙的神威穷兵黩武，东征西讨，接连击败邻近的阿米尔，不断地扩大自己的地盘。一时间胜利的捷报频传，哈弗坦·布赫特声名大震，四方诸侯无不唯其马首是瞻。在巨龙的城堡内，缴获的战利品不计其数，掠夺来的金银珠宝堆积如山，耀武扬威的士兵到处可见。

阿尔达希尔败于哈弗坦·布赫特

当阿尔达希尔听说自己的军队屡遭巨龙崇拜者的袭击，士兵伤亡惨重，车辆被劫掠一空时，不禁勃然大怒，发誓要报仇雪恨。于是，他下令各路军马，火速赶到京城阿尔达希尔·胡拉[1]会合。为攻打巨龙的城堡，消灭巨龙崇拜者的势力，阿尔达希尔派出大军前去讨伐哈弗坦·布赫特。

消息传来，哈弗坦·布赫特深感不安，他绞尽脑汁，终于想出一条对策。他决定把重型武器留在城内，让士兵轻装埋伏在城堡四周陡峭的山崖和岩石缝隙之间，伺机给来敌以出其不意的打击。阿尔达希尔的军队长驱直入，一路奋勇冲杀，很快

---

[1] 阿尔达希尔·胡拉，意为"阿尔达希尔的灵光"。此城即今日伊朗的菲鲁兹阿巴德市。

来到巨龙的城堡跟前。可是他们哪里知道，这正好中了哈弗坦·布赫特的奸计。

夜深人静之时，预先埋伏在城外的巨龙崇拜者发动偷袭成功。毫无防备的阿尔达希尔的军队被杀得丢盔卸甲，一败涂地。他们的战马、武器和辎重全部被缴，许多人成了俘虏。趾高气扬的哈弗坦·布赫特，对俘虏极尽讥讽之能事，甚至进行人身侮辱，然后放他们回去，向阿尔达希尔报告这里发生的一切。

出征失败的消息传来，阿尔达希尔的心情非常沉重，但他并不气馁，再次调兵遣将，准备与巨龙崇拜者一决雌雄。

得胜之后，哈弗坦·布赫特将军队撤回城堡，静观事态的发展。不甘失败的阿尔达希尔亲自领兵出征，杀向巨龙的城堡。不料，他也落入狡猾的哈弗坦·布赫特事先布下的圈套。

原来，哈弗坦·布赫特为防备来犯之敌，预先安排他的七个儿子，各自领兵千人分别驻扎在城堡周围的几个要塞内。其中有个儿子驻守在波斯湾岸边，他的军队由剽悍的阿拉伯人和阿曼人组成。当阿尔达希尔领兵攻打巨龙的城堡时，他按照原来的计划，出奇兵，抄后路发起了攻击。此时，城堡内的守军在哈弗坦·布赫特的指挥下，打开城门，杀将出来。双方展开一场恶战，彼此都有重大伤亡，阿尔达希尔的军队腹背受敌，渐渐不支，节节败退。巨龙崇拜者越战越勇，乘胜追击，杀得阿尔达希尔的军队狼狈不堪，落荒而逃。因山路崎岖狭窄，车辆辎重挡住去路，给撤退增加了很大的困难。阿尔达希尔的军队人疲马乏，一时陷入了进退维谷的境地。

梅赫拉克的背叛

阿尔达希尔被巨龙崇拜者击败的消息传到了法尔斯。

阿尔达希尔用餐时接到空中飞箭

　　出征前奉命镇守法尔斯的将领梅赫拉克·努什扎丹[1]，此时见阿尔达希尔出征受挫，便乘机撕毁誓约，抗拒命令，图谋不轨。他发动兵变，一举攻陷阿尔达希尔的王宫，将宫内的金银财宝洗劫一空，然后坐地为大，称王称霸。困境中的阿尔达希尔得悉此事，心中甚为不安。他暗自思忖道："如今发生内乱，出征又有何益？看来平定法尔斯之乱才是当务之急。"于是，他召集众将领商议。大家一致认为，应该立即班师回京，首先剪除叛贼梅赫拉克，然后再设法对付哈弗坦·布赫特不迟。

　　阿尔达希尔席地而坐，正待要用餐时，突然从空中飞来一箭，恰好射中托盘中的烤羊。他拔出箭来看时，方知是巨龙崇拜者射来的劝降书。只见上面写道："我们不愿像对待这只烤羊一般地对待你这样的大人物。奉劝大王还是缴械投降或者尽早

———————————

① 梅赫拉克·努什扎丹，又称梅赫拉克·努什扎德，意为"不朽的梅赫拉克"。

退兵为好！"

出征受挫和梅赫拉克的叛变把阿尔达希尔搞得焦头烂额，这时他只得下令撤军，返回法尔斯。哈弗坦·布赫特的军队探听到消息，从后面追杀上来，迫使退兵仓皇逃遁，以致迷失了方向，在崎岖的山路中来回地打转儿。阿尔达希尔本人也与部下走散，只身一人在深山沟里探寻出路而不可得。

博尔兹和博尔兹·阿扎尔

就在阿尔达希尔走投无路、陷入绝境之际，神圣的灵光化作一头野驴出现在他的面前。只见那头野驴缓缓而行，走在前面为阿尔达希尔引路，使他安然通过地势险恶的隘口，摆脱了敌人的围追堵截。

傍晚时分，精疲力竭的阿尔达希尔走进一个村庄，来到名叫博尔兹和博尔兹·阿扎尔①的两兄弟居住的屋门前。阿尔达希尔不敢公开自己的身份，只用三言两语说明了来意："我是阿尔达希尔的一名骑兵，在与巨龙崇拜者的战斗中，军队被打散，各奔东西。我侥幸逃生来到此地，今晚想在贵舍暂借一宿，不知两位兄弟是否肯答应？"

两兄弟殷勤好客，待阿尔达希尔十分热情；他们非常直爽地对客人说道："邪恶的阿赫里曼真该千刀万剐！他让巨龙骑在百姓的头上作威作福，还要人们对巨龙顶礼膜拜，就是不让老百姓知道还有霍尔莫兹德教！他把庶民百姓引入歧途，使之犯下了罪过，以致像阿尔达希尔这样伟大的人物也受到巨龙崇拜者的伤害，连他的军队也给打散了。真是罪过呀！"

阿尔达希尔跳下马来，走进庭院。两兄弟将马牵进马厩，

---

① 博尔兹，意为"身材魁梧的"。阿扎尔，意为"火"。

喂了饲料。宾主坐下就餐时，阿尔达希尔愁容满面，毫无食欲。两兄弟做完饭前的祈祷①，请客人一起用餐，并安慰他说："你不必过分悲伤。神主霍尔莫兹德和众神祇总归是要惩罚他们的。阿赫里曼带来的灾难绝不会维持长久！你看昔日的扎哈克·塔齐、突朗的阿弗拉西亚布和希腊的亚历山大，虽曾骄横跋扈、猖獗一时，但结果还不是因为亵渎神明而身败名裂，遗臭万年！这不是有目共睹的吗？"

两兄弟出谋献策

听到这里，阿尔达希尔双眉舒展，精神豁然开朗，动手吃起饭来。他见博尔兹和博尔兹·阿扎尔两兄弟性情豪爽，待人诚恳，并且笃信正教，崇奉神主霍尔莫兹德，便完全打消了心中的疑惧，向他们透露出真情："两位兄弟，实不相瞒，我就是阿尔达希尔。只因与军队走散，我才落到这步田地。现在你们说说看，我该怎么做才能攻克巨龙的城堡呢？"

博尔兹和博尔兹·阿扎尔听说客人就是大名鼎鼎的阿尔达希尔，连忙起身施礼问安。随后，他们信誓旦旦地表白说："我们兄弟二人甘心情愿为大王效劳！我们的生命、财产和一切全服从大王的安排。为了大王的事业，纵然肝脑涂地，我们也在所不辞！若论攻城之策，依小人之见，大王似可乔扮成远道而来的异国商人，设法打进巨龙的城堡，进而取得他们的信任，要求担任专门伺候巨龙的仆从。噢，对了，大王还要随身带去两名虔诚的教徒，以便每日祈祷神明，求得霍尔莫兹德的佑助。

"一旦时机成熟，大王就把事先准备好的熔铜液灌进巨龙的喉咙，结果它的性命！对付世上的妖魔鬼怪，非如此，断不能

---

① 琐罗亚斯德教教徒饭前要先做祈祷。——原编者注

置其于死地!"

阿尔达希尔听后连连点头,称赞这是一条妙计。他恳切地说道:"若要实现这条妙计,非得你二人大力相助不可!"博尔兹和博尔兹·阿扎尔两兄弟坚决表示:"愿为大王效尽犬马之劳!"打定主意之后,阿尔达希尔告别两兄弟,上马赶回京城阿尔达希尔·胡拉。

阿尔达希尔·乔装成霍拉桑富商

为了对付背信弃义的梅赫拉克,阿尔达希尔广为招兵买马,扩充和加强了军队。待条件成熟之后,他领兵杀向梅赫拉克的住地,捣毁他的邸宅,夺回被他掠去的金银财宝,并以欺君叛

阿尔达希尔乔装打扮成霍拉桑巨商进入城堡

国的罪名，将他处以死刑。内乱平息之后，阿尔达希尔立即派人去请博尔兹和博尔兹·阿扎尔两兄弟，到京城来进一步磋商攻占巨龙城堡之事。经过一番周密的策划和准备，阿尔达希尔乔装打扮成霍拉桑巨商，携带大批金银财宝、绫罗绸缎，与博尔兹和博尔兹·阿扎尔两兄弟一起，动身前往巨龙的城堡。

数日后，他们来到城堡的大门外。阿尔达希尔彬彬有礼地对卫兵说道："我们是从霍拉桑来的商人，今番到此，只为参拜巨龙。如蒙恩准，我们愿尽微薄之力，为巨龙效犬马之劳。"

哈弗坦·布赫特因为得了好处，便把这位远道而来的异国商人看作忠实可靠的朋友，满口答应了他的请求，让他去服侍巨龙。

头三天，阿尔达希尔谨言慎行，细心地照料巨龙，没有出现丝毫的差错。与此同时，他把随身带来的金银、绸缎等物分赠给巨龙的护卫和其他仆从，因而赢得他们的好感，无不夸奖他为人慷慨大方。

到了第四天，阿尔达希尔态度诚恳地对护卫和仆从说："诸位兄弟十分劳累，今后几天就让我一个人来给巨龙喂食吧！"护卫和仆从的确很辛苦，他们都巴不得能休息一下，于是便点头同意了。阿尔达希尔秘密派人出城传达他的命令，让四千名骁勇善战的士兵，火速赶到城堡附近，埋伏在山岩的缝隙间待命。随后又传出他的命令说："要密切注意城堡内的动静。一旦发现城内起火，浓烟如柱，就立即发起冲锋。只要奋不顾身，英勇作战，定能攻克城堡，稳操胜券！"

第六天，巨龙进食的时间到了。它像往常一样地吼叫起来。阿尔达希尔事前已将巨龙的护卫和仆从用酒灌醉，他们一个个横七竖八地躺在地上，昏睡不醒。不消说，他还准备好了要用的熔铜液。

杀巨龙攻克城堡

此时，阿尔达希尔与博尔兹和博尔兹·阿扎尔急忙走过去，把巨龙日常食用的牛和羊的鲜血在它面前晃了两下。那巨龙以为要喂它鲜血喝，便张开了大口。说时迟，那时快，只见阿尔达希尔动作敏捷地一下子把熔铜液倒进巨龙的口里。

吞下熔铜液的巨龙，被烫得发出雷鸣般的吼声，这吼声震撼了整座城堡。巨龙疼痛难忍，拼命挣扎了几下，便扑通一声倒下去，整个身子被烧成两半！这时，城内喊声四起，到处一片混乱。阿尔达希尔忙叫博尔兹和博尔兹·阿扎尔赶快点燃大火，给城外的援军发出信号，他自己拿起盾牌和利剑朝巨龙崇拜者冲杀过去。因为得到圣洁的神主霍尔莫兹德的佑助，阿尔达希尔浑身充满了力量，直把巨龙崇拜者杀得血肉横飞，叫苦不迭。

这当儿，埋伏在城外的援军见城内火光冲大，浓烟滚滚，知道巨龙已被杀死，便立刻发起冲锋。只听他们齐声呐喊："冲啊！阿尔达希尔必胜！向阿赫里曼的信徒挥舞利剑的伊朗国王必胜！"

城堡的守军抵挡不住来势迅猛的冲击，被阿尔达希尔的军队杀得狼狈不堪。巨龙的城堡终于被攻破了。哈弗坦·布赫特的士兵纷纷缴械投降，跪下求饶。城内的居民无不对阿尔达希尔表示臣服。

遵照阿尔达希尔的命令，巨龙的城堡被彻底捣毁，另外修造了一座美观壮丽的新城，城内修筑了七座拜火神庙。这次战争中缴获的大量战利品和金银珠宝，足足装了上千只骆驼驮，才运回京城阿尔达希尔·胡拉。

博尔兹和博尔兹·阿扎尔得到阿尔达希尔的重赏，并被任命为当地的阿米尔，以表彰他们兄弟两人的卓著功绩和赤胆忠心。一切安排停当之后，阿尔达希尔动身返回法尔斯。

（三）阿尔达希尔与阿尔达万之女

阿尔达万之女接到兄弟的来信

前面曾提到，阿尔达希尔击败和杀死安息国王阿尔达万之后，娶了他的女儿为妻。阿尔达万另有四个儿子，其中两个儿子在安息王朝倾覆之际逃到喀布尔，另外两个儿子被阿尔达希尔抓获，投进了监狱。

过了一段时间，流亡喀布尔的两兄弟给自己的妹妹写了封密信，信中他们以斥责的口吻说道：

"人们常说女人会忘恩负义，看来此话一点不假。你不就是这样做的吗？罪恶昭著的阿尔达希尔双手沾满了你的亲人的鲜血，而你却处之泰然，无动于衷！我们是你的亲兄弟，为逃避迫害，不得不离乡背井，流亡外地，而你却置之不理，这哪里还有一丁点手足之情？另外两个可怜的兄弟被凶恶的阿尔达希尔关进大牢，他们每日都被折磨得死去活来，而你对此却视而不见，听而不闻！你与那罪恶的毁约者阿尔达希尔沆瀣一气，整天打得火热；而对自己的亲兄弟正在忍受痛苦的煎熬，却没有丝毫的同情和怜悯，难道你就不为自己这种忘恩负义、卖国求荣的行为感到羞耻吗？！

"假如你不是我们所说的那种忘恩负义的女人，而是至今仍未忘记骨肉情义的我们的好妹妹，那么你就应该想方设法为死去的父亲和其他亲人报仇雪恨！我们现在已经有了个主意，你只要照我们说的去做就行了。不久之后，会有一个我们信得过的人去找你，他将给你捎去一些毒药。你要选准时机，巧妙地把毒药掺进食物里去，并设法让那个万恶的暴君吃下去。这样，

他就会立即死亡！而你就可以从狱中解救出两个兄弟。我们一旦接到消息，马上就动身回国。那时候，我们将欢聚一堂，庆祝胜利，重新开始美满幸福的生活！

"你若能这样做，必将流芳百世，永垂青史！你的灵魂也将得救，来日升入天国。别的女人就将以你的崇高行为而感到光荣和自豪，并以你作为学习的楷模。"

神奇的红老鹰

阿尔达万的女儿读罢哥哥的来信，沉思良久，觉得信中所说，不无道理。于是，她决心照着哥哥们的话去做，用送来的毒药把阿尔达希尔毒死，以搭救狱中的两个兄弟，然后再把流亡在外的两个哥哥接回来。

这天，阿尔达希尔狩猎归来，感到又饥又渴，忙着叫人快准备饭菜。阿尔达万的女儿认为这是下手的好机会，便偷偷地把毒药、面粉和白糖掺和在一起，倒入凉水，搅拌均匀后，递给阿尔达希尔。只听她柔声细气地说道："大王口干舌燥的，不妨先喝了这杯糖面糊解解渴，然后再进餐。"阿尔达希尔伸手接过碗，举到嘴边，眼看就要一饮而尽。

就在这刹那间，法尔斯拜火神庙的守护天使化作一只红色的老鹰突然自天而降，用它那有力的翅膀将阿尔达希尔手中的碗打翻在地。神鹰的出现和它的举动，使阿尔达希尔和阿尔达万的女儿大吃一惊，两个人呆呆地站在那里，一动不动。此时，从门外跑来一条狗和一只猫，用舌头把洒在地上的面糊舔了个精光。令人惊异的是，狗和猫刚吃完面糊，便相继倒地死去。于是阿尔达希尔完全明白了：原来阿尔达万的女儿用心不良，想要对他下毒手！多亏神灵的保佑，这才化险为夷，幸免于难。

老鹰用翅膀将阿尔达希尔手中的碗打翻在地

　　阿尔达希尔怒不可遏，当即令人把穆贝德·穆贝丹①找来，问道："假如有人想暗害国王，应该怎样惩治他?""尊敬的国王陛下!"穆贝德·穆贝丹毕恭毕敬地回答说，"阴谋暗害国王者，自然应处以极刑。""既然这样，"阿尔达希尔愤怒地用手一指阿尔达万的女儿说，"那就快把这个居心叵测、阴险毒辣的贱女人拉出去，交给刽子手去吧!"

　　穆贝德·穆贝丹见国王动怒，哪里还敢多说话。他一把拽住女人的手，径直将她拉出宫去。这时，只听阿尔达万的女儿哭哭啼啼地说道："有个秘密我不得不告诉你，我已经怀有七个月的身孕，请你把这件事禀报国王陛下。如果说我犯下不可饶恕的罪过，那我腹中的胎儿又何罪之有?"

①穆贝德·穆贝丹，是对琐罗亚斯德教祭司长的称呼。——原编者注

穆贝德·穆贝丹闻听此话，觉得不无道理，便返身回宫，向阿尔达希尔禀报说："国王陛下万寿无疆！这个女人声称她已经怀孕七个月，这可怎么办呢？母亲虽然罪该处死，可她腹中的胎儿并没有犯罪呀！何况那胎儿又是王室贵族的后代呢。"

正在火头上的阿尔达希尔听了这话，暴跳如雷，大声吼道："少说废话！赶快把这个女人给我拉出去斩首！不处决她，怎解我心头之恨？"穆贝德·穆贝丹心中明白，国王现在说的全是气话，事过之后，肯定会懊悔的。于是，他擅自做主，把阿尔达万的女儿领回家，安顿好，并嘱咐自己的妻子说："你要尽心照顾这位客人，一点也马虎不得。关于她的事，你要绝对保密，对谁也不准讲！"

沙普尔的诞生

数月过后，阿尔达万的女儿临盆分娩，生下一个逗人喜爱的胖娃娃，因为他是王室家族的后代，所以取名叫沙普尔①。沙普尔在穆贝德·穆贝丹的关照下，健康地成长起来，转眼已经七岁了。

这天，阿尔达希尔兴致勃勃地外出狩猎。在郊外的野地里，他骑马冲上前去追赶一头母斑马。就在他举弓搭箭，瞄准母斑马要发射的当儿，突然间闯出一头公斑马来，它极力用身体掩护母斑马，结果自己中箭倒地，母斑马因而得以逃生。眼前的情景，使阿尔达希尔感到惊异，他不再追赶那头母斑马，转而去追逐另外一头小斑马。

当母斑马发觉猎手在追击幼斑马时，便奋不顾身地冲过去，用它的身体护住幼斑马，结果自己被箭射死，但却保全了幼斑

---

① 沙普尔，意为"国王的子嗣"。

阿尔达希尔追赶母斑马，母斑马舍身救幼斑马

马的性命。

公斑马舍身救母斑马，母斑马又舍身救幼斑马，这一连串事情的发生，使阿尔达希尔深受感动，他不忍心再去追赶那头小斑马，便掉转马头，往回走去。阿尔达希尔骑在马上，深有感触地叹道："可怜的人类啊，你们之间的感情竟连野兽之间的感情都不如！一头愚蠢的斑马连话也不会说，尚且能在危难时刻，舍身救助自己的同类，作为一个有理智的人，又该怎样去做呢？"联想及此，阿尔达希尔不由得记起自己曾在盛怒之下处决了怀孕的妻子，因而感到十分内疚，禁不住放声号啕大哭起来。

随同国王前来打猎的文武大臣，见阿尔达希尔忽然在马上失声痛哭起来，都感到莫名其妙，一时慌了手脚，不知如何是好。他们赶紧去找穆贝德·穆贝丹，把发生的事情告诉他，大惑不解地问道："这到底是怎么回事？国王为什么放声大哭不止，何以伤心到这种地步？"

穆贝德·穆贝丹与军事长官和几位达官显贵一同来到阿尔达希尔跟前，躬身下拜，虚心诚意地说道："国王陛下万寿无疆！今见大王如此悲伤，臣等心里有说不出的难过。恳请陛下

多多保重，切不可过于哀痛。如有什么为难之事，只管吩咐我们去做，大王尽可放心，即使赴汤蹈火，臣等也在所不辞！倘若是不可能做到的事，那也只好顺从天意，听其自然，大王何必这般伤心折磨自己呢？"

"其实，也没有发生什么可悲的事。"阿尔达希尔开口言道，"今天打猎时，因见不会说话的斑马竟能相互关照，在危急时刻不惜舍身相助，这使我联想起自己不该处决怀孕的妻子。是孤王害死了母腹中的胎儿，为此我深感内疚，孤王担心无辜的胎儿之死，可能会给我带来可怕的灾难！"

穆贝德·穆贝丹吐露真情

听到这里，穆贝德·穆贝丹赶紧上前，跪倒在地，诚惶诚恐地启奏道："尊敬的国王陛下！鄙臣对大王不忠，情愿接受最严厉的惩罚！"

"怎么回事？你犯了什么过错？为什么要请罪？"阿尔达希尔不解地问道。

穆贝德·穆贝丹回答说："当时圣上命令我将怀孕的王后拉出去斩首，可是鄙臣却自作主张，把王后领回家藏起来。如今王后生下的男孩已年满七岁，长相英俊，盖世无双，不愧为王室的后裔。"

"此话当真？"阿尔达希尔简直不敢相信自己的耳朵，"穆贝德·穆贝丹呀！你果真没有处决怀孕的王后？"

"国王陛下万寿无疆！鄙臣说的全是实话，一点不假！"穆贝德·穆贝丹斩钉截铁地回答。

阿尔达希尔喜出望外，心里简直乐开了花。他当即令人取来贵重的珍珠、翡翠和玛瑙，重赏穆贝德·穆贝丹。

沙普尔应召入宫。阿尔达希尔见到自己的儿子，激动得半晌说不出话来。他再三拜谢神主霍尔莫兹德、阿姆沙斯潘丹 ①、神圣的灵光 ② 和圣火之神。笑逐颜开的阿尔达希尔下令修建一座新城，命名为"瓦拉什·沙普尔" ③，城内修筑十座拜火神庙，以纪念天神对他的恩赐；此外，他还拨出许多金银财物施舍给贫民和百姓。

（四）阿尔达希尔与沙普尔

阿尔达希尔派人去向印度仙人求教

在阿尔达希尔击败库尔德国王和哈弗坦·布赫特之后，全国的局势依然动荡不安，危机四伏。阿尔达希尔为了剪除各地的王位觊觎者，连续东征西伐，不得一点空闲。就这样，他还是难以平息此起彼伏的叛乱浪潮。

面对这种混乱不堪的局面，阿尔达希尔感到十分忧虑。他暗自思忖道："莫非命中注定我不能统一天下，不能将整个伊朗置于一位统帅的麾下？"经过反复思考，阿尔达希尔认为最好去请教请教贤哲或占星术士，"假如天意表明我统治不了伊朗，那就索性就此罢休，停止征战，也免得自己疲于奔命，劳累不堪。"

主意拿定之后，阿尔达希尔从自己最信赖的仆从中挑选出一个年轻人，指示他立刻动身去拜访印度仙人，请问他："阿尔达希尔能否战胜所有的王位觊觎者，进而统一整个伊朗？"

年轻的仆从日夜兼程，火速赶到印度仙人那里。他还未来

---

① 阿姆沙斯潘丹，即神主霍尔莫兹德的六大助神的统称。——原编者注
② 神圣的灵光，是琐罗亚斯德教信奉的神祇之一，他代表神主霍尔莫兹德的恩赐和佑助。——原编者注
③ 瓦拉什·沙普尔，又称巴拉什·沙普尔。

得及开口，就听印度仙人抢先说道："你是阿尔达希尔从法尔斯派来的仆从，想要知道你的主人能否将整个伊朗置于自己的统治之下，对吧？你现在就可以赶回去，禀报你的主人，统一伊朗的国君必将出自两个仇家的联姻，这两大家族一个是阿尔达希尔家族，另一个是梅赫拉克·努什扎丹家族，此外任何人都不能完成一统天下的大业。"

梅赫拉克的女儿幸免于难

年轻的仆从返回法尔斯，把印度仙人的话如实地转告给阿尔达希尔。阿尔达希尔听罢，立刻想起梅赫拉克背信弃义、犯上作乱之事。他不由得心头冒火，勃然大怒道："无论如何，我们家族也不能与梅赫拉克家族结亲！无论如何，也不能让与梅赫拉克家族沾亲的人成为伊朗的国君！那言而无信、卑鄙无耻的梅赫拉克是我的死敌，因而他的子嗣也是我和我的后代的死敌。孤王曾以欺君之罪，处决了梅赫拉克，假如他的子嗣得势，发展壮大起来，岂不要报杀父之仇，加害于我的子孙后代！"

想到梅赫拉克的子嗣有朝一日可能得势，卷土重来，阿尔达希尔不寒而栗，他当即派人去各地搜捕梅赫拉克家族的人，意欲斩草除根，杜绝后患。

梅赫拉克有个女儿，刚刚年满三岁。她被偷偷地转送到一户农民家里抚养，这才幸免于难，得以生存下来。在农夫的精心关照下，数年后梅赫拉克的女儿长成一位大姑娘，她出落得如花似玉一般。梅赫拉克的女儿不但身材苗条，风姿秀逸，而且十分勤劳、贤惠，里里外外都是农夫的好帮手。

沙普尔与梅赫拉克的女儿井边相遇

　　这天，阿尔达希尔之子沙普尔（此时他已长大成人，是个仪表堂堂的英俊青年）外出狩猎。出于神意的安排，归途中他和九名随从恰好路过梅赫拉克的女儿所住的那个村庄。

　　老农夫有事外出，姑娘正在井边准备汲水饮牲口。她见几个打猎的人骑着马走进村子，便主动上前施礼问安，热情地打招呼说："欢迎，欢迎！勇敢的猎手，向你们致意！快请下马，坐下来休息一会儿。天这么热，树荫底下正好乘凉。你们就待在这儿，让我去提水给你们饮马。"

　　口干舌燥、疲惫不堪的沙普尔显得很不耐烦，农家女子好心好意的一番话，竟然惹得他发起火来："饶舌的姑娘，快走开！我们不需要你提水饮马！"满脸喜气的姑娘听来人这么说，便赌气躲到一边去，她嘴巴噘得老高，木头人似的坐在那里。

沙普尔与梅赫拉克的女儿在井边相遇

沙普尔转身吩咐随从说："动作麻利点！打几桶水上来饮马。我们就在这儿歇歇脚，吃点东西。"

几个随从赶忙把水桶放下井去，可是无论怎么使劲儿也拉不上来。水桶个儿挺大，随从们又很疲乏，累得他们直喘粗气，还是无济于事。姑娘面无表情地坐在那里观看，一动不动。

沙普尔见几个随从连桶水都提不上来，不由得火冒三丈。他一个箭步冲到井边，从随从手里夺过绳子训斥道："真丢人！这么点本事都没有，你们的力气恐怕还不如农村姑娘大呢！"说着，沙普尔用手抖动一下绳索，不费吹灰之力就提上满满一大桶水来。

在旁观看的姑娘不觉一怔，暗自称赞这位青年臂力过人，不同一般。她似乎听人说过，能轻松地从这井中提上满满一桶水来的，在整个法尔斯就只有阿尔达希尔之子沙普尔一人。想到这里，姑娘身不由己地站起来，跑到沙普尔身边，连声夸奖他说："你的力气可真大呀！哦，阿尔达希尔之子沙普尔，你文武双全，机智勇敢，不愧是伊朗青年的表率！"

梅赫拉克的女儿吐露真情

对姑娘的夸奖，沙普尔报以微笑，接着他不解地问道："咦，你怎么会知道我就是沙普尔呢？"

"人家都这么说嘛。"姑娘羞得满脸通红，"整个伊朗就数沙普尔的力气最大，也最聪明能干！"

沙普尔上下打量了姑娘一番，觉得她长得眉清目秀，身材苗条，而且能说会道，不像是个农村少女。于是，便问道："你是谁家的姑娘呀？什么家族出身？"

"我是这村子里一家农户的女儿。"姑娘彬彬有礼地回答。

"不对！这不是实话。"沙普尔摇摇头说，"从你的言谈举止来看，不像是个农村姑娘。快老老实实地告诉我，你到底是哪个家族出身？否则，我绝不轻易地放过你！"

"如蒙王子殿下开恩宽恕，保证不伤害我，那我才肯吐露真情。"

待沙普尔点头应允之后，姑娘这才开口言道："我本是被你父亲处决的梅赫拉克·努什扎丹的女儿。我们兄妹七人，只有我一个幸存下来。当时我才三岁，被转送到这个村庄，交给一位老农夫抚养，他待我就像亲生父亲一样。"

打心眼里爱上这位姑娘的沙普尔，对姑娘的家族出身毫不介意，他只想早一天与姑娘匹配良缘。沙普尔急不可待地差人把老农夫找来，要求他把自己的养女许配给他。

霍尔莫兹德的诞生

沙普尔背着父亲阿尔达希尔，偷偷地与梅赫拉克的女儿结为夫妻。婚后，夫妻两人关系和谐，相敬如宾。事过不久，他们便生下一个男孩，取名叫霍尔莫兹德[1]。沙普尔生怕父王得知此事，不好交代，所以一直瞒着阿尔达希尔。就这样，霍尔莫兹德转眼已经七周岁了。

这天，霍尔莫兹德正与王宫里的其他小王子一起，在广场上做打马球的游戏。阿尔达希尔和穆贝德·穆贝丹以及朝廷文武官员恰好从那里经过，见一群活泼可爱的孩子正在玩耍，便停下来观看。众人一边看一边夸奖小霍尔莫兹德最机灵，玩得也最好。

无巧不成书，这时一个孩子用木棒猛击马球，把马球打出老远，那马球一直滚到阿尔达希尔的脚前。阿尔达希尔原封不动地站在那里，什么话也没有说。孩子们见马球滚到威严的国

---

[1] 霍尔莫兹德，又称霍尔莫兹，萨珊王朝有好几位国王都叫这个名字。

王脚下，都有点发怵，谁也不敢跑过去把马球拾回来。

还是霍尔莫兹德的胆子大，他撒腿跑过去，看了一眼阿尔达希尔，随即躬身把马球拾起来。然后，他转过身去，大叫一声，用木棒把马球击出老远。

沙普尔取得父王的谅解

阿尔达希尔见这个孩子又机灵又勇敢，十分招人喜欢，便转过身来问道："这小家伙是谁的儿子？"众人回答："我们也不认识。"阿尔达希尔令人把霍尔莫兹德叫到跟前，问道："小家伙！你是谁的孩子呀？"霍尔莫兹德声音响亮地回答；"我是沙普尔的儿子！"

阿尔达希尔听了，暗自吃了一惊。他当即派人去把沙普尔找来，将信将疑地问道："这孩子是你的儿子吗？"沙普尔见秘密已经泄露，赶忙跪倒在地，恳请父王宽恕，阿尔达希尔答应既往不咎，沙普尔这才把他与梅赫拉克·努什扎丹之女井边相遇，后结为夫妻的事从头到尾述说了一遍。

阿尔达希尔因为非常喜爱霍尔莫兹德，所以也就不过多地责怪沙普尔，只听他说道："孩子呀！这就是你的不对了。既然你有这样一个又聪明又勇敢，而且非常漂亮的儿子，为什么要长期瞒着我呢？七年了都不哼一声。有这样好的儿子是值得引以自豪的！印度仙人早就预言过，伊朗王国将由于我们家族和梅赫拉克·努什扎丹家族的联姻而得到巩固和发展。天意如此，你我岂能违抗？"

说完，阿尔达希尔再三拜谢众神灵，并下令给霍尔莫兹德换上王子的衣饰，让他搬进王宫与诸王子住在一起。

后来，霍尔莫兹德继承王位，执掌朝政，在从印度到罗马的广袤千里的国土上，他的命令畅达无阻。

下 编

史诗《列王纪》选粹

——盖世英雄鲁斯塔姆传奇

一 鲁斯塔姆降生 少年初露锋芒

玛努切赫尔国王[①]在位后期，萨姆[②]立其子扎尔[③]为扎贝尔斯坦[④]王侯。有一次扎尔奉命出使喀布尔王国[⑤]，偶遇该国公主鲁达贝[⑥]。两人一见钟情，彼此倾心相爱。后经宫女牵线搭桥，两人多次幽会，私订终身。玛努切赫尔国王得悉此事，起初唯恐不同血统的家族联姻会酿成后患，因而深感不安，坚决反对。后经观察星象，从祭司处得知这桩婚事乃是吉兆，必将迎来盖世英雄的降世，这才答应萨姆的上书请求。于是，有情人终成眷属，扎尔和鲁达贝喜结良缘，双双返回扎贝尔斯坦。

鲁斯塔姆降生

扎尔和鲁达贝成婚后不久，鲁达贝便觉得身体发沉，知道

---

① 玛努切赫尔，伊拉杰之孙，在曾祖父法里东国王的培育下长大成人。当萨尔姆和突尔率军渡过阿姆河来犯时，他领兵出战，击溃入侵之敌，将萨尔姆和突尔杀死，为祖父报仇雪恨。法里东国王让位给玛努切赫尔，他在萨姆的辅佐下上台执政，成为庇什达德王朝的第七任国王，在位统治一百二十年。

② 萨姆，纳里曼之子。纳里曼据说是英雄伽尔沙斯布的侄儿，另说是他的孙子。庇什达德王朝第八任国王努扎尔在位期间，百姓不堪忍受他的暴政，曾百般请求萨姆登基为王，但遭到拒绝。

③ 扎尔，又称扎尔·扎尔，号称"达斯坦"，萨姆之子。他出生时满头白发，被父亲抛弃于厄尔布尔士山，在神鸟西莫尔格（大鹏）抚养下，长大成人。数年后，萨姆受梦兆启示，赴山中寻子。大鹏神鸟送还其子，并将自己的羽毛赠给扎尔，以备日后需用。经过一番学文习武，扎尔成长为智勇双全的锡斯坦英雄。

④ 扎贝尔斯坦，即锡斯坦，位于伊朗东部今之阿富汗坎大哈以西地区，时为扎尔领地。

⑤ 喀布尔王国，是伊朗的附属国，每年要向伊朗宫廷进贡纳税。

⑥ 鲁达贝，喀布尔国王梅赫拉布之女，属先王扎哈克的后裔，有阿拉伯人血统。

自己已然身怀六甲。随着日月的流逝，她的腹部渐渐地凸现出来。胎儿的蠕动，使将要做母亲的鲁达贝欣喜不已，也让她感受到痛苦的折磨。往昔的沉鱼落雁之貌不复存在，看上去恰似枯萎凋谢的花朵。辛杜赫特[1]眼见女儿一天比一天憔悴，不安地问道："孩子呀！你近日脸色怎的如此焦黄？千万别闹出病来。"鲁达贝轻拂隆起的肚腹，回答说："还不是这过重的胎儿折腾的。他让我夜不成眠，坐卧不宁。好像大难临头，死期来临一般，他可真够我受的。"

这日，怀孕的鲁达贝突然眼前直冒金星，两腿瘫软无力，一下子竟昏倒过去，不省人事了。宫女们见状，吓得呆若木鸡，不知所措。辛杜赫特闻讯赶来，也只能是干着急，毫无办法。这时早有人禀报扎尔，他疾步流星地奔到鲁达贝的床前，脸上挂满泪珠，心中焦灼不安。慌乱中他急中生智，眼前一亮，想起神鸟大鹏[2]赐予的羽毛。于是，命令左右人等取来香炉，连忙燃起炉火，将那根大鹏的羽毛点着。顿时，天色转暗，四方无光；但只见闪亮处神鸟翩然而至，把整个房间照得通明透亮。

"勇士莫非遇到什么灾难？如此悲伤，泪流满面？"大鹏开口言道，"你的夫人福星高照，身怀喜胎，即将为你生下一个雄狮般的儿郎。遇见他，虎豹以头触地表示恭顺，乌云不敢掠过他的头顶。妖魔鬼怪见到他的身影，也会吓得胆战心惊。他长得虎背熊腰，力大无穷；两军阵前一声呐喊，令敌人魂飞魄散，落荒而逃。若论心胸韬略，他胜萨姆一筹；若论胆量气概，猛狮甘拜下风。真乃造物主的神奇造化，天字第一号的英雄！难道还不值得你欣喜和高兴吗？"大鹏鸟的目光掠过鲁达贝的面颊，接着说道："你的夫人临产时，会有一位法师前来接生。他随身携带一把淬火的钢刀，用以剖开产妇的肚腹，将非同一般

---

① 辛杜赫特，喀布尔王后，梅赫拉布之妻。
② 大鹏，即神鸟西莫尔格。

的胎儿取出。分娩前，他先用酒精麻醉产妇的躯体：以免在手术过程中使她感到疼痛；分娩后，他即刻将刀口缝合，不会有丝毫差错。然后，你找来药草捣烂，加进牛奶和麝香，搅拌成膏药，涂在伤口处；末了，再拿我的羽毛轻拂伤口，准保完好如初。听了我的一番话，你应该感到满足和幸福。是造物主恩赐你的家族一棵常青树，这棵树枝叶繁茂，必将结出累累硕果。你大可不必因此事而悲泣难过！"言罢，大鹏鸟为扎尔留下一根羽毛备用，随后展翅凌空，飞上云霄。

事过不久，鲁达贝怀孕足月，临盆待产。此时果然来了一位法术高明的祭司。他手脚麻利，不大工夫就接生完毕。从母腹中取出的胎儿虎头虎脑，壮实得如同象仔一般，令人见了又惊又喜。苏醒过来的鲁达贝笑颜可掬，她把亲生儿子抱在怀里仔细端详，像是在观赏天国胜景一样。孩子才降生一天，就长得像过了一年，面容犹如百合和郁金香，水灵鲜艳。年轻的母亲心花怒放，她发现男婴的眉宇间透露出王者之相，不禁脱口而出道："这下我可解脱了。"不成想，人们为图吉利，竟以这句话的含义为孩子取名叫鲁斯塔姆①。

鲁达贝吩咐宫女用丝绢缝制成一个小人，其形状大小如同新生的婴儿。丝绢小人体内以黑貂的毛填塞扎实。在小人前额画上太阳和金星，在他的双臂绘出巨龙的形象，两只手画成狮爪的模样。小人的腋下夹着一杆利矛，一手高举狼牙棒，另一手牵着缰绳。小人骑在骏马背上，气宇轩昂，丰神俊朗。按照传统习俗，要把做好的丝绢小人作为礼物，送至远在外地的祖父萨姆处，借以传达孙子降生的喜讯。这时的扎贝尔斯坦沉浸在欢乐喜庆的气氛中，到处张灯结彩，人们喜笑颜开。喀布尔城也是一片欢腾，梅赫拉布国王喜得外孙，乐得合不拢嘴，降旨向贫苦百姓散发银钱。此刻报喜的使者快马加鞭，已赶到萨

---

① 鲁斯塔姆一词含有"如释重负"之意。

姆宫廷。萨姆仔细观赏送来的丝绢小人,孙子楚楚可人的形象浮现在他的脑际,不由得暗自称奇:"怎的,这小儿长得竟与我毫无二致?将来肯定大有出息!"于是,传下旨令,击鼓奏乐,举国欢庆。在马赞德朗和萨格萨尔 ① 全境,节日般的庆祝活动整整持续了七天七夜。萨姆欣然命笔,致函扎尔,盛赞他为家族增添一员好后生,但愿这后生在神的庇佑下早日成才,报效国家,扬名四海,光宗耀祖。

少年殒杀白象

哺乳期间,鲁斯塔姆需要十位奶娘喂养;断奶之后,他的食量还是大得惊人,一顿能吃下为十个壮汉准备的食物。待长到八岁时,鲁斯塔姆已是身强体壮,高大魁梧,俨然是个宽肩膀、粗胳膊的男子汉。在父亲的调教下,他能文善武,尤其喜爱耍弄各种兵器。他对远道而来看望他的祖父萨姆说过:"我想要头盔、铠甲、鞍鞯和骏马,我愿手执大棒和利剑在疆场厮杀,像你一样冲锋陷阵,独步天下!"真可谓是将门出虎子,人小志气大。

这日傍晚,扎尔邀请亲朋好友欢聚畅饮,鲁斯塔姆因多喝了几杯,便提前告辞,回到寝室,倒身躺下。他在似睡非睡中只听得屋外喊声四起,吵吵嚷嚷。鲁斯塔姆揉了揉眼,不知发生了什么事情。他急忙翻身下床,顺手抄起祖父赠送的狼牙棒,一个箭步冲出门外。定睛看时:原来是一头白象,正发疯似的横冲直撞,搅得众卫士丢盔卸甲,狼狈不堪。鲁斯塔姆怒目圆睁,大喝一声,冲将过去。白象不肯示弱,倏地扬起长鼻,狠狠地朝来人打去。鲁斯塔姆手疾眼快,一个闪身躲过象鼻,趁

---

① 马赞德朗和萨格萨尔位于伊朗北部,里海南岸一带,时为萨姆领地。

少年鲁斯塔姆殛杀白象

势挥棒给象头以猛击。白象中棒，疼痛难忍，庞大的躯体摇摇晃晃，腿脚一下支撑不住，不由自主地瘫倒在地，一命呜呼。少年英雄只一次棒击，就结果了发狂的白象性命，真不愧为号称"一招胜"的萨姆的后辈。

　　翌日，扎尔得悉昨夜详情，喟然叹道："可惜呀，我的坐骑白象！两军阵前，它威风抖擞，所向无敌，如今却丧生于鲁斯塔姆手里。"扎尔虽然为痛失爱象而惋惜，但更为爱子的英勇无畏深感欣慰。他把鲁斯塔姆唤到身边，吻他的额头，抚摸他的双肩，语重心长地言道："孩子呀，看来你已长大成人，勇武非凡，必能挑起克敌制胜的重担。为父有件心事相告，你好生听着。"扎尔略有所思，沉默片刻，复又继续往下说，"远处有座盗匪麇集的山寨，名叫斯潘德①。那里地势险要，云雾缭绕。强盗占山为王，坐地称大，修筑的防御工事固若金汤。想当年，你的曾祖纳里曼奉玛努切赫尔国王之命，率领大军前去进剿，结果久攻不克，反倒陷入重围，惨死于敌人投掷的乱石

————————————
① 斯潘德，意为"神圣的"。

之下。随后你祖父萨姆又调集重兵，围攻山寨多日，终因进击无路，登山无门，只得罢兵休战，无功而返，也未能实现报仇雪恨的心愿。"说到这里，泪水早已湿润了扎尔的眼睛。少年鲁斯塔姆闻听，勃然大怒，他拍案而起，声如洪钟地吼道："此仇不报，誓不为人！"老谋深算的扎尔见孩儿义愤填膺，特意提醒他说："此次攻城拔寨，仅有勇气还不够，须得巧用计谋，方能成事。你可趁寨中强人对你还不甚了解之机，乔装打扮成盐商，设法进入山寨，伺机打他个措手不及，定能旗开得胜，马到成功！"鲁斯塔姆听罢，连连点头称是，恨不得即刻束装出发。

智取斯潘德山寨

求战心切的鲁斯塔姆首次领兵出征，情绪异常激动。他给自己鼓劲打气说："这第一炮非打响不可！"按照扎尔的吩咐，鲁斯塔姆着手各项准备，组织起一支骆驼商队，挑选数十名精兵强将乔装成贩盐的商人，把武器藏进盐包里，并制订好周密的作战计划。扎尔见一切安排就绪，仍然放心不下，临行前再三嘱咐，务必谨慎行事，做到随机应变。

且说山寨哨兵老远望见一支骆驼商队朝这边行进，立即通报寨主，同时派人下山探听消息，得知来商贩卖的是山中奇缺的咸盐，寨主心中甚喜，下令开启山寨大门，欢迎盐商光临。山民闻讯赶来，争相购买，都为将能饱餐一顿用咸盐做成的美味饭菜而拍手称快。眼看天色转暗，夜幕降临，咸盐业已售尽。鲁斯塔姆等人一边打包收拾行装，一边做好发动突袭的准备。他们趁暗夜漆黑，翻越院墙，神不知、鬼不觉地摸进山寨大王的住宅，没等他张口发话，便一拥而上，将他的首级拿下。众喽啰听说寨主身亡，一下子丧失斗志，抱头鼠窜，被追击的伊朗将士杀得血肉横飞，叫苦连天。鲁斯塔姆等人占领了山寨，在打扫战场时，在一个隐蔽的山角拐弯处，鲁斯塔姆发现一所花岗岩建造的石屋，打开铁门看时，里面尽是光灿灿、明晃晃的金银珠宝，多得无以计数。

攻克山寨的捷报传来，扎尔笑逐颜开，称赞鲁斯塔姆少年有为，荣立战功，前途不可限量。这次为家族报仇雪恨，先祖纳里曼在天之灵定然深感欣慰，萨姆为有这样出类拔萃的好后生也会感到无比光荣和自豪。扎尔指令鲁斯塔姆速将缴获的战利品和金银珠宝悉数驮运回来，然后放火烧毁山寨。为迎接凯旋的将士们，扎贝尔斯坦的大街小巷到处张灯结彩，一片喜庆景象。人们提到鲁斯塔姆小小年纪，初出茅庐便首战告捷，无

少年鲁斯塔姆

不啧啧称羡，夸奖他是神勇非凡的英雄少年。

挑选战马拉赫什

　　鲁斯塔姆人小志气大，有报效国家的远大抱负，为此他尽力做好各种准备。这日鲁斯塔姆心血来潮，想去驯马场挑选一匹骏马良骥，作为日后驰骋疆场的坐骑。扎尔闻听，深表赞同，当即下令将各种马匹全部赶出马棚，供他任意挑选。一匹匹强健剽悍的战马，经他在马背上使劲儿一按，便支撑不住，趴倒在地。挑了老半天，竟然一匹马也没有相中，鲁斯塔姆心里颇感不快。就在这时，从喀布尔来的老马倌儿牵出一群优种马，其中一匹雪白的牝马尤为引人注目：只见它长得胸颈粗壮，腰身精瘦，毛色光亮，尾巴奇短，耳廓竖立似淬火的匕首。紧随在它身后的雄马驹，更是勃勃英姿，精神焕发，乌黑发亮的双眼透出一股灵气，全身布满红色的斑点，眼见是神马龙驹下凡！鲁斯塔姆喜出望外，情不自禁地叫道："这正是我梦寐以求的坐骑！"他急不可待地挥舞手中的套杆，想把那匹马驹拉出马群。不料，老马倌儿迈步向前劝阻道："少将且慢动手，老夫有言相告。此马驹名叫拉赫什，配鞍驮已有三年，骑者无不交口称赞。它行走如飞，吼声似雷，奔腾跳跃就像烈焰一团；它有大象般的体格，骆驼般的耐力，夜间相隔两法尔桑格距离，能认出伏在黑色锦缎上的蚂蚁。此马灵性十足，且通人语，关于它的传言颇多，而且离奇。要想套住拉赫什，务必多加小心，若被那护子的牝马发现，它会像狮子一样发动攻击，置套马人于死地！少将万一有个闪失，老夫可怎能担待得起？"鲁斯塔姆听罢，感谢老马倌儿的提醒和一片好意，告诉他只管放心就是。

　　但见鲁斯塔姆扬手将套杆顶端的皮绳抛出，不偏不倚恰好套中那马驹的脖颈。牝马见状，倏地腾空而起，奋不顾身地扑向前去，欲将套马人踏成肉泥。鲁斯塔姆早有防备，一个闪身躲过马蹄，顺势出拳，照准马的脖颈狠击。牝马经受不住，瘫倒下去，复又挣扎而起，慌忙逃窜，藏进远处的马群中间。被制服的马驹乖乖地走上前来，鲁斯塔姆探出巨掌，猛地按压马背。那马驹纹丝不动，昂首挺立。少年英雄暗自叹道："好一匹神马龙驹！正配我这魁伟的身躯。"扎尔得知爱子喜得宝马，口中连说："感谢亚兹丹①，感谢天神的恩赐！"就这样，鲁斯塔姆选中坐骑拉赫什，真可谓如虎添翼，越发神勇无比。试看天下英雄谁个能与皮尔坦②相匹敌？此后拉赫什伴随鲁斯塔姆征战一生，在疆场驰骋不息，所向披靡，协助他功成名就，立下许多丰功伟绩。

敬请古巴德③出山即位

伊朗国王玛努切赫尔死后，其子努扎尔④继位。在他的专制统治下，百姓度日如年，怨声载道。努扎尔国王在与突朗的战争中被俘，为突朗皇太子阿弗拉西亚布⑤所杀。祖·塔赫玛斯

---

① 亚兹丹，前伊斯兰时期波斯人对造物主或天神的称呼。

② 皮尔坦，意为"大象般的躯体"，译作"赛大象"亦可。是鲁斯塔姆的绰号之一。

③ 古巴德，系先王法里东的后裔，传说中伊朗凯扬王朝的第一位国君，在位执政百年。据传，庇什达德王朝末君伽尔沙斯布驾崩后，伊朗王位空缺。扎尔从琐罗亚斯德教祭司处获悉古巴德藏匿于厄尔布尔士山，遂派鲁斯塔姆前去请他出山，登基为王，另立新朝。

④ 努扎尔，玛努切赫尔之子，传说中伊朗庇什达德王朝的第八任国君。因实行暴政，百姓怨声载道，对他极为不满。后在与突朗的战争中，死于阿弗拉西亚布之手。

⑤ 阿弗拉西亚布，突朗国王帕尚格之子，后登基为王，成为传说中伊朗凯扬王朝前期的头号敌人。他与凯扬王朝诸君长年战争，经久不息，最终被凯·霍斯鲁擒获处死。

布①即位，主政五年病逝；其子伽尔沙斯布②践祚后九年驾崩。因后继无人，伊朗王位暂告空缺。扎尔在率军远征突朗途中，召集会议，意欲建新朝，立新君。他的提议得到文武百官的一致赞同。当从穆贝德③处得知先王法里东④的后裔古巴德隐居于厄尔布尔士山⑤时，扎尔遂派鲁斯塔姆进山寻觅这位皇族后人，敬请他出山登基，另辟新的凯扬王朝⑥。且说鲁斯塔姆遵照扎尔的指令，当即挑选精兵强将，组成一支精干的小分队，连夜出发，径直奔向厄尔布尔士山。行不多远，他们便遭遇突朗军队的阻截。鲁斯塔姆怒吼一声，纵马向前，手起棒落，杀得突朗兵士丢盔卸甲，如鸟兽散。突朗主帅阿弗拉西亚布得悉战报，特派大将伽隆领兵前去支援，并叮嘱他要埋伏重兵把守伊军必经的关口。

鲁斯塔姆一行来至山脚下，走进树林深处，发现有人在那里宿营。但见小河岸边，绿草如茵，在精致的座椅上端坐着一位青年，他面如满月，风度翩翩，一队壮士守护在他的身边。"欢迎远道而来的贵客！请下马歇息，小酌几杯，权当接风洗

① 祖·塔赫玛斯布，传说中伊朗庇什达德王朝的第九任国君，在位统治五年。
② 伽尔沙斯布，祖·塔赫玛斯布之子，传说中伊朗庇什达德王朝的末君，即第十任国君，在位当政九年。注意，不可与同名的鲁斯塔姆的远祖伽尔沙斯布相混淆。
③ 穆贝德，伊朗古代琐罗亚斯德教祭司。
④ 法里东，先王塔赫穆雷斯（庇什达德王朝第三任国君，在位三十年）的后裔，阿布廷之子。幼年时父亲被蛇王扎哈克杀死，母亲在牧场用牛奶喂养他，长大成人。当铁匠卡维奋起反抗暴君扎哈克时，法里东领兵响应，击败扎哈克，将其囚禁于达马万德山；后登基为王，成为庇什达德王朝第六任国君，在位统治五百年。当政后期，法里东把国家领土一分为三，分别交给萨尔姆、突尔和伊拉杰三个儿子统辖。不料祸起萧墙，兄弟反目成仇，伊拉杰被两位兄长杀死，从而引发长年的复仇战争，一直持续到凯扬王朝末期。
⑤ 厄尔布尔士山脉位于伊朗北部，其主峰海拔五千六百多米，为伊朗境内最高峰。
⑥ 凯扬王朝，继传说中伊朗庇什达德王朝之后兴起的一个新王朝。该王朝前期的主要国君有凯·古巴德（在位一百年），凯·卡乌斯（在位一百五十年）和凯·霍斯鲁（在位六十年）；后期的主要国君有洛赫拉斯布（在位一百二十年）和古什塔斯布（在位一百二十年）。凯扬王朝诸君的头号敌人，在前期为突朗国君阿弗拉西亚布，在后期为突朗国君阿尔贾斯布；前期主要表现为复仇战争，后期则表现为因信仰分歧而发生的宗教战争。凯扬王朝时期为民除害，为国立功的英雄辈出，其中以大名鼎鼎的鲁斯塔姆和"青铜勇士"埃斯梵迪亚尔尤为引人注目。有关他们的生动故事感人至深，富于教益，是《列王纪》中最为精彩的篇章之一。

尘。"宿营人热情的话语，令鲁斯塔姆心情舒畅："多谢诸位好意！只是恕难奉陪。因有要事在身，不便在此耽搁。今番进山，只为寻找伊朗皇族后人。""请问所寻之人，叫什么名字？""他是先王法里东的后裔，名叫古巴德。"闻听此言，那年轻人面带微笑地立起身来，不慌不忙地开口言道："此人我很熟悉，定能帮助你们找到他。诸位兄弟且莫着急，不妨先共饮几杯，叙谈叙谈，然后再说不迟。"说着，上前拉起鲁斯塔姆的手，引他走向预先备好的酒席。酒过三巡，年轻人和颜悦色地问道："诸位不辞辛苦，长途跋涉，专为寻找古巴德，有何贵干呢？"鲁斯塔姆答曰："实不相瞒。我们这次来，就是要恳请他出山，登基为王，另立新朝。有道是'国不可一日无君'，而今伊朗国王驾崩，后继无人，举国上下对新君即位翘望已久。但愿我们不虚此行，能够找到那位皇族后人。""原来如此！"年轻人喜展笑颜，说道，"你们欲寻之人，远在天边，近在眼前。我就是法里东的后裔古巴德。"鲁斯塔姆闻听大喜，连忙起身离座，率领小分队全班人马，向古巴德俯首施礼，三呼万岁。众人兴高采烈，高擎酒杯，开怀畅饮，欢庆新君将入主伊朗宫廷。

热闹了一阵之后，满面春风的古巴德提起昨夜之梦，在梦中，他曾见两只白鹰携带闪闪发光的王冠一顶，为他戴在头上："想那白鹰和王冠预示着如意吉祥，所以我才令人在小河岸边布置好酒席，只等贵客光临。如今梦兆应验，果真是邀我入宫，实乃天意使然！"鲁斯塔姆应道："所言极是！我等应即刻起程，火速返回伊朗军营，他们定会欢喜至极！"

鲁斯塔姆一行护送古巴德，马不停蹄，日夜兼程，眼看离伊军营寨已经不远。不料，突然杀出一支突朗军队，主将伽隆手执长枪，威风凛凛，挡在路中央。他喝令伊朗将士快快缴械投降，免得送命身亡。但见伽隆催马疾驰，犹如一阵狂风，向鲁斯塔姆扑去。敌将来势迅猛，鲁斯塔姆躲闪不及，铠甲被刺来的长枪穿裂。只听鲁斯塔姆吼声如雷，撼山震地，吓得伽隆

魂飞魄散。说时迟，那时快，鲁斯塔姆早把那长枪夺在手中，猛然转身回刺，将伽隆挑于马下。拉赫什见状，迅速扑将过去，连踢带踩，那伽隆一命归天。主将阵亡，突军兵败如山倒，落荒而逃。鲁斯塔姆等人无意穷追不舍，便在一个山坳处略事休整，趁夜色漆黑，赶赴扎尔驻地。古巴德的驾临，给伊军营寨带来一片欢腾。人们载歌载舞，庆贺新君即位，迎来一个新王朝的诞生。不消说，在凯扬王朝建立的过程中，鲁斯塔姆父子当然是功大至伟。

初战阿弗拉西亚布告捷

话说扎尔率领大军讨伐屡次来犯的突朗军队，意在压制敌国的嚣张气焰，大长新建王朝的威风。两军阵前，少年鲁斯塔姆摩拳擦掌，跃跃欲试，恨不能像伽兰将军那样在战场上纵横驰骋，英勇杀敌，大显身手。还未开战，鲁斯塔姆已按捺不住，他驱马上前，向主帅扎尔请战："父亲大人在上，孩儿等候多时，为何迟迟不派我上场？孩儿今番上阵，定要与那帕尚格之子阿弗拉西亚布一决高低，非把他擒下马来不可！"见鲁斯塔姆求战心切，扎尔告诫他说："孩儿万万不可轻敌！那突朗人武艺精湛，工于心计，与他交手务必谨慎小心，半点马虎不得！你看对方阵容强大，在那黑色军旗下，身披黑色战袍、头戴镀金铁盔的主将，便是我军的劲敌阿弗拉西亚布。他在战场上勇猛凶悍，似巨龙一般。你初次上阵，切不可疏忽大意！""主帅尽管放心！"鲁斯塔姆信心百倍地说，"凭我的狼牙大棒和勇气，还有天神助我一臂之力，定能克敌制胜，大胜而归。"言罢，他催动胯下的拉赫什，风驰电掣般地冲向敌军营垒。

阿弗拉西亚布忽见阵前出现一员伊朗少将，挥舞大棒，奋

勇冲杀，势不可当，如入无人之境。他不禁吃了一惊，忙问左
右道："来将何许人也？我怎不知他的姓名？"当得知是扎尔
之子后，阿弗拉西亚布不由分说，决意亲自出马，拿下这乳
臭未干的小儿。于是，他策马来到战场，与鲁斯塔姆厮杀起
来。伊朗少将的劲头儿如此之大，完全出乎阿弗拉西亚布的意
料之外。他的腰带被鲁斯塔姆死死抓住，怎么也挣脱不开。而
鲁斯塔姆也觉得对手像一座大山，怎么也掀他不动。双方僵持
良久。鲁斯塔姆猛然发力，腰带被扯断。刹那间，阿弗拉西亚
布脚下打滑，站立不稳，一下子跌倒在地。突朗众官兵见势不
妙，赶紧一拥而上，将他救起，夺路而逃。眼看到手的猎物就
这样逃之夭夭，鲁斯塔姆心中好生懊悔，恨自己没把他夹在腋
下拖回阵地。

　　突朗主将败阵，士兵们溃不成军。伊军乘胜追击，杀得敌
军落花流水。得胜之师缴获无数战利品，押着大批俘虏，雄赳
赳、气昂昂地返回驻地。见爱子初次上阵，便把突朗主将打翻
在地，扎尔兴奋喜悦的心情自不待言，他连声称赞鲁斯塔姆大
有出息，将来必能成就更加辉煌的业绩。凯·古巴德刚刚即位，
出师便大获全胜，展望凯扬王朝的未来，有鲁斯塔姆父子保驾，
前景定是一片光明。

二 单骑连闯七关 三次保驾救主

突朗国君帕尚格战败求和，凯·古巴德无意恋战，遂率领大军返回伊朗，定都于法尔斯省的埃斯塔赫尔。他在位百年，施行仁政，臣民安居乐业，与邻国和平共处，相安无事。凯·古巴德去世后，其子卡乌斯继位。这日，凯·卡乌斯在宫中接见远道而来的一批乐师和歌手（实为妖魔之化身），饶有兴趣地聆听他们演唱马赞德朗①歌曲。那悦耳的歌声、美妙的旋律，令他心驰神往。想那马赞德朗必定是个风光秀丽、景色宜人的好去处，若能亲身领略一番那北国风光，该有多么惬意！于是，他决定立即成行，去马赞德朗走一趟。以扎尔为首的朝中显要百般劝阻无效，怎奈凯·卡乌斯执意要去那妖魔经常出没的地方不可。马赞德朗国君得悉伊朗国王领兵前来，心中惴惴不安，特请白妖鼎力相助。白妖施展法术，使凯·卡乌斯及其随从双目失明。无可奈何之下，凯·卡乌斯只得向扎尔和鲁斯塔姆告急求援。鲁斯塔姆救主心切，决意不走平坦大道，硬是选择了一条艰难险阻的近路，他接连闯过七道关隘，终于战胜白妖，救出凯·卡乌斯。

---

① 马赞德朗，位于伊朗北部，里海南岸。在《列王纪》中被描述为妖魔经常出没的地域。

第一关　拉赫什勇斗雄狮

　　鲁斯塔姆跨上拉赫什，与扎尔挥手告别，直奔马赞德朗而去。他跋山涉水、日夜兼程，全然顾不得旅途劳顿，恨不能旋即抵达目的地。行至一处地方，忽见野驴成群，鲁斯塔姆这才想到应该捕捉一头野驴，以填饱饥肠辘辘的肚皮。于是，他催马追逐迅跑的驴群，用力抛出套索，捕获一头野驴。当即搭起支架，生火烧烤，熟透的野驴肉香味扑鼻。在芦苇塘边，鲁斯塔姆美餐一顿，吃下一头烤全驴。拉赫什在池塘边饮水食草，悠然自得。劳累了一天的鲁斯塔姆十分困倦，就地倒身睡下，进入梦乡。

　　这时，在夜幕的笼罩下，一头雄狮不慌不忙地走近苇塘，发现一个大汉躺在眼前，还有匹壮健的马守护在他的身边。送上门来的猎物，岂能让它跑掉！雄狮正待要向那匹马猛扑过去，不料拉赫什早有防备。但见它霍地腾空而起，犹如一团烈火，两蹄高扬，朝狮子头部猛踢，继而用利齿咬住狮子的脊背。可怜那本想捕获猎物的雄狮，竟然在拉赫什的铁蹄下咽了气。这一番打斗惊醒了酣睡中的鲁斯塔姆。他爬起身来，揉揉双眼，看见一头血肉模糊的雄狮倒在旁边，心中便明白发生了什么事情。鲁斯塔姆伸出手，抚摸着坐骑拉赫什的颈背，似嗔非嗔地说道："好伙计！谁让你去跟狮子拼搏？万一有个好歹，可叫我怎么办？总不能让我孤身一人，提着大棒和刀枪，徒步走到马赞德朗吧？记住！以后绝不许你这样蛮干逞强！"言罢，鲁斯塔姆复又倒身睡下，很快便鼾声如雷，再次进入梦乡。

第二关　荒漠中寻觅清泉

　　鲁斯塔姆一觉醒来，精神爽快了许多。他将马身擦洗干净，备好马鞍，继续朝前赶路。走啊走，不觉走进一望无垠的荒漠。骄阳似火，天气炎热，渺无人烟的荒漠像蒸笼一样散发出滚滚热浪。鲁斯塔姆被烤得大汗淋漓，口干舌燥。拉赫什也已精疲力竭，四肢瘫软，实在走不动了。下得马来，鲁斯塔姆举步维艰，身子摇摇晃晃，俨然像个醉汉。此时此刻，他感到无奈和绝望，不由得抬起头来，面对苍天，喃喃自语："仁慈的主啊！我还要遭受多少苦难和折磨？为保驾救主，我千里迢迢赶来，莫非该着丧生于这不毛之地？主啊！求你大发慈悲，使我闯过这道关口，顺利抵达目的地吧！"

　　话音未落，不知从哪里跑出一只矫健的山羊。鲁斯塔姆发现山羊，精神为之一振，心中一下充满了希望。凡有山羊出没的地方，附近肯定有泉水流淌。此时的鲁斯塔姆平添了许多力气，他右手提剑，左手牵着马缰，紧随在山羊后边，四处寻觅水源。在山羊的引导下，鲁斯塔姆果然找到一泓清泉！他终于死里逃生，遇难成祥。这一切都是造物主使然。对神的恩赐和佑助，鲁斯塔姆打心眼里感激不尽。他连连叩拜上苍，并对山羊赞不绝口。

　　光有水喝还不行，鲁斯塔姆又用套索捕获一头野驴。他点燃篝火，烤好驴肉，饱餐了一顿。待吃饱喝足之后，鲁斯塔姆就想早点歇息，美美地睡上一觉。临睡前，他再三叮嘱拉赫什："你可要老实待着！不许瞎胡闹。别动不动就跟狮子打斗。有情况立即向我报告，没事就别打扰我睡觉。"

第三关　显身手力斩巨龙

　　午夜时分，万籁俱寂。一条身躯庞大的巨龙悄然而至。它发现地上横卧着一个彪形大汉，还有一匹骏马立在他身边。巨龙暗自思忖："此人好生胆大，竟然闯入我的领地，而且安然入睡，毫无顾忌。且看我如何收拾他！"巨龙刚要近前发威，不料拉赫什抢先采取行动——它用尾巴将鲁斯塔姆从睡梦中弄醒。睡眼惺忪的鲁斯塔姆立即坐起身来，他左顾右盼，没发现什么动静。心中好生气恼，不由得怒斥拉赫什："你这畜生，是不是成心捣乱，不让我入睡安眠？眼下平安无事，你非要弄醒我做什么？"言罢，他又倒身睡下。

　　此时，销声匿迹的巨龙又从黑暗中显出原形，朝这边渐渐逼近。拉赫什见状，不由自主地跳将起来，只见它前蹄刨地，后蹄尥蹶，再次把熟睡的主人闹醒。鲁斯塔姆一骨碌爬起来，强睁睡眼，环顾四周，可除了漆黑的夜幕，什么也没看见。他又疾言厉色地训斥拉赫什："你这畜生，怎的这么不听话？！越是叫你保持安静，你就越是要闹腾。倘若再搅了我的好梦，看我不把你的脖子拧断才怪！"说着，鲁斯塔姆余怒未消地又躺下睡着了。

　　不多时，那巨龙再次原形毕露，凶神恶煞般地呼啸而至。因怕打扰主人安眠，在不远处吃草的拉赫什，眼见情况危险，奋蹄急驰过来，嘴里发出震耳欲聋的嘶鸣。被惊醒的鲁斯塔姆顿然明白处境十分险恶，他不敢怠慢，翻身而起，"嗖"的一声抽出利剑，面对张牙舞爪的巨龙，大喝一声，震得地动山摇。双方你来我往，开始激战。助阵的拉赫什两耳直竖，猛狮般地扑将过去，狠狠地咬住巨龙的脊梁。鲁斯塔姆的利剑上下飞舞，直杀得巨龙遍体鳞伤。可那怪物仍不肯罢休，只是拼命地进行抵抗。此刻鲁斯塔姆手起剑落，恰好击中巨龙的头部。但见刹那间血如泉涌，四下里飞溅，那怪物挣扎了一阵，便瘫倒在血泊中。英雄力斩巨龙，大显神威，他由衷地向苍天祈祷："啊，造物主在上，是你给我智慧、灵光①和力量。有神灵的佑助，我将消灭一切害人的魑魅魍魉！"

第四关　杀女妖识破诱惑

鲁斯塔姆先用泉水将坐骑拉赫什洗刷干净，然后自己也痛痛快快地洗了个澡。沐浴后，他只觉精神抖擞，意气风发，飞身跨上战马，继续向马赞德朗前进。

日落黄昏之际，来到一处令人赏心悦目的地方：树木成行，绿草如茵，繁花争奇斗妍，小河流水潺潺。鲁斯塔姆下得马来，走近一泓清泉，见泉边摆有酒杯，杯中盛满美酒，还放着香喷喷的面饼和肥嫩的烤羊以及盐巴和蜜饯果品。不想在这荒郊野外，竟有如此田园般的胜境，且备有珍馐佳肴，谁人会有此等的闲情逸致？鲁斯塔姆心中好生诧异。他若无其事地在泉边坐下，顺手抄起放在酒杯旁的冬不拉，不无惆怅地吟唱道："我生命的舞台啊，始终在战场；我美丽的园林啊，是野地山冈。我不停地与妖魔鬼怪较量，风险重重不知何时把命丧？命运之神何以对我如此悭吝，不给我香醇美酒，也不给我鲜花的芬芳……"

伤感的歌声传至女妖的耳际，她自忖这是迷惑英雄的最佳时机。于是女妖摇身一变，化作娇艳的美女，如花似玉。她轻移莲步，向鲁斯塔姆凑近，柔声细气地问安，娇柔作态地施礼。英雄没有搭理她，先自端起酒杯，衷心感谢神主的赐惠。对主

---

① 灵光，见上编《灵光的故事》。

的圣名的呼唤不绝于耳，这使女妖感到很不自在，如芒刺在背。鲁斯塔姆一眼看出破绽，断定来者必是妖精的化身。他迅速地把手中套索抛出，将意欲逃脱的女妖套住。"快快如实招来，你究竟何物？"鲁斯塔姆声色俱厉地喝道，"若不马上现出原形，我这就要你的狗命！"话音未落，套索中的美女旋即变成一个形容枯槁、丑陋不堪的老妖婆。未等她开口告饶，英雄已跨步上前，一刀将她劈为两截："该死的女妖精，叫你今后再也不能施展妖术，惑人耳目！"

第五关　擒蛮将乌拉德做向导

穿过一个黑黢黢的地段，鲁斯塔姆总算见到了阳光。眼前一片绿油油的庄稼和草地，令人心旷神怡。汗流浃背的鲁斯塔姆疲惫不堪，他为拉赫什解开缰绳，放它去吃草，自己也和衣而卧，躺下休息。

远处的看青人发现有匹马在啃吃禾苗，他边跑边扯着嗓子大声吆喝。近前一看，见一个汉子横卧在田边。看青人不管三七二十一，抡起棍子狠狠地朝睡觉人的腿部打去，还破口大骂："你这杂种！为何放马践踏我们的庄稼？"被打醒的鲁斯塔姆闻听此言，二话没说，倏地跳将起来，揪住他的两只耳朵不放。看青人拼命挣扎，没等鲁斯塔姆用劲儿，两只耳朵便被撕掉，疼得他嗷嗷直叫。

当地领主乌拉德闻讯勃然大怒，亲自率领一班人马火速赶到现场。鲁斯塔姆横刀立马，早已准备好迎战。一番叫阵过后，双方交手开战。刀来枪往没有几个回合，乌拉德便招架不住。他虚晃一枪，掉转马头，想逃之夭夭。鲁斯塔姆哪里肯放过？迅即催马向前，紧追不舍。但见他用力甩出套索，将乌拉德牢牢套住，扯下马来。"我有话问你，你要如实回答，倘有半句谎言，立刻叫你脑袋搬家！"鲁斯塔姆严厉地对乌拉德说，"快告诉我那白色巨妖隐藏在何处？伊朗国王卡乌斯被关押在哪里？一定要讲真话，不得有半点掺假！你若实话实说，待来日我征服马赞德朗，就将这片国土交给你管辖；如若撒谎欺骗，绝不轻饶，这就让你小命归天！"

"英雄息怒，且听我说。"乌拉德暗自庆幸有了死里逃生的希望，连忙回答道，"在下情愿做向导，助英雄一臂之力。这一带我很熟悉，想知道什么我都如实地告诉你。从此处到卡乌斯国王被囚之地，约有一百法尔桑格的距离，再往前走一百法尔桑格，就是白妖的洞穴。征途上山高路险，魑魅魍魉出没无常，且有妖魔鬼怪把守关隘，层层设防，固若金汤。英雄单骑闯关，怕是凶多吉少。"鲁斯塔姆听罢，哈哈一笑："你大可不必为我操心。早就听说马赞德朗境内妖魔横行无忌，今番到此，特来领教领教。"说完，他押上乌拉德，扬鞭策马，奔向马赞德朗的腹地。半夜时分，赶到阿斯普鲁兹山前。忽听得叫声四起，如鬼哭狼嚎一般。问乌拉德发生了什么事，方知是主妖阿尔让格在大显威风，它的号叫声音凄厉，特别瘆人。"待明日再收拾它不迟！"这么想着，鲁斯塔姆竟自倒身睡去。

第六关　战群魔结果阿尔让格

翌日清晨，鲁斯塔姆披挂整齐，骑上拉赫什，快马加鞭，直奔那妖魔麇集之地。进得山来，见妖魔成群，他大吼一声，惊天动地，吓得群魔魂不附体。主妖阿尔让格慌忙出洞迎战，被鲁斯塔姆紧紧揪住耳朵，压在身下，丝毫动弹不得。英雄手起刀落，主妖已是身首异处。鲁斯塔姆将阿尔让格血淋淋的首级抛向群魔。众妖魔见状，如鸟兽散，争相夺路逃窜。昔日耀武扬威、不可一世的妖魔鬼怪，如今被杀得血肉横飞、一败涂地。

时值中午，鲁斯塔姆停止追杀，驱马返回原地。他让乌拉德在前面带路，去寻找关押凯·卡乌斯的城堡。刚一进城，拉赫什便引颈嘶鸣，似春雷的叫声响彻云霄，回荡在城市上空。被囚禁多日的卡乌斯国王，隐约听到拉赫什的萧萧长鸣，心情无比激动。他对身边的随从说："快准备迎接鲁斯塔姆，我们的无敌英雄！"众随从还以为国王是在痴人说梦，不料鲁斯塔姆随即出现在眼前。亲人相见，彼此拥抱，热烈欢呼，齐声赞美和感谢仁慈的造物主。

卡乌斯国王切地询问扎尔的近况以及英雄在路上的遭遇，鲁斯塔姆一一作答，详细禀报。国王称赞他智勇双全，所向披靡，立下赫赫战功。令凯·卡乌斯放心不下的是，那穷凶极恶的白妖尚未除掉。据说，要使国王及其随从的眼睛复明，必须用白妖的鲜血滴入眼中才行。"从这里出发，还要翻越七座大山，每座山前都有群魔把守关隘！"凯·卡乌斯不无担心地对鲁斯塔姆说，"你要多加小心，以防不测。那白妖身躯硕大无朋，极其凶残，很不好对付。然而，英雄膂力过人，武艺非凡，且享有神助，定能拿下白妖，了却孤王复明如初的心愿！"鲁斯塔姆听罢，斩钉截铁地表示："我誓与白妖决一死战！但求造物主助我一臂之力，让那万恶不赦的白妖死无葬身之地！"

第七关　入魔窟除掉白色巨妖

一切准备停当，鲁斯塔姆抖擞精神，骑上战马，飞也似的冲向七座大山。根据乌拉德提供的情报，他过关斩将，不费吹灰之力，一帆风顺地抵达白妖蛰居的洞穴。洞外红日高照，光辉灿烂，而洞内却一片漆黑，什么也看不见。鲁斯塔姆手执闪光的利剑，小心翼翼地摸进洞内。他揉了揉眼，定睛细瞧，一个白色的庞然大物就在眼前，几乎占了窟穴的半边。那怪物发长似马鬃，脸黑若煤炭，青面獠牙，狰狞可怖，令人不寒而栗。鲁斯塔姆蹑手蹑脚地向前靠近，准备给白妖以致命一击。不料，白妖蓦地蹿将起来，发出地动山摇的呐喊，朝着来人猛扑过去。鲁斯塔姆迅即闪身躲到一旁，顺势出剑刺中白妖的腰部，接着手起剑落，斩断巨妖的一条腿。受伤的白妖咆哮如雷，冲上去狠命抓住鲁斯塔姆的胳膊。双方扭打在一起，展开一场生死搏斗。厮打了好一阵，仍难分胜负。双方都大汗淋漓，直累得气喘吁吁。这时鲁斯塔姆有如神助，猛然发力，将白妖掼倒在地。英雄死死地卡住白妖的脖子，眼看它气绝身亡。

　　鲁斯塔姆用匕首破开巨妖的胸膛，从中剜出心肝内脏，交给身边的乌拉德包好，随即赶回城堡，向凯·卡乌斯报捷。国王得悉白妖已被英雄除掉，且随身带来它的心肝内脏，喜悦之情溢于言表："真是了不起！孤王为你感到骄傲和自豪，伊朗全军全民都为你感到光荣和幸福。"凯·卡乌斯对鲁斯塔姆赞不绝口，"你这就把白妖的鲜血滴入朕的眼睛，尽快让我双目复明，重新得见你的尊容。"英雄遵旨照办，伊朗国王及其随从当即重见光明。人们欢欣雀跃，喜不自胜。在庆功的酒宴上，凯·卡乌斯道出肺腑之言："那该死的马赞德朗国王，让寡人蒙受奇耻大辱，我岂能善罢甘休？朕意先下战表，勒逼他臣服归顺，答应进贡纳税；倘若不从，则发兵讨伐，置其于死地！"众将官闻听，个个摩拳擦掌，跃跃欲试，发誓要扫平马赞德朗，以报仇雪耻。

消灭魔王血洗马赞德朗

　　凯·卡乌斯先后两次下战表，敦促马赞德朗国王认清形势，及早俯首称臣，以免国破家亡，性命不保，但却遭到对方的严词拒绝。看来一场大战，在所难免。众魔之王抓紧时间，调兵遣将，在马赞德朗城郊安营扎寨，严阵以待。卡乌斯国王亲自点将，率领伊朗大军浩浩荡荡地开到阵前。此时马赞德朗的一员虎将，名叫朱亚，挥舞大棒，首先出场挑战。鲁斯塔姆急不可待，催马向前，应战来敌。只听他一声怒喝，直吓得朱亚魂飞魄散。敌将不战而败，刚要拨转马头逃走，便被赶上来的鲁斯塔姆一枪挑落马下，摔进壕沟。众魔之王见势不妙，当即下令吹响冲锋号，各路妖魔鬼怪一拥而上，号叫着杀向战场。但只见刀剑相击，迸发出点点火花；飞箭嗖嗖，战马嘶鸣，双方浴血奋战，杀得个昏天黑地。就这样，连续七日的生死拼搏，鏖战不息，胜负始终未见分晓。

"要打败众妖魔谈何容易！"凯·卡乌斯见战况一直不明，心内好生郁闷，不由得仰天叹息："圣明的主啊，求赐我军将士以神力，在与恶魔的激战中赢得胜利吧！"在持续争战的第八天，伊朗军队再次振作精神，发起冲击。先锋鲁斯塔姆挥舞长枪，奋力杀出一条血路，径直扑向马赞德朗国王。英雄怒气冲冲，吼声震天，以迅雷不及掩耳之势，出枪刺中那魔王的腰部。眼见那魔王栽倒马下，怎的瞬间化作一块巨石！鲁斯塔姆先是一怔，随后明白过来，他一下搬起巨石，高擎过头，大步流星地行至伊朗国王帐前，将它摔到地上，大声说道："还不快点滚出来！否则我一斧子下去让你立即丧命！"魔王闻听，不敢怠慢，乖乖地现出原形：原来竟是一副青面獠牙、狰狞可怖的面孔。遵照凯·卡乌斯的圣旨，刀斧手将魔王押赴刑场，处决后碎尸万段，剁成肉泥。

马赞德朗之战，伊军大获全胜。俘虏中凡罪大恶极者，当即处以极刑。缴获的战利品和金银财宝，分赠给将士和百姓。军中大摆酒宴，觥筹交错，尽情欢乐七天。征得凯·卡乌斯的恩准，鲁斯塔姆兑现诺言，将马赞德朗交给做向导有功的乌拉德统辖。一切收拾完毕，安排妥当，伊朗国王班师回朝。为了欢庆大军凯旋，首都到处张灯结彩，一片喜气洋洋。金銮殿上，凯·卡乌斯为有功之臣封官加爵，特下诏书，册封鲁斯塔姆为扎贝尔斯坦王侯。荣获重赏的鲁斯塔姆求得陛下恩准，起程返回故里，急着去拜望父亲扎尔。

保驾救主大败三国联军

雄心勃勃、好大喜功的凯·卡乌斯，继征服马赞德朗之后，又出兵南下，渡海远征哈马瓦朗[①]。他执意要将哈马瓦朗公主苏达贝纳为妃子，但却遭到哈马瓦朗国王的严词拒绝。为抵御伊朗军队的入侵，哈马瓦朗国王联合柏柏尔国[②]，并巧施计谋，佯装议和，将凯·卡乌斯及其随员擒获，并关押起来。群龙无首的伊朗军队进攻受挫，败阵而归。虎视眈眈的突朗国君阿弗拉西亚布趁机兴兵，大举侵犯伊朗。在此国难当头之际，又是鲁斯塔姆挺身而出，执干戈以卫社稷。他审时度势，决定先保驾救主，迅速出征哈马瓦朗，然后再将突朗侵略者驱逐出境。

按照惯例，鲁斯塔姆下战表给哈马瓦朗国王，他态度强硬，口气严厉："卡乌斯国王及其随员得以安全获释便罢，如若不甘示弱，继续逞强，定要兵戎相见，管叫你死无葬身之地！"哈马瓦朗国王岂肯不战而降，束手就擒？他连忙致函柏尔和埃及国王，说明强敌来犯，三国唇亡齿寒，休戚与共，特请他们火速派兵支援，联合抗击外寇。

三国联军摆开阵势，旌旗招展；三位国王骑着战象，威武雄壮。鲁斯塔姆率领伊朗大军赶到阵前。他横刀立马，怒目圆睁，逼视着敌方阵营。但听得鼓角齐鸣，喊杀声四起，双方将士在刀光剑影中火拼，殊死的鏖战惊天动地。鲁斯塔姆挥舞大

[①] 哈马瓦朗，位于阿拉伯半岛的一个国家。一说是古也门的称谓。
[②] 柏柏尔国，位于非洲北部的土著国家。

刀，突入敌阵，紧催拉赫什迅猛向前，如入无人之境。激战中，他猛然发现不远处有位国王，便扬手掷出套索，套住败阵而逃的埃及国王，将他生擒活捉。这时柏柏尔国王也被伊朗将士打翻在地，投降被俘。哈马瓦朗国王眼看大势已去，三国联军兵败如山倒，只得退兵回城，高挂免战牌。被迫屈膝求和的哈马瓦朗国王，遵照鲁斯塔姆的要求，立即释放凯·卡乌斯及其随员，并悉数缴纳赔款和军械。卡乌斯国王如愿以偿，携带着美丽的苏达贝公主，兴高采烈地返回伊朗。

千里迢迢接凯·卡乌斯回国

南征北战接连获胜，使得凯·卡乌斯春风得意、踌躇满志。这日他闲来无事，外出狩猎。途中遇到一位风度翩翩的少年，向他施礼问安："看皇上容光焕发，洪福齐天。如今独步天下，称王称霸，却只是地面上的君王；今后若能探得苍穹之奥秘，权势通达无垠的天际，那该有多么神气！"听罢此言，凯·卡乌斯像吃了迷魂药，竟异想天开，要到神界去看个究竟，全然把亚兹丹的主宰地位忘得一干二净。可这正符合魔鬼易卜劣斯[1]的心愿，因为那翩翩少年不是别人，正是妖魔的化身。

鬼迷心窍的卡乌斯国王整日不思饮食，无时不在琢磨怎样才能升天遨游一番。经过绞尽脑汁的思考，还果真被他想出一个妙招。遵照圣旨，人们用伽罗木做成一顶彩舆，彩舆的四角捆上长矛，每个矛尖上拴挂一条肥羊腿，然后将四只矫健的雄鹰绑在彩舆的四端。卡乌斯国王登上金镶玉嵌的彩舆，端坐在中央，面前摆放着美酒佳肴，好不逍遥自在。贪食的雄鹰展翅奋飞，带动彩舆腾空而起，升上高空，向天边驶去。飞行了好

---

[1] 易卜劣斯，《古兰经》中的恶魔名。

一阵，雄鹰已经筋疲力尽，体力渐渐不支。那彩舆在云端飘摇不定，忽上忽下，突然，一头栽倒在阿莫尔[①]郊区的丛林里。凯·卡乌斯上天不成，终于又回到地面。他所以能大难不死，那也是天神亚兹丹的旨意。

卡乌斯国王这一跤摔得可不轻。他浑身伤痛，动弹不得，唯有以泪洗面，哀求上苍饶恕他的罪过。这时可真急坏了朝中的百官，因为谁也不知君王现在何处。国师古达尔兹[②]对凯·卡乌斯的想入非非和愚蠢可笑之举颇有怨言，但又拿他没有办法。事已至此，只好令人四处寻觅。不消说，鲁斯塔姆再次担当重任，跋山涉水，千里迢迢，为寻找国王竭尽全力。

在阿莫尔丛林，终于找到了狼狈不堪的凯·卡乌斯。此时此刻，面对赶来搭救的鲁斯塔姆等人，他深感愧疚，悔恨难言。回到宫中之后，凯·卡乌斯深居简出，闭门思过，虔心诚意地忏悔，祈求亚兹丹饶恕自己的罪过，让自己重新做人，争取成为有道明君，以造福于伊朗臣民。

[①] 阿莫尔，位于伊朗北部的一座城市。一说此城位于中国边境。
[②] 古达尔兹，凯什瓦德之子，伊朗军师。他有八十个儿子，均为著名将领，其中尤以吉夫和巴赫拉姆声名显赫。

三　勇士越境狩猎　击溃突朗军队

在鲁斯塔姆做东的热闹酒宴上，已有三分醉意的吉夫^①提议越境到突朗那边的狩猎场去，打猎消遣几日，酒酣耳热的古达尔兹和图斯^②等人，也异口同声地表示赞成。那狩猎场地面广阔，依山傍水，常有各种禽兽出没，确是猎获野味的好去处。伊朗七位勇士来到此处打猎休闲，日子倒也过得十分惬意。粗中有细的鲁斯塔姆还及时提醒大家，在寻欢作乐之余，要严加防备突朗军队的偷袭。

果然不出英雄所料，突朗国君阿弗拉西亚布得到情报，不禁喜形于色，认为是发动突袭的良机。于是，他当即领兵三万，急速赶至狩猎场，打算一举歼灭入侵之敌。哨兵发现动静，气喘吁吁地跑来报信。胸有成竹的鲁斯塔姆闻听，放声笑曰：“来者不善，善者不来。我正在这儿等着呢！几万兵丁能奈我何？只是一群乌合之众而已。待我们过足酒瘾，再去收拾他们不迟！”畅饮过后，七位勇士精神抖擞，飞身上马，准备大开杀戒，给来敌点颜色看看。

骁勇的吉夫一马当先，挥舞利剑突入敌阵。披坚执锐的诸勇士紧随其后，势如猛虎下山，蛟龙出海，只杀得突朗将士丢

---

① 吉夫，古达尔兹之子，鲁斯塔姆的女婿，伊朗著名将领。他从狩猎场带回的绝色美女被凯·卡乌斯相中，纳为妃子，生下西亚乌什。单枪匹马去突朗接回西亚乌什之子霍斯鲁，是他的一大功绩。
② 图斯，先王努扎尔之子。在伊朗与突朗的长期战争中担任军事统帅。

盔卸甲，节节败退。阿弗拉西亚布见大势不妙，急令统帅皮兰①亲自出马上阵，顶住伊朗诸勇士的进攻。在皮兰的督战指挥下，突朗军队仗着人多势众，竭力进行反扑。被激怒的鲁斯塔姆大吼一声，抡起狼牙大棒，朝冲杀过来的突朗将士横扫过去，眼见击倒一大片，又是一大片！直杀得来敌血肉横飞，抱头鼠窜。见此惨状，阿弗拉西亚布哀叹道："照这样打下去，不等日落西山，我们就将全军覆没！"本想用突袭战法，生擒活捉伊朗几员骁将；到头来"偷鸡不成蚀把米"，反而损兵折将吃了大亏。万般无奈，突朗国君只得罢兵休战，溜之乎也。正所谓七勇士扬威狩猎场，以少胜多美名扬。

---

① 皮兰，维塞之子。突朗军队的统帅。

四 几番阴错阳差 英雄误杀爱子

———鲁斯塔姆与苏赫拉布的故事

这则故事出自一位德高望重的戴赫干①之口，讲的是英雄鲁斯塔姆和他的儿子苏赫拉布在战场相逢，竟然互不相认。一老一少龙争虎斗，大打出手，最终演成亲父误杀爱子的悲剧。读来荡气回肠，感慨万千，使人颇受教益。

鲁斯塔姆外出打猎来到萨曼冈②，这日早晨醒来，鲁斯塔姆心绪欠佳，决定外出狩猎消遣一下。他备好行装，跨上战马拉赫什，驶向突朗边界。放眼原野，见有野驴等兽禽不时出没，鲁斯塔姆绽露笑容，来了精神。他勒紧缰绳，拉赫什奋蹄急驰。英雄忽而搭弓劲射，忽而抡棒掷索，东奔西跑追逐猎物，好不心欢意畅。

下得马来，鲁斯塔姆拭去脸上的汗水，捡些枯枝败叶，燃起篝火一堆；再用粗树枝做支架，烘烤捕获的野驴。驴肉香味扑鼻，英雄一顿饱餐之后，漫步走向附近的清泉，喝足了泉水。忽然一阵困意袭来，鲁斯塔姆就地倒身睡下，很快便进入梦乡。

---

① 戴赫干，意为"农民""土地所有者"。菲尔多西时代是指中小地主或乡绅，他们具有强烈的民族意识，十分重视传播古波斯文化。
② 萨曼冈，突朗的附属国，位于阿姆河上游。

这时，有七八个突朗巡逻兵正打这儿经过，发现草地上有马蹄的痕迹，便沿着河岸仔细搜寻。眼见一匹骏马在那里悠闲地吃草，他们悄悄地包抄过去，扬手抛出套马索。拉赫什见到套索，蓦地跃起，怒狮一般进行反击。它尥蹶子踢倒近前的两个骑兵，继而猛扑上去咬住另一个骑兵的脖颈。其他的巡逻兵仍然不肯罢休，一下子蜂拥而上，费了九牛二虎之力，总算把拉赫什捉住。他们将拉赫什生拉硬拽地带回城去，牵引到马厩，准备用它做种马繁育良驹。据说四十匹牝马与之交配，而受精怀胎的却只有一匹。

再说鲁斯塔姆一觉醒来，睁眼不见拉赫什的踪影，心里好生诧异。他赶忙起身去四下里寻找：东张西望一番，却怎么也不见马的踪影。丢失坐骑令英雄心情忧郁，鲁斯塔姆不由自主地朝萨曼冈方向走去。他边走边暗自思忖："照这样徒步而行，能走到哪里？身披铜盔铁甲，手携大棒刀剑，赶路实在不便。倘若遭遇敌军又如何应对？莫非是突朗人掠走坐骑，故意给我制造麻烦？……"就这样边走边想，鲁斯塔姆心烦意乱，只得自认倒霉。但他还得强打精神，留意搜索拉赫什的马蹄印。沉重的马鞍和辔头压在肩背，英雄若有所悟，语出心扉："当今世道岂不也是如此这般——时而骑在马上，时而背负着鞍鞴？"循着拉赫什的马蹄印一路走来，鲁斯塔姆思绪万端，不胜感慨。

萨曼冈国王得悉鲁斯塔姆大驾光临，当即率领文武百官出城迎接。"喜迎英雄驾到，不胜光荣之至！英雄有何吩咐尽管开口，寡人愿效犬马之劳。"见国王态度如此诚恳友好，鲁斯塔姆三分怒气已消："今日外出狩猎，不慎丢失坐骑，循着马蹄的痕迹，不觉来到贵国城池。只得有劳大驾，帮忙找回拉赫什；如若不交出坐骑，就休怪我不讲客气！""请英雄放心，不必焦急！谁人不知你心爱的拉赫什是宝马神驹？哪个胆大包天还敢窝藏？孤王这就派人去找，保你如愿以偿！"言罢，国王设宴为英雄接风洗尘。席间觥筹交错，一片欢声笑语；且有琴瑟芦笛奏鸣应和，婀娜多姿的宫娥起舞婆娑。酒过数巡，鲁斯塔姆尚未尽兴，可是日间的劳顿使他感到有些困乏。于是，英雄起身告退，想早点安寝休息。卧室内香气四溢，更增添了他几分睡意，头刚挨着绣枕，便已昏然入睡。

夜深人静，四下里悄然无声。寝室窗外隐约传来一阵柔声细语和敲门声，鲁斯塔姆猛然惊醒，忙上前开门，门启处姗姗走进手提宫灯的婢女，落脚在英雄的卧榻旁边。在她身后，一位花容月貌的绝代佳人轻移莲步走上前来：蛾眉似弯弓，发辫如套索；亭亭玉立，宛若青松翠柏；绯红的脸蛋，胜似娇嫩的百合；诱人的朱唇，像是抹了蜂蜜；两排皓齿晶莹发亮，乌黑的明眸如同星星闪烁。耳垂上戴着珍贵的饰环，雍容优雅，好比仙女下凡。鲁斯塔姆两眼直直地望着她，暗自赞叹亚兹丹的神奇造化。"美人深夜到此，不知有何贵干？""我乃萨曼冈公主，名叫塔赫米娜。"佳人启齿作答，道出一番心里话："妾虽出身名门望族，却整日深居内宫，无人得见我的倩影；待字闺中，谁又知我的笑貌音容？耳闻英雄大名鼎鼎，业绩辉煌，妾心中仰慕已久，只是相见恨晚！如若天公作美，能与英雄成全好事，育得一男二女，妾当不胜感激！至于那匹宝马神驹，英雄尽管放心，保准找还给你。"

一边聆听公主倾诉衷肠，一边端详公主的绰约丰姿，鲁斯塔姆不由得对她产生爱慕之情，心想能与这样聪明贤惠的美女结合，岂非天赐良缘？待到天明，他即刻唤来朝中大臣，委托他办理提亲事宜。受托的大臣当即前去觐见国王陛下，将英雄求婚之事如实转达。国王听闻顿时喜出望外，连声叫好，满口答应了这门亲事。婚礼举办得隆重热闹，人们兴高采烈，向这对新婚夫妇表示良好的祝愿。鲁斯塔姆和公主双双进入洞房，花烛夜两情相悦，良宵苦短，夫妻恩爱自不待言。晨露催开乍绽的花蕾，好似晶莹的珍珠闪耀光辉。滴滴水珠徐徐灌注，蚌壳内凝成璀璨的明珠。英雄预感到爱妻必将受孕，对贴心人更

鲁斯塔姆与塔赫米娜公主成婚

加柔情温存。他从臂上取下价值连城的玉符，交给塔赫米娜好生保管："待来日若生下千金娇女，就把这玉符缀在她的发辫上；倘若有幸喜得虎子，就将这玉符系在他的手臂。此乃生身父亲的标记，可保佑子女逢凶化吉，万事如意。"眼看旭日东升，光照大地。恩爱夫妻再次拥抱亲吻，依依不舍。这时国王陛下前来看望，并告知拉赫什已然找到。鲁斯塔姆喜上眉梢，深表谢意。他飞身上马，向国王挥手告辞，急驰而去，把在萨曼冈的艳遇埋在心底，不曾对任何人提起。

苏赫拉布挑选战马准备出兵伊朗

怀孕九个月后，塔赫米娜公主生下一个男孩，貌美如同皎月，特别招人喜爱。小模样长得酷似父亲，一眼就能看出他是萨姆·纳里曼的后嗣。不几日，婴儿脸上绽露微笑，像含苞欲放的花朵，母亲便给他取名叫苏赫拉布。刚过满月，孩子就跟一岁似的，活脱儿是鲁斯塔姆再生。从三岁起开始耍刀舞剑，五岁时如雄狮般身强体健。十岁的苏赫拉布武艺精湛，名扬四方，没人敢出面同他比试较量。少年英雄神采奕奕，体壮如象，有劲松般的两只臂膀。催马扬鞭，在狩猎场上驰骋；斗雄狮，擒猛虎，好不威风！走起路来，犹如一阵疾风；揪住尾巴，能让飞奔的烈马站定。

这日，苏赫拉布拜见母亲时，突然开口发问："为什么孩儿长得与众不同，格外矫健，身躯特别高大，头几乎顶着天？我到底是谁的后裔？出身哪个家族？人家问起父亲，叫孩儿怎么答复？母亲呀，不要再守口如瓶，以免惹孩儿动怒，对你有失孝敬！"塔赫米娜见问，不觉一怔，着实吃了一惊。心想既然孩子急于了解自己的出身，不妨把真相讲给他听："好孩子，你出身名门，来自望族，父亲是大名鼎鼎的鲁斯塔姆！祖父达斯坦①，曾祖父萨姆，全都是了不起的英雄豪杰。你当为此而感到光荣和自豪！鲁斯塔姆号称'皮尔坦'，又称'塔赫姆坦'②，他有狮心虎胆，敢把尼罗河的鳄鱼拖上岸。你父亲真不愧是叱咤风云、顶天立地的好汉！"说到这里，塔赫米娜取出珍藏多年的书函——那是丈夫为爱子出生特意写来的贺信，还有作为礼品的三颗宝石和三袋金币，继续言道："孩子呀，这些珍贵的礼物要精心保管，因为它是你们父子情深的体现。若是父亲得知儿子如今已长成仪表堂堂的男子汉，那该有多么高兴和喜欢！不过，此事不宜四处张扬。对阿弗拉西亚布务必小心提防，因为他是你父亲不共戴天的仇敌。若是走漏风声，让他知道你的底细，怕会要阴谋诡计加害于你！我做母亲的为此深感忧虑。"苏赫拉布听罢，满不以为然，随口说道："母亲啊，这等事有什么可保密？古往今来，数风流人物可知多少？而今鲁斯塔姆的大名家喻户晓。孩儿有幸出身英雄世家，理应感到光荣和自豪，又何必谨小慎微自寻烦恼！萨姆家族是何等的荣耀体面，为什么要对我长期隐瞒？孩儿主意已定，这就广招兵马组建一支大军，先去征服伊朗，将凯·卡乌斯赶下御座，由我父鲁斯塔姆取而代之登基为王；然后再挥师北上夺占突朗，好生教训一下阿弗拉西亚布那个骄横跋扈的君王。当今世界乃鲁斯塔姆父子的天下，岂容他人耀武扬威、称王称霸！"

要想征服天下、建功立业，当务之急是要挑选一匹称心如意的坐骑。诚如苏赫拉布所言："两军阵前刀来枪往，捉对厮杀，勇士焉能没有一匹神驹宝马？"塔赫米娜觉得孩子言之有理，便指令御马官把所有马匹牵出来任他去挑选。牧马场上，苏赫拉布手执套索，看哪匹马长得精壮，便用套索套住拉到身旁。他伸出巨掌测试马力，刚用劲一按，那马就支撑不住瘫倒

①达斯坦，是鲁斯塔姆之父扎尔的绰号。
②塔赫姆坦，意为"大力士"，鲁斯塔姆的绰号之一。

在地。矫健的骏马换了一匹又一匹，少年英雄挑来选去全都不中意。就在他大失所望之际，人群中走出一个彪形大汉开口言道："在下有一匹拉赫什配种的马驹，站立稳如山岳，迅跑快似闪电，吼声响若雷鸣，铁蹄飞扬令驮地的鲤鱼精①打战。那枣红色的坐骑世上罕见，在疆场往来驰突如入无人之境，敌寇见了无不胆战心惊！"苏赫拉布闻听笑逐颜开，当即令人将那匹神奇的骏马牵来。几经试验果然名不虚传，是一匹难得的宝马神驹。少年英雄喜得骏骑如虎添翼，不由得喟然叹曰："真乃天助我也！"

萨曼冈国王得悉外孙意欲出兵伊朗，去寻找自己的生身父亲，遂表示坚决支持。遵照御旨，从国库调拨各种武器装备还有金银珠宝、骆驼和马匹。苏赫拉布见出征的准备就绪，兵马粮草一应俱全，心中好不得意。

且说阿弗拉西亚布探听到苏赫拉布备战出征的消息，脸上露出奸笑，心中暗自窃喜，认为这是借刀杀人、报仇雪恨的良机。他从军中选派胡曼②和巴尔曼③两位将领，率精兵一万两千，前去"投效"苏赫拉布。临行前，阿弗拉西亚布召见两位将军，面授机宜："有要事一桩，务必办妥。两位将军要想方设法，使得鲁斯塔姆父子战场互不相认，像仇敌一样彼此火并！待他们父子沙场交锋，兵戎相见，那才有好戏看。鲁斯塔姆虽然老当益壮，说不定会栽在年轻雄狮的爪下。失去鲁斯塔姆的伊朗将朝不保夕，凯·卡乌斯的国家就会唾手可得。到那时再从容对付苏赫拉布，量他乳臭小儿能成什么气候？倘若苏赫拉布命该夭折，死于父亲之手，那鲁斯塔姆将会懊悔不已，遗恨终生！此事千万保密，不可泄露天机！"

---

① 据波斯神话传说，整个地球是由鲤鱼精驮着，所以才不会下沉。
② 胡曼是突朗军队主帅皮兰的兄弟，武艺高强，且阴险狡诈，后被吉夫之子比让所杀。
③ 巴尔曼系突朗骁将，在"十二场大战"中被古达尔兹之子罗哈姆击毙。

胡曼和巴尔曼领旨退下，当即率兵出发。那边突朗国君蓄意设下毒计，这边英雄少年全然蒙在鼓里。苏赫拉布听说有突朗军队赶来支援自是满心欢喜。他与外公一起迎接援军到来。胡曼见苏赫拉布虎背熊腰、身材魁伟，不禁暗自称奇。他呈上突朗国君的书函，献出骡马驮来的厚礼，表示愿为少年英雄出征效尽犬马之劳。急不可待的苏赫拉布传令三军开拔，众将官披坚执锐跨上战马。浩浩荡荡的大军以排山倒海之势，向伊朗边境进发。

苏赫拉布攻占白堡

白堡是伊朗的边陲重镇，常年有重兵把守，可谓固若金汤。守关的一员大将名叫哈吉尔①，胸有韬略且武艺高强。坐镇要塞的是伽日达哈姆②，身经百战，饱经风霜。他有个女儿名叫戈尔德·阿法丽德③，俊俏不说，尤擅骑射。

这日，哈吉尔从探马处得知邻国突朗大军压境，即刻披挂整齐，迎战来犯之敌。他手执丈八长矛，出马赶到阵前，叫阵呐喊如怒狮一般："汝等鼠辈，休得猖狂！蚍蜉撼树不自量，居然侵入我边疆？有哪个活得不耐烦，滚出来与咱家较量一番！"不见军中将官出场应战，激怒了少帅苏赫拉布。他挺枪跃马，冲到哈吉尔跟前："胆大毛贼口出狂言！竟敢单枪匹马上阵挑战，老虎嘴上拔毛？今日定叫你有来无回！"几番叫阵示威，继而短兵相接、矛来枪往，双方杀得难分难解。但见哈吉尔挥矛刺向对手的腰间，苏赫拉布往旁边一闪，就势奋力回敬一枪，

---

① 哈吉尔系古达尔兹之子，伊朗边塞白堡的守将。
② 伽日达哈姆，镇守伊朗边塞白堡的主将。
③ 戈尔德·阿法丽德，伽日达哈姆之女，伊朗的巾帼英雄。

正中哈吉尔的臂膀。少年英雄快速出手，一把将哈吉尔拖下马鞍。哈吉尔被摁在地上拼命挣扎，他见苏赫拉布从腰间抽出匕首，便举手示意投降，百般求饶。少年英雄心慈手软饶他一命。众军士上前将哈吉尔五花大绑押回营寨。

　　哈吉尔被俘的消息传遍白堡，居民奔走相告人心惶惶。戈尔德·阿法丽德闻讯，怒火从心中升起。她虽为女流之辈，可是作战不让须眉。这位女中豪杰求战心切，誓与那突朗小子拼个高低。她将乌黑的发辫扎紧盘起，掮进罗马式的头盔，披坚执锐纵马杀出城堡，好似疾风闪电。"尔等乌合之众，也敢来伊朗耍威风？你们哪个吃了豹子胆，就到阵前来较量一番！"戈尔德·阿法丽德叫阵再三，突朗军中竟无人出场应战。苏赫拉布脸上露出轻蔑的神情，暗自言道："又是一头野驴前来送死，自投罗网！"只听他大吼一声，举枪驱马冲向前来。眼疾手快，戈尔德·阿法丽德拉紧弓弦瞄准来敌，嗖的一声射出利箭。苏赫拉布动作敏捷地前俯后仰，接连躲过数箭。他紧催战马迅猛冲杀，如饿虎扑食令人胆寒。女英雄毫无惧色挺枪迎上前去。但见两杆长枪上下飞舞，双方你来我往，一时难分胜负。苏赫拉布枪法纯熟，愈战愈勇。阿法丽德几次险些被刺下马鞍，体力渐渐不支。她佯装败阵，暗中从腰间抽出短剑，挥手将刺来的长枪劈成两半，趁机掉转马头弃阵而逃。少年英雄岂肯放过逃敌，策马奋蹄追赶上去。

　　戈尔德·阿法丽德的头盔被紧追不舍的苏赫拉布击落，盘在脑后的发髻散开，秀发如云衬托出她娇容似月的光彩。少年英雄见状不觉大吃一惊："咦，怎的是一位俊俏姑娘？看她英姿飒爽，骁勇剽悍，竟不亚于七尺男儿彪形大汉！"苏赫拉布顾不得多想，扬手掷出套索将伊朗女将套住："好个女扮男装的美娇娘！今日休想从我手下脱逃。想来也是，小女子何必披挂上阵舞枪耍刀？"此时阿法丽德急中生智，似乎有了脱身妙计。只听她开口言道："勇士啊，你枪法精湛无人匹敌。小女子甘拜下

苏赫拉布迎战女英雄戈尔德·阿法丽德

风,对你的武功,我佩服得五体投地!可是两军阵前,将士们都在观战,尘土飞扬处,所见是你与女流之辈周旋。我这里披头散发,英雄若近前来,岂不招惹闲话?办事讲求上策,你我何不休战讲和?这样兵不血刃,将军即可拿下白堡,此等好事何乐而不为?"一席话讲完,苏赫拉布听了觉得蛮有道理。面前的伊朗女将丰姿秀逸好似天仙:一双梅花鹿的眼睛,两道蛾眉;鲜花般的容颜,脸蛋俊美。姑娘的娇媚搅乱了少年英雄的心,他简直分不清这是战场还是天堂。"就按你说的办!"回过神来的苏赫拉布随口应道,"权且放你回城堡,可是不许耍花招!莫以为白堡难攻,固若金汤,城墙高过苍天也难把我阻挡!你该知道我的厉害,无坚不摧,无攻不克,凭的是手中的一杆长枪。"

戈尔德·阿法丽德听罢二话没说,掉转马头急驰而去。苏赫拉布假装追赶尾随其后,不大工夫,就来到白堡城下。城堡铁门徐徐开启,阿法丽德一溜烟地跑进城去。守城将士悲喜交集:喜的是女将军侥幸得以生还;悲的是两员大将受挫令人心慌意乱。郡守伽日达哈姆称赞女儿虽败犹荣,不愧是女中豪杰、巾帼英雄。阿法丽德戎装未卸,大步流星地登上城门楼,见苏赫拉布仍在城下等候,便大声喊道:"你可真行!还在那里傻等?两军阵前你要够了威风,这会儿也该收兵回营。别的不说,真得多谢你把我护送回城。""好你个捉弄人的女妖精!"中计的苏赫拉布怒目圆睁,"你花言巧语施展计谋,说谎骗人不知羞耻。指日月、王冠和御座起誓,我定将白堡夷为平地!看你能逃到哪里去?毁约食言者自以为得计,到头来定叫你后悔莫及!"阿法丽德闻听此言,莞尔一笑:"奉劝勇士不必动气,也无须自寻烦恼,试想伊朗女子怎能同突朗男儿交好?我看你并非纯突朗的血统,倒像出身高贵的伊朗门庭。凭你这双臂膀、这副身手,称得起是英雄群中翘楚。不过,一旦伊朗国王得悉军情,便会下令鲁斯塔姆前来救急。到那时突朗军队被杀得丢

盔卸甲、一败涂地，恐怕你也难以脱身！奉劝阁下还是及早撤军退兵，兴许还能保全性命。"少年英雄听罢怒发冲冠，恨不得立马拿下白堡。眼看日落西山，天色转暗，他无可奈何，只好鸣金收兵，悻然返回军营。

　　来犯的突朗大军势不可当，使郡守伽日达哈姆焦急万分。他忙令书记官修书一封，向卡乌斯国王据实禀报军情："突朗大军压境，来势汹汹，为首的一员战将有万夫不当之勇。看他青春年少不过十四岁光景，长得虎背熊腰、力大无穷。他手执长枪，雄赳赳、气昂昂，战场厮杀如入无人之境。此人名叫苏赫拉布，武艺超群，英姿勃发，简直就像鲁斯塔姆！骁将哈吉尔迎敌出战，三招两式便被他击落马鞍，现今已成阶下囚，蒙受屈辱。以鄙臣之见，制服这头雄狮者，非鲁斯塔姆莫属。边塞形势紧迫，十万火急，万望陛下当机立断，尽快发兵救援！臣等无奈，招架不住，只得弃城而退，以保存实力：如若不然，一味固守顽抗，必遭全军覆没之下场！"信使奉命连夜动身，天亮前赶到皇宫。临行前，伽日达哈姆叮咛再三："事关重大，千万小心！务必迅速安全地抵达目的地！"是夜，守城将士在伽日达哈姆的率领下，通过事先修筑的秘密地下坑道，神不知、鬼不觉地全部撤离白堡。

　　翌日清晨，誓取白堡的苏赫拉布显得格外精神。一声令下，喊声四起，突朗将士争先恐后地杀向城堡。近前看时，只见城门洞开，却不见有人把守。苏赫拉布怀疑其中有诈，派兵前去试探，方知确是一座空城，伊朗守军已逃得无影无踪。进得城来，突朗士兵实行戒严，四处搜捕。只发现一些老弱残兵和穷苦百姓。盘问不出戈尔德·阿法丽德的下落，少年英雄眉头紧锁，郁郁不乐："千错万错，不该将她轻易放过！"苏赫拉布暗自叹道："可惜啊，一轮皎洁的明月，而今却被云封雾遮。怪只怪我时运不济，到手的梅花鹿复又失去。她挣脱了套索，反而置我于爱的枷锁。天仙般的美女转瞬即逝，令我神魂颠倒难以自持。那迷人的身姿，那娇艳的容貌，那翕动的朱唇，再到何处去寻？回想那次战场交锋，心中难忘她的倩影；今日求见不得，心好似刀割。"越思越想，少年英雄心情越加沉重。到底是青春年少，免不了自作多情。

有道是"当局者迷，旁观者清"。胡曼见苏赫拉布愁云满面、心神不安，料定他已坠入情网，成了爱的俘虏。"少帅啊，你可是卓尔不群的英雄！"看准时机，胡曼出言慎重，"数风流人物千古垂名，哪个不自爱、自尊和自重？哪个不专心求取功业，淡薄儿女之情？即使捕获上百只梅花鹿，他们也无动于衷；面对妙龄女郎的百媚千娇，他们绝不会为之倾倒。你身为三军统帅重任在肩，焉能为女色所迷情意缠绵，将征战大事搁置一边？这岂不辜负了阿弗拉西亚布对你的厚爱和期望？为求霸业，我们才兴兵远征；疆场厮杀，准备迎接血雨腥风。初战告捷，轻取白堡还算顺利，但不可斗志松懈，麻痹大意！凯·卡乌斯手下武将众多，个个都强劲剽悍，英勇善战，那大名鼎鼎的鲁斯塔姆更是杀遍天下无敌手的好汉！而今白堡失守，凯·卡乌斯岂肯善罢甘休？到时一场恶战在所难免，谁胜谁负未可断言。我们当全力以赴再接再厉，去争取最后胜利，成就一番惊天动地的事业！望少帅审时度势，好自为之。"胡曼的一席话振聋发聩，令苏赫拉布茅塞顿开。他精神为之一振，出言爽快："将军所言极是。多谢你及时提醒，才使我恍然大悟。定要征服伊朗称霸世界，以报答阿弗拉西亚布的恩情。"驱散心头的阴霾，少年英雄朝气蓬勃。他差人向突朗国君传达捷报：出师一帆风顺，现已拿下白堡。

且说伊朗国王卡乌斯接到来函，得悉边关告急，心中惴惴不安。他立刻召见文武百官，共商退敌良策。文臣武将众口一词：速派大将吉夫前往扎贝尔斯坦，请出盖世英雄鲁斯塔姆。唯有他，才能抗御外敌，扭转败局；唯有他，才能力挽狂澜，捍卫社稷江山。

鲁斯塔姆率军迎敌

卡乌斯国王采纳众臣意见，为搬救兵以解边陲燃眉之急，特向鲁斯塔姆下达诏书："今有突朗大军侵犯我边疆，耀武扬威，气焰十分嚣张！现已兵临城下，白堡危在旦夕。边塞生灵涂炭，郡守派人告急。率领突军的一员小将猛如雄狮、力胜大象，杀得我军将士难以抵挡。看来只有英雄亲自出马、领兵挂帅，方能阻止他的进发。英雄所向无敌，扬名天下，这次想必还得有劳大驾。每当危难时刻，英雄总是挺身而出，执干戈以卫社稷，立下赫赫战功，不胜枚举。今派吉夫大将前往贵处求援，望英雄接信后火速来京，共商退敌之策，以保国家安全。军情紧迫，时不我待，切勿耽搁！孤王翘首企足，望眼欲穿，巴不得能与英雄早日相见。"吉夫接过诏书，领旨退下。国王不放心，又将他召回，叮嘱再三："将军此去要日夜兼程，快马加鞭，火速赶到扎贝尔斯坦。黑夜到达那里，天明就往回返，不得有半点拖延！"

遵照圣旨，吉夫马不停蹄，跋山涉水，速度之快如离弦的飞箭，不几日便赶到鲁斯塔姆的大殿。彼此寒暄过后，吉夫呈上诏书。鲁斯塔姆阅罢，觉得事情来得突兀："怪哉！突朗军中哪来此等少年英雄？苏赫拉布这个名字未曾听说，他出自什么名门望族？怎的像当年萨姆那样大显威风？我倒有个爱子在突朗的萨曼冈，不过年纪尚小，领兵挂帅恐怕难以承当。"联想及此，鲁斯塔姆自觉荒唐可笑。他望着风尘仆仆的吉夫说道："别的先不管。咱们多日不见，你远道而来，该当设宴畅饮一番。出兵之事，明天再谈不迟。""可是卡乌斯国王有言在先，要我星夜赶到，拂晓就得往回返！"吉夫显然有些为难，"若是在此耽搁，贻误军机，恐怕不好交代。""你不必担心，我自有安排。"鲁斯塔姆胸有成竹地说："怎能来去匆匆，也不歇歇脚？你长途跋涉，不辞辛劳，本该休息一下才好。甭管那么多，今日得清闲，咱们乐和乐和再说。"筵席上宾主谈笑风生，兴致颇高。觥筹交错，开怀畅饮，已是酒酣耳热，依然频频举杯，直喝得酩酊大醉。次日，海量惊人的鲁斯塔姆还觉得不过瘾，又摆好丰盛的酒宴。席间请来乐师歌女，弹唱助兴。丝竹之声悦耳，美酒香醇令人陶醉，心中哪里还记得什么诏书圣旨？第三天，鲁斯塔姆仍未尽兴，看样子不喝得烂醉如泥，他是绝不肯罢休。第四天清晨，吉夫提醒鲁斯塔姆："国王陛下脾气暴躁，你也不是不知道。何况边塞吃紧，令他心急如焚。要是再耽搁下去，怕会惹出事来。酒也喝得差不多了，今日咱们就起程赶赴京城。""此事不必多虑！"鲁斯塔姆言道，"酒已喝够饮足，那就跟你上路。应诏出兵，去会会那突朗的少年英雄。"

图斯和古达尔兹等人出城迎接鲁斯塔姆，他们簇拥着英雄前来觐见国王。御座上的凯·卡乌斯双眉紧蹙，面色铁青。待吉夫和鲁斯塔姆上前参拜时，他勃然大怒，声色俱厉地斥责道："鲁斯塔姆究竟是什么人？胆敢违抗圣旨，傲慢欺君！朕有尚方宝剑在手，可以砍掉他的人头！"国王震怒，如晴天霹雳，令众臣瞠目结舌，呆若木鸡。凯·卡乌斯怒不可遏，从御座上暴跳起来，大声喝令图斯："速将他们二人拿下，拖出去处以绞刑！朕意已定，用不着说项求情。"图斯遵旨行事，箭步向前抓住鲁斯塔姆的手臂。文武百官见状面面相觑、惊恐不已。其实图斯此举意在把英雄拉出殿外，免得他发火闹出事来，更加不好收拾。就在这时，鲁斯塔姆扬手朝图斯猛地一击，将他打翻在地；随后跨步向前，义正词严地怒斥凯·卡乌斯："你大权在握，也不能横施淫威，欺人太甚！身为万民之主，罚而不当，动辄乱用极刑，算得什么君王？头顶王冠，行为竟如此荒唐，还不如把金冠挂在蛇尾上。想我鲁斯塔姆大名鼎鼎，焉能在昏君面前俯首听命？有本事何不去战场逞威风，将那苏赫拉布处以绞刑？我可是久经沙场打遍天下无敌手的英雄。若是惹恼了我，君王又算得什么？向我动手动脚，图斯有何资格？战则必胜，我的威力来自天神；铜盔铁甲，我的伴侣是战马。刀剑在手，是我克敌的法宝；长枪大棒，是我取胜的保障。抗击外敌，靠的是浩然正气；保家卫国，我有献身的气魄。鲁斯塔姆不是任人驱使的奴仆，我只崇拜万能的造物主！想当年，若不是我几番保驾救主，哪还有你现在的飞扬跋扈？不知感恩戴德，反而恩将仇报，此等卑污小人，何足挂齿?!"英雄慷慨陈词，义愤填膺。鲁斯塔姆言罢，愤愤然冲出大殿，飞身上马，扬长而去。

事情闹到这种地步，真不知该如何收场。文官武将全都没了主意，一筹莫展急得像热锅上的蚂蚁。几经磋商，决定推举国师古达尔兹前去进谏，向国王陛下摆明事理，规劝他回心转意。古达尔兹虽然感到事情棘手，还是当仁不让，硬着头皮去见卡乌斯国王："皇上啊，鲁斯塔姆犯下什么滔天罪过，值得你如此大动肝火？出征前喝几杯酒壮行，这又算得什么？有道是'千军易得，一将难求'，失去英雄鲁斯塔姆，何以驱除入侵敌寇？别忘了，是他在马赞德朗救主性命，是他在哈马瓦朗护驾有功，怎能以怨报德，将他处以绞刑？而今边关烽火连天，正需要英雄领兵作战，御敌于国门之外，以保社稷江山，怎可不顾大局，不讲情面，置英雄于死地？身为一国之君，万民之主，理应胸襟开阔，礼贤下士，豁达大度，切不可头脑发热，忘乎所以，轻率粗鲁。"凯·卡乌斯听罢，觉得所言极是，句句在理："爱卿进谏，忠心赤胆，所说乃金玉良言。只怪孤王一时性起，办事毛躁，有欠稳妥。看来事不宜迟，还得有劳将军即刻出马，火速追回鲁斯塔姆。见到他要好言相劝，替寡人多美言几句，打消他心头的恚怒和愤懑。务必设法将英雄请回金銮殿，君臣重归于好，以驱散孤王心中的忧虑和不安。"

古达尔兹遵旨照办，率领几员将领立刻起程，前去追赶英雄。马蹄声声，快似闪电流星，终于发现远处鲁斯塔姆的身影。众将官催马向前将英雄团团围住。你一言、我一语，七嘴八舌地规劝英雄息怒，以大局为重，千万不可一走了之，置伊朗臣民于不顾。"卡乌斯国王心粗气浮，性情乖戾，尽人皆知。英雄见多识广，宽宏大量，不必太介意。既然国王陛下已自知理亏，感到懊悔，就请英雄见谅，高抬贵手，饶他一回。"几经劝说，鲁斯塔姆依然怒气难消："像卡乌斯这样的昏君史无前例，我与他毫无干系。头盔是我荣冠，鞍鞯是我宝座，铠甲是我锦袍，赤胆忠心报国。他不知感恩，反而出言无状，我实在难以容忍！除了造物主，我不畏惧任何人。"此时古达尔兹心平气和地解劝道："英雄愤而离去，本无可厚非。只是不见英雄应诏，国王难免起急；加上白堡失守，他又天生的暴躁脾气，一时性起，言行不当，多少情有可原。常言道'宰相肚里能撑船'，奉劝英雄不必耿耿于怀。要看到大敌在前，莫让国王过于难堪。而今国难当头，君臣应齐心协力，共同对敌。若是顶不住突朗军队的入侵，那才是国家的奇耻大辱，对神圣的宗教也是一种玷污！"

　　在众将领苦口婆心的劝慰下，鲁斯塔姆原本深明大义，又碍于情面，不好过于执拗，便答应返回宫廷。见英雄步入大殿，卡乌斯国王起身相迎，以礼相待："孤王脾气火暴，禀性难移，待人处事有失妥当，望英雄多多见谅，捐弃前嫌，重修旧好。几番护驾救主，英雄劳苦功高。若无英雄鼎力辅佐，哪有寡人今日的王冠御座？英雄功德无量，孤王铭记不忘。只因边塞告急，又久等英雄不来，故而失态，大发脾气，令英雄蒙受屈辱，实在问心有愧。"凯·卡乌斯的一席话，说得鲁斯塔姆备受感动："吾王君临天下，臣子当俯首听命。君臣之礼不可偏废，臣将为陛下尽忠效力。"君臣反目，复归于好，文武百官乐在心里，脸上露出微笑。卡乌斯国王心遂所愿，喜形于色，下令备酒设宴："今夜开怀畅饮，热闹一番，明日召集大军，奔赴边塞救援，给敌寇点颜色看看！"

　　当太阳掀起蒙面的黑纱，顿时放射出万道彩霞。十万大军

威武雄壮，整装待发。军号响，战鼓催，伊军将士意气风发，斗志昂扬。枪似林，旗如海，还有金晃晃的盾牌，好不气派！大军向白堡挺进，连绵数十余里，犹如山洪奔涌，势不可当。瞭望台上的突朗哨兵发现敌情，见伊朗大军铺天盖地而来，慌忙跑去报警。逼近白堡的伊军奉命散开，在城外的荒野上安营扎寨。登上城楼的胡曼放眼望去，到处都是伊军营帐，帐前旌旗猎猎，迎风招展，不觉毛骨悚然，吓出一身冷汗。苏赫拉布倒是不为所动，安之若素："何所惧哉？一群乌合之众罢了。看上去兵多将广，有几个像样的战将？谁个英雄谁个狗熊，来日交锋，即可一决雌雄。"健步走下城楼，苏赫拉布面带微笑，显得信心十足。是夜，少年英雄摆设酒宴，为明日开战做最后动员。席间众将官豪言壮语，信誓旦旦，定要旗开得胜，马到成功。

且说求战心切的鲁斯塔姆，征得凯·卡乌斯的恩准，乔装打扮成突朗士兵，趁黑独自潜入白堡，刺探敌情。他特别想亲自目睹那突朗少帅，看看他到底是怎样的英雄。鲁斯塔姆神不知、鬼不觉地摸进城堡的一个庭院，见厅堂内灯火辉煌，笑语喧哗。原来突朗众将领正在饮酒作乐，谈笑风生。他料定那端坐在中央、神采奕奕的少年便是苏赫拉布——身材高大，双臂粗壮，脸上泛着红光。少年气宇轩昂，丰神俊朗，像青松翠柏一样。这时，坐在苏赫拉布身边的让达·拉兹姆起身走出大厅，猛然发现庭院角落里有个彪形大汉的身影。他心里一怔，觉得此人陌生，便疾步向前问道："何人在那儿？鬼鬼祟祟地干什么？快到亮处来，让我看清你是哪个！"话音未落，鲁斯塔姆乘其不备，挥起一拳，将来人打了个仰八叉，一命归天。

让达·拉兹姆本是萨曼冈国王之子，苏赫拉布的舅父。原来在苏赫拉布出征前夕，塔赫米娜担心儿子不曾见过父亲，怕他们父子战场相逢，互不相认，以致骨肉相残，酿成悲剧，故而特意拜托兄长让达·拉兹姆随军前往，因为他曾在酒宴上见过鲁斯塔姆。不料想，让达·拉兹姆竟死于妹夫之手，真乃是

"天有不测风云，人有旦夕祸福"！

　　酒宴上觥筹交错，欢声笑语一片，可是不见了让达·拉兹姆。苏赫拉布感到奇怪，正待要问个究竟。神色慌张的卫兵跑进来报告，说让达·拉兹姆将军在庭院被人击毙！这真是晴天霹雳！苏赫拉布将信将疑，霍地立起身来，箭步冲出大厅。见舅父倒在地上气绝身亡，少年英雄料定他是遭敌人暗算致死。他强压悲愤，发誓要为舅父报仇雪恨："来日疆场我要擒贼先擒王！血债要用血来还，绝不能放过那可恶的卡乌斯国王！"就在苏赫拉布为舅父死亡而心似刀绞、万分悲恸之时，鲁斯塔姆却因夜探敌情成功而笑逐颜开，正与卡乌斯国王促膝交谈、把酒对酌。

苏赫拉布打探生父消息

　　翌日清晨，苏赫拉布身披战袍，穿戴整齐，跨上暗褐色的坐骑，飞马来到前沿阵地。他眉头紧锁，威仪凛然，举目远眺伊军营地，好不雄伟壮观。少年英雄下令将哈吉尔押上前来，准备细加盘问，让他老实交代："箭矢不能打弯，而要笔直；否则，举弓发箭难以中的。为人处事之道，在于真诚老实；若要遂心所愿，就不能损人利己。有关伊朗将领的情况，想必你是了如指掌。现在由我发问，你要如实作答，切不可胡言乱语，藏奸耍滑！若想保全性命，就不得有半句谎话；若是句句实言，不掺一丁点儿假，非但对你实行宽大处理，而且赐以重赏作为酬答。"哈吉尔闻听，爽快而恭敬地说道："少帅请放心！尽管发问。凡是在下知道的，定然如实禀告，绝不弄虚作假，胡编乱造。我一向规规矩矩，为人诚实，从不说谎欺骗，耍阴谋诡计。真诚老实乃世上最高贵的品质，虚伪奸诈之徒必将遭人唾弃！""果真如此，对你我都有利，彼此皆大欢喜！"苏赫拉布略显激动地说，"我这就开始提问题。你看那边五彩缤纷的锦帐，帐上绘有花斑豹的图样。大帐两边足有上百头战象，青翠色的宝座设在帐前，发出耀眼的光亮。绘有太阳的黄色旗帜迎风飘扬，一弯金月铸在紫色的旗杆上方。端坐在中军帐前的那个人是谁？看他身材魁伟，仪表堂堂。"哈吉尔见问，连忙回答："那便是伊朗国王卡乌斯，守卫他的是巨象和雄狮。"

苏赫拉布凝视谛听，点了点头，又开口问道："再看右路大军，那里的骑兵和战象也不少！玄青色的营帐外，竖起一杆绘有大象的锦旗，足蹬金靴的将士披坚执锐，好不神气。坐镇指挥的那员将领姓甚名谁？看他神态自若，从容不迫。"哈吉尔答曰："那是努扎尔之子，伊军统帅图斯。他门第显赫，出身皇族；率军南征北战，力能降狮伏虎。"苏赫拉布接着又问："瞧那边鲜红的营帐格外显眼，一彪人马排列在帐前。绛紫色的大旗上绘有雄狮图案，金镶玉嵌的锦旗迎风招展。快告诉我那员将领的姓名，他雍容大雅，显得十分精明。"哈吉尔应声回答："那是军师古达尔兹，凯什瓦德的后嗣。他运筹帷幄之中，决胜千里之外，神机妙算从不会失误。他的八十个儿子个个如猛狮巨象，骁勇善战无人能够抵挡。"

这时苏赫拉布眼前一亮，似乎有新的发现："看那边的绿色帐幕多么鲜艳！帐前的众将官全副披挂，威武非凡。正中的宝座镶金嵌玉，前方竖立着卡维战旗①。宝座上那员虎将威风凛凛，他正襟危坐宛如山岳，比站在身边的卫士还高出一头！旁边一匹骏骑，看似宝马神驹，浑身雪亮，闪耀光辉。军旗上绘有巨龙图案，一头金狮铸在旗杆顶端。我很想知道那位勇士的姓名，他说起话来声如洪钟。"哈吉尔见问，心中暗自思忖："回答这个问题要特别谨慎。若是直言不讳，照实说出来，鲁斯塔姆是否会受到伤害？为保护英雄鲁斯塔姆，我最好还是加以隐瞒。"

---

① 卡维战旗，即伊朗国旗。据传铁匠卡维奋起反抗暴君扎哈克时，曾将皮围裙系在枪杆上作为义旗。起义成功后，新王法里东即位，决定采用"卡维战旗"为国旗。历史上萨珊王朝诸君沿袭传统，均以"卡维战旗"作为国旗。

想到这里，他灵机一动，脱口而出："那是中国将官，特来协助作战。""中国将官?！请问他的姓名?""对不起少帅，我实在没记清。因为一直驻守在边关，我只听说有中国将领前来支援。看他与众不同的兵器和着装，我才做出这样的猜想。"闻听此言，苏赫拉布心中极为不满。他原本以为可从哈吉尔的答话里听到父亲的英名，没想到问来问去仍是竹篮子打水——一场空。命运如何由上苍决定，世人无奈，只得俯首听命。

　　苏赫拉布不肯罢休，沉吟片刻，继续问道："那边还有一顶帐幕华贵显耀！帐前铁骑雄兵好不威风，时而传来激战的军号声。黄色战旗迎风飘扬，上面绘有胡狼的图像。宝座上的那员将领英姿飒爽，精神焕发，他姓甚名谁，是何人的后辈?""那是著名的勇士吉夫，他出自古达尔兹家族。勇士吉夫是鲁斯塔姆的乘龙快婿，他战功赫赫，赢得人们交口赞誉。"苏赫拉布又问："东边有一顶白色营帐，许多兵丁列队站在一旁，手执盾牌，擎着标枪。当中的象牙宝座上放有柚木坐垫，华丽的锦缎铺在上面。端坐在那里的将官容光焕发，神采奕奕，他又是谁?""那是法里博尔兹①，声名显赫的伊朗王子。"苏赫拉布继续发问："尽头那边有一顶金黄色帐幕，帐前一杆大旗，旗上的图案是野猪。营帐四周竖立五颜六色的旗幡，一员虎将端坐在中间，他又是谁? 长得高大魁伟，膀阔腰圆。""那是戈拉扎②，吉夫的骄子，战场上凶猛剽悍，无人能敌。"

　　几经盘问，仍然打探不到生父的消息，苏赫拉布心急如焚。他再次指着那绿色营帐，询问坐在帐前的将官是何许人。哈吉尔坚持说那是来自中国的将领。"那么鲁斯塔姆在哪里? 为什么你守口如瓶，只字不提?"苏赫拉布疾言厉色地说，"既然他是

---

① 法里博尔兹，卡乌斯国王之子。当凯·卡乌斯决定让位于凯·霍斯鲁时，他欣然从命。后在为西亚乌什王子复仇的战争中，他表现非凡，屡立战功。最后与图斯、吉夫等人随同凯·霍斯鲁走进深山，销声匿迹。
② 戈拉扎系吉夫之子，伊朗名将。

叱咤风云的盖世英雄，怎会销声匿迹，不在伊朗军中？不是说他勇冠三军，战无不胜，时刻捍卫着国家安全和领土完整？而今卡乌斯亲自率兵出征，鲁斯塔姆自然应该充当先锋！"哈吉尔的回答十分勉强："伊朗军中不见英雄鲁斯塔姆，他或许正在扎贝尔斯坦，举杯豪饮于明媚的花园。"苏赫拉布闻听，怒从中来："完全不合情理，纯属无稽之谈！国王陛下亲征出战，四方诸侯岂能等闲视之，拒不发兵支援？说什么鲁斯塔姆正在欢宴，简直是一派胡言！我再次向你提出警告，休得隐瞒真相，胡编乱造！信赏必罚，咱们有言在先。你若如实指出谁是鲁斯塔姆，我定然有赏，保你荣华富贵，高官厚禄；你若藏奸耍滑，假言相骗，我当场下令开刀问斩，叫你命赴黄泉！何去何从，两条路任你挑选。"

这时哈吉尔已拿定主意，说什么也不能让苏赫拉布认出鲁斯塔姆。只听他言道："少帅呀，你年轻有为，前途无量，何必自寻烦恼，死抓住鲁斯塔姆不放？须知，你三番五次打听的对手，连巨象遇到他也会吓得发抖。无论毒蛇猛兽，还是魑魅魍魉，哪个不怕他手中的狼牙大棒？谁若敢逞强与鲁斯塔姆较量，必定一败涂地，自取灭亡！杀遍天下无敌手，英雄盖世无双。就连骄横跋扈的突朗国君阿弗拉西亚布，在他面前也只得甘拜下风！"闻听此言，少年英雄不以为然，反唇相讥："高贵的伊朗人啊，实在可悲！古达尔兹家族真是不走运，竟生下你这样的不肖子孙。汝等鼠辈，哪里见过豪杰英雄？哪里听过铁蹄声碎，战马嘶鸣？你对鲁斯塔姆啧啧称赞，吹得天花乱坠，好似战神一般。他若是熊熊烈火，我将掀起巨浪滔天；当霞光四射，朝日喷薄欲出，漆黑的夜空也只得悄然收起帷幕。""好个自命不凡的狂妄少年！"哈吉尔暗自思忖，"若是让他得逞，鲁斯塔姆就会遭到不幸。到那时，谁还敢出阵迎战？谁又能力挽狂澜，与之较量周旋？到那时，社稷江山不保，卡乌斯的帝业将付诸东流！"想到这里，他下定决心：宁可光荣捐躯，绝不苟且偷生！请听他的答话，斩钉截铁，掷地有声："关于鲁斯塔姆，再追问一百遍也是枉然！他今在何处，我全然不知。看着办吧，要砍要杀全由你！不过，奉劝阁下不要视鲁斯塔姆为仇敌；否则，来日战场交锋，你将死无葬身之地！"

哈吉尔的话激怒了少年英雄，他二话没说，挥拳猛击，将哈吉尔打翻在地。没有得到有关生父的任何消息，苏赫拉布大失所望，垂头丧气。他沉思良久，重新打起精神，准备披挂上阵，直捣卡乌斯国王所在的中军。但见少年英雄横枪跃马，如猛虎下山杀入敌阵，其势锐不可当。伊军阵脚大乱，节节败退。苏赫拉布径直冲向凯·卡乌斯的营帐，大声喝道："呔！伊朗国王好生听着。你发兵到此，何不出马前来比试比试？看我抖动手中丈八长矛，定叫你全军覆没就在今朝！昨夜让达·拉兹姆惨遭不幸，我指天盟誓，对你绝不留情。誓将伊军杀得片甲无存，活活地绞死你这无道昏君！说什么国王手下将才济济、无人可敌，何不挺身而出，显显威风，与我一决雌雄？"几番叫阵，不见有人出来应战，少年英雄驱马向前，眼看逼近卡乌斯国王的帐幔。他挥枪冲向中军大帐，用枪尖猛然一挑，七十根地桩拔地而起，整个帐幕被掀倒。躲在近处的凯·卡乌斯见状大惊失色，连呼大事不妙！他急令图斯速去向鲁斯塔姆求援，否则会有全军覆灭的危险！

鲁斯塔姆得悉军情，随口说道："不火烧眉毛，国王不会下诏。"他神态自若探头向外张望，忽见吉夫驰马赶来，显得慌里慌张。"一员突朗小将就吓得全军上下乱作一团，莫非要我去同阿赫里曼①决一死战？"鲁斯塔姆不慌不忙，边说边穿上虎皮战袍，束紧那副绣金的围腰。他飞身上马，准备出发，行前叮嘱守营的兄弟扎瓦拉②："你务必稳住阵脚，免得令我牵挂；手足情

---

① 阿赫里曼，参见上编《霍尔莫兹德与阿赫里曼》。
② 扎瓦拉，鲁斯塔姆的弟弟。他跟随鲁斯塔姆南征北战，立下汗马功劳；后与鲁斯塔姆一起被同父异母兄弟沙伽德陷害致死。

意深厚，咱们才是一家。"

鲁斯塔姆出阵一马当先，精神抖擞；众兵丁高擎战旗杀声震天，争先恐后。来到阵前，他把苏赫拉布上下打量一番，果然是虎背熊腰非同一般："好样的！今日你我一场生死搏斗，旷野辽阔，且看鹿死谁手。""你敢向我挑战？真是吃了豹子胆！"少年英雄爽快地应战，"咱们找个宽敞地方，一对一地比试较量，别看你膀阔腰圆，身材魁梧，但已年迈体衰，心有余而力不足，真要与我过招，恐怕还不是对手！""黄口小儿休得口出狂言！"鲁斯塔姆虎视眈眈，威仪凛然，"久经沙场，我不曾吃过败仗；妖魔鬼怪猖獗，经不住我的狼牙大棒！几多突朗将领向我乞求饶命？夜空中的繁星可以作证。只要我出征，就必定凯旋；多少次庆功，多少回酒宴，又怎能数得清？今日与我交锋，让你知道厉害，若能活着回去，就算你有能耐！不过，见你风华正茂这般年轻，实在于心不忍毁掉你的前程。像你这样铁中铮铮，过早地夭折丧命，岂不令父母伤心悲痛？！"一席话说得苏赫拉布心有所动，联想起他发兵伊朗的初衷："我有句话想问你，请如实相告，不要隐讳。我似乎觉得你就是鲁斯塔姆，出身高贵的萨姆家族！""不，我不是鲁斯塔姆！"鲁斯塔姆不假思索地应道，"他乃功名显赫的盖世英雄，我只是普通的小卒一名。"闻听此言，苏赫拉布大失所望，黯然神伤。亲生父子战场相逢，却不得相认，命运啊命运，何以这样无情地捉弄人？

鲁斯塔姆与苏赫拉布之战

来到一处空旷之地，鲁斯塔姆和苏赫拉布短兵相接，杀作一团。两杆长枪上下飞舞令人眼花缭乱。仰俯之间，枪杆便被打断。两人掉转马头，各自拨向一边，唰地抽出闪光的利剑。双方继续交战，直杀得天昏地暗。兵器叮当作响，迸发火星四溅，眼见利剑击成碎片。接着两人又抡起千斤重棒，你来我往，谁也不肯退让。战马嘶鸣，老少英雄激战犹酣！不大工夫，棍棒也被打弯，双方的铠甲多处被击破，鞍鞯早已是七零八落。人马都累得气喘吁吁，一场鏖战仍难分高低。双方拉开一段距离，不约而同地停战休息。本是亲生骨肉，而今视若仇敌，苍天的安排真是不可思议！丧失理智之人，毫无亲情可言；只为贪图名利，导致兵戈相见。"不想这条鳄鱼竟如此凶狠！"鲁斯塔姆边喘粗气边暗自思忖，"当年我力斩白妖轻而易举，莫非今日倒要栽在这少年手里？他不过是黄口小儿，乳臭未干，经过几多风雨，见过什么世面？我乃久经沙场的英雄好汉，若是输给他，岂不太丢脸！"

　　休息片刻，两人重新打起精神，再次披挂上阵。各自张弓搭箭，相互对射。但见飞矢交坠，如枯枝败叶落地，谁也不能伤及对方身体。一老一少怒目圆睁，相对而视，谁也不肯认输，甘拜下风。又是一阵激烈的搏斗，杀得难分难解，不分胜负。鲁斯塔姆猛然伸手抓住苏赫拉布的腰带，倾全力想把他从马鞍上拽下来。可是，少年英雄稳坐马上，安如磐石，令鲁斯塔姆无计可施。老英雄显然有些体力不支。就在这时，苏赫拉布突然发力，挥棒出击，险些将鲁斯塔姆打翻在地。见对手膂力过人，难以取胜，鲁斯塔姆无意恋战，拨转马头，朝突朗的营阵冲去。苏赫拉布见状，如法炮制，催马杀向伊朗军营。少年气盛，来势凶猛，一杆长枪杀出威风，不知结果了多少伊朗将士的性命！鲁斯塔姆冲到敌营跟前，猛然打住坐骑，改变了主意。原来他担心伊军遭到苏赫拉布的攻击将蒙受损失，卡乌斯国王也可能陷入危险境地。于是，他急忙掉头返回伊朗军营。见苏赫拉布正大开杀戒，浑身溅满血迹，伊军将士叫苦连天，血肉横飞，惨不忍睹。"咄！休得逞狂！"鲁斯塔姆大喝一声，"一对一交战，事先早有约定，为何残杀无辜？"苏赫拉布闻听，反唇相讥："是你率先向我方营阵发动攻击！许你违约，就不许我犯

规?""算啦,不必饶舌!"鲁斯塔姆显得无可奈何,"眼看天色转暗,咱们明天再战。现在鸣金收兵,来日一决雌雄,且看造物主为你我安排什么命运。"

苏赫拉布返回营地,对胡曼说道:"今日一场凶杀恶战未分胜负,有生以来我第一次遇上真正的对手。虽是一员老将,却有雄狮之力,武艺高强。他后来冲向我军营阵,突朗将士恐怕难以抵挡,不知造成多大损伤?"胡曼答道:"遵照少帅命令,我们按兵不动,严阵以待。忽见一员伊朗骁将杀来,气势汹汹,如猛虎下山。刚来到阵前,不知为何他又掉转马头急忙往回返。""原来如此!"苏赫拉布点了点头,若有所思,"他大概只想观察一番。我倒是不客气,冲入敌阵,杀得他们人仰马翻!来日想必又是一场恶战,降狮伏虎谈何容易?别的先不说,快快摆上一桌酒席!"

鲁斯塔姆回到大本营,急不可待地想知道当天的战况军情。吉夫告诉他说:"那突朗小子好生厉害!单枪匹马直杀到中军帐前,图斯拍马出阵,上场迎战。不过几个回合,图斯的头盔便被击落。他左右冲杀,如入无人之境,我军损失惨重!遵照将军命令,我们坚守阵地,未曾发动进攻。"听罢汇报,鲁斯塔姆起身前往卡乌斯国王的御帐。君臣落座,谈论今日之战。"我还从未见过这样的少年,如此身手不凡,如此骁勇善战!"鲁斯塔姆喟然叹道,"我使尽浑身解数,也未能将他制服。刀枪棍棒全都用上,依然不分胜负。来日沙场对阵,必有一场恶战,究竟鹿死谁手,现在难以断言,且看造物主怎样裁决宣判。""造物主至高无上,自有明断,必定严惩那狂妄自大、目空一切的突朗少年!"凯·卡乌斯安抚和鼓励他说,"孤王今夜顶礼膜拜,馨香祷祝,祈求天神给你力量和佑助,保佑你来日沙场重振雄风,马到成功,旗开得胜!""但愿如此!多谢陛下的良好祝愿。借国王的吉言,我定能一帆风顺,胜利而归!"话虽这么说,但鲁斯塔姆心里还是没底儿。回到自己的大营,饮酒进餐完毕,鲁斯塔姆与兄弟扎瓦拉促膝交谈："今日出战不顺，因为对手格外强劲。明天阵前再次交锋，谁胜谁负尚难断定。你要有充分的精神准备，遇事头脑保持清醒。如若天神助我占得上风，不消说，即可打赢这场战争；如若时运不济，马失前蹄，甚至惨遭不幸，你千万不可过于悲哀和冲动，领兵前去与强敌交锋，那样损失会更加惨重！你只需火速赶回扎贝尔斯坦，把我为国捐躯的消息告诉达斯坦，并好生劝慰年迈的母亲大人，不必为失去爱子而泣涕涟涟，因为人命在天，一切皆神意使然！古往今来，多少建功立业的君王，哪个能够摆脱死亡？多少叱咤风云的英雄，哪个能够获得永生？总之，世间万物皆有归宿，听天由命，任何人终归要去见造物主！如此想来，大可不必过于悲哀。萨姆家族的人，志在尽忠报国，何惧光荣献身?！"鲁斯塔姆语重心长的一席话，说得扎瓦拉连连点头称是，备受感动。

且说苏赫拉布在帐中设宴，在乐曲声中畅饮，有众将领陪伴。酒过数巡，少年英雄道出肺腑之言："今日之战令我终生难忘。那位伊朗老将武艺出众，作战凶猛，真可谓老当益壮，了不起的英雄！要我与他厮杀火并，着实于心不忍。临行前母亲的百般叮咛犹在耳边，我不可一味恋战，忘却自己发兵的初愿。那与我交手之人，会不会是鲁斯塔姆?！要是那样，父子对阵厮杀，岂不成了天大的笑话！万一失手伤及亲生之父，何以面对亲生之母？到那时，落得大逆不道的罪名，遭众人唾骂，在今世和彼世永远不得安宁。"闻听此言，狡黠的胡曼插话道："少帅无须自寻烦恼，事情怎会那么凑巧？鲁斯塔姆的大名如雷贯耳，突朗将官多次与他交锋，我曾目睹他的身影。今日看那伊朗骁将的坐骑虽然有点像拉赫什，但远不如鲁斯塔姆坐下的那匹宝马神驹！故而少帅大可不必多虑。"疑团未消，苏赫拉布酒兴已尽，他心绪惆怅，不愿多说，径自走去安寝。

翌日清晨，苏赫拉布一觉醒来，神清气爽。他心里虽然只想着打仗，却又不时泛起一丝莫名其妙的忧伤。少年英雄披坚执锐，驱马来到战场。见鲁斯塔姆已在那里等候，他便上前拱手言道："昨夜将军休息得可好？今日再战，定会使你更加疲劳。咱们何不将刀枪棍棒置于一旁，握手言和，免得两败俱伤？你我弃鞍下马，席地而坐，化干戈为玉帛，岂不是上策？让好战之徒去拼杀搏斗，咱们乐得清闲，共饮美酒，别有一番滋味在心头。实不相瞒，我对将军确有好感，打心底不愿与你兵戎相见。我猜想你就是勇士扎尔之后，大名鼎鼎的鲁斯塔姆。可不知为什么你只与我交战，却将自己的姓名隐瞒？""看你年纪不大，倒挺会说话。"鲁斯塔姆板起面孔，一本正经，"此乃生死存亡的战场，容不得你说短道长！你花言巧语，废话连篇，莫非想让我中计受骗？不必刨根问底，非要知道我姓甚名谁。有什么看家本领尽管施展出来，今日鹿死谁手，造物主自有安排。"闻听此言，苏赫拉布好生气恼："既然你不知好歹，听不进良言忠告，就莫怪我不客气！今日一战，定叫你有来无回！"

说话间两人翻身下马，在石头上拴好坐骑。一老一少怒目相对，虎视眈眈，恨不能将对方一口吞下去。龙争虎斗，两人揪打在一起，热汗混着鲜血从身上往下滴。殊死的格斗，从清晨开始直到烈日当头。互不相让，扬起漫天尘土；拼命厮打，依然难分胜负。苏赫拉布显得后劲十足，但见他一把抓住对方的腰带，使出吃奶的力气猛然一拽，鲁斯塔姆脚跟不稳，被摔倒在地。好似饿虎扑食，苏赫拉布将鲁斯塔姆死死摁在地上，用膝盖抵住对手的胸膛。只听唰啦一声，苏赫拉布抽出闪亮的匕首，对准身下的鲁斯塔姆，正待要下手。就在这千钧一发的危急关头，鲁斯塔姆灵机一动，计上心来："且慢！有件事应该对你讲清。我们这里徒手格斗有规定，首次将对方打倒，不许置其于死命！再次击倒对手占得上风，方可取其性命。此乃约定俗成，谁也不准违反这个传统！"苏赫拉布闻听，信以为真，当即收回匕首，满不在乎。他放开鲁斯塔姆，还其自由，然后飞身上马，奔向原野去追逐猎物。不料遇见疾驰而来的胡

鲁斯塔姆父子对阵角力

曼，苏赫拉布便把刚才与鲁斯塔姆交手的情形向他描述一番。胡曼听罢，连连摇头叹息："唉，功亏一篑，多么令人遗憾！少帅太年轻，缺乏经验，以致轻信败将之言，放虎归山，自留后患！""瞧你说的有多么严重！"苏赫拉布不以为然，"待下次交手，我将速战速决，尽快把他制服。"

再说鲁斯塔姆虽侥幸虎口逃生，但仍然心有余悸。他步履蹒跚来到河边，先饮足水，又洗了个澡，这才静下心来，向造物主虔诚祷告。回想当年，造物主曾恩赐鲁斯塔姆以超凡的神力，使他脚踏石板便会陷进去，从而带来不少麻烦。他不得不祈求亚兹丹削弱赐给他的神力，这样才更适于行走办事。而今遭遇强敌，感到力不从心，鲁斯塔姆只好再次祈求神明赐还那当初的神力，以便他以崭新的姿态，去迎接挑战，打败顽敌。如愿以偿的鲁斯塔姆，精神振奋、信心百倍地回到战场。只见苏赫拉布纵马急驰而来，手执长枪，肩挎套索，英姿勃发，好不气派！"你这手下败将，居然还敢来与我进行较量？看你一把年纪，上次饶你一命，不想你又来送死，这回我可绝不留情！""好个自命不凡的狂徒！"鲁斯塔姆怒发冲冠，"仗着年轻气盛，在老子面前逞威风。若不给你点颜色看看，你不会知道我的厉害！真是欺人太甚，我要好生教训你一顿。"

一老一少各自把战马拴牢，二话没说，上前抓住对方的腰带，互不相让地扭打起来。这场殊死较量结果会怎样？"两虎相斗，必有一伤"，无论谁惨遭不幸，都是萨姆家族的灾殃！与上次交手不同，这回格斗鲁斯塔姆明显占据上风。他膂力倍增，令对手深感吃惊。这时，鲁斯塔姆伸出巨掌，死抓住苏赫拉布的脖颈不放，他倾尽全身之力压弯对手的脊梁。少年英雄渐渐不支，终于被掀倒在地。说时迟，那时快，鲁斯塔姆迅即拔出匕首，刺进苏赫拉布的胸口！少年英雄惨叫一声，身子蜷缩成一团。"咎由自取，我一点也不怪你。"苏赫拉布有气无力地说，"人命在天，谁又能抗拒神意？同龄的少年还在玩耍游戏，而我将在沙场搏斗中死去。发兵伊朗，原本只求与生父相见，临行前慈母还让我把父亲的信物带在身边。如今未曾与生父见面，却已是气息奄奄，令我心中万般遗憾！父亲若得悉爱子的死讯，定然会找你算账，替我报仇雪恨。我父鲁斯塔姆今在何方？见不着生父，叫孩儿怎能把眼睛闭上？"闻听此言，好似晴天霹雳，鲁斯塔姆顿觉头晕目眩，慢慢瘫倒下去，不省人事。待恢复知觉，他声音颤抖地问道："你提到父亲的信物？快给我看看！真该死呀，我就是鲁斯塔姆！"苏赫拉布闻听，简直不敢相信自己的耳朵。"说什么？你就是鲁斯塔姆？!"话音未落，他一阵昏眩，晕倒过去。苏醒过来，他眼中含着热泪，异常激动："总算见到生父，了却孩儿一桩心愿。只可惜为时太晚，你现在解开我的铠甲戎衣，看我胳臂上戴的玉符，那便是你的信物。"见到玉符，鲁斯塔姆泪如泉涌，悲痛万分。他心似刀绞，捶胸顿足，撕扯着头发，满面泪水和尘土。"父亲啊，别再这样折磨自己！一切听从命运安排，由不得我和你。过去的事就让它成为过去，泼出去的水又怎能收回？"

　　夕阳西下，眼看就要落山。鲁斯塔姆迟迟没有返回军营，令卡乌斯国王坐卧不安，心神不定。侦察兵前来禀报，说四处搜寻不见鲁斯塔姆的踪影。消息传开，在伊朗军中引起骚动。卡乌斯国王当即发布紧急动员令，要全军将士做好准备，向敌阵发起猛烈冲锋。就在这时，弥留之际的苏赫拉布留下临终遗言："孩儿气数将尽，眼看一命归天。突朗军队大势已去，处境危险。愿父亲慈悲为怀，多讲友善，劝阻国王别再与突军兵戎相见。是我率兵出征作战，一切罪责由我承担，求父亲手下留情，为突朗撤军提供方便。白堡内关押着一位伊朗将领，我曾在前沿阵地向他打探你的消息，可是他守口如瓶，对你只字不提，以致错失父子相认的良机；不过他对你还是忠心耿耿。事出有因，情有可原。父亲不必拿他是问，予以严惩。孩儿实在不幸，在父亲手中丧生，此乃命运的安排，上天的决定。我来

如闪电，去似疾风，待来日天国与父亲会面，孩儿将以笑脸相迎。"一席话说得鲁斯塔姆肝肠欲断，痛不欲生。

满怀悔恨和悲戚，鲁斯塔姆跨上战马拉赫什，飞也似的返回营地。得悉鲁斯塔姆安全无恙，胜利归来，全军上下无不欢欣雀跃，笑逐颜开。当得知英雄误伤爱子，苏赫拉布生命垂危后，伊朗众将官个个深感痛惜，默默地流下伤心的泪水。痛定思痛，鲁斯塔姆毅然说道："就此偃旗息鼓，罢兵休战！今日之悲剧，绝不能重演！"他指令兄弟扎瓦拉立刻前去会见突朗将领胡曼，讲明战事的原委和苏赫拉布的临终遗言，以及鲁斯塔姆罢兵休战的决断。胡曼听罢，表示欣然接受停战，并把哈吉尔移交给扎瓦拉："正是他，在前沿阵地隐瞒真相，不说实话，才招致鲁斯塔姆父子互不相认，格斗厮杀。苏赫拉布不幸罹难，哈吉尔罪责难逃，该当千刀万剐！"扎瓦拉押解哈吉尔回营，把他的所作所为向鲁斯塔姆一一禀报。听罢，鲁斯塔姆勃然大怒，不由分说，上前揪住哈吉尔的衣领，将他摔倒在地，随即抽出匕首，要为苏赫拉布报仇雪恨。众将官见状，赶忙上前劝阻，为之求情，好说歹说，总算保住哈吉尔的性命。

鲁斯塔姆强压怒火，愤然离去。他回到奄奄一息的爱子身边，欲哭无泪、唏嘘不已。跟随而来的众将官见此情景无不痛哭流涕，劝慰英雄节哀，注意保重身体。这时，鲁斯塔姆刷的一声抽出闪光的利剑，想要引颈自刎。众将官慌忙上前阻止，将他手中的利剑夺下。古达尔兹满怀同情地劝解道："事已至此，无可挽回。英雄引颈自刎，有何补益？造物主的安排，你我岂有回天之力？人生在世，有的命短，有的寿长，大限一到，谁又能逃脱死亡？人生不过如此，我们只能面对现实。"绝望之际，鲁斯塔姆忽然记起卡乌斯国王处存有灵丹妙药，据说它有起死回生的功效。于是，他请求古达尔兹说："有劳将军亲自跑一趟，快去觐见卡乌斯国王，把这里发生的一切，一五一十地对他言讲。就说鲁斯塔姆格斗中将爱子的胸部戳伤，现在生命垂危，奄奄一息。恳求陛下念及老臣一生效忠朝廷，体谅我此刻的悲痛心情，开恩赐予灵丹妙药些许，以解燃眉之急！托国王洪福，爱子若得生还，定让他为国王效尽犬马之劳，如我一般。"

古达尔兹快马加鞭，赶去觐见卡乌斯国王，把事情的来龙去脉向他讲述一遍。凯·卡乌斯听罢，沉吟片刻，开口言道："按理说，鲁斯塔姆劳苦功高，深得寡人的厚爱。如今他误伤爱子，求赐灵丹妙药，孤王开恩施舍，当是义不容辞。可是，真要把灵丹妙药给他，那少年得以康复，鲁斯塔姆父子同心协力，为所欲为，怎会把你我君臣放在眼里？他的话至今言犹在耳：'卡乌斯算老几？''图斯又是什么东西？'哪个像他那样，敢于违抗圣旨，顶撞国王？再说苏赫拉布，更是气焰嚣张，竟扬言要将寡人吊死在绞刑架上！试想要让他们父子得逞，哪还有我卡乌斯的天下？包庇纵容狂徒，无疑养虎遗患，非但不足挂齿，而且遗臭万年！"古达尔兹闻听，气得脸色煞白，说不出话来。他飞身上马，赶回到鲁斯塔姆身边："好个权迷心窍的昏君！不讲情义，不知报恩，必将遭人唾弃，失去民心。他居然见死不救，铁石心肠，简直是衣冠禽兽！跟他有什么话好说？除非英雄亲自前往，当面求赐良药，或许还有一线希望。"

鲁斯塔姆哭悼苏赫拉布

鲁斯塔姆令人取来一袭锦袍，铺垫在爱子的身下。他刚跨上战马，要亲自去向凯·卡乌斯求赐灵丹妙药，就听说苏赫拉布已经咽气，与世长辞。英雄急忙返回到爱子身边，忍不住泪流满面。他捶胸顿足，撕扯头发，往头上频频撒土，以此宣泄内心的痛苦。"孩子呀，你死在生父手下，多么悲惨！为父不仁，竟将爱子的胸膛戳穿，真该把我的手臂一刀砍断！你年纪

虽小，却是英勇无比，不想遭此厄运，怎不令人痛惜！你是萨姆家族的骄傲，如今却毁在为父的手里，叫我怎么向你的母亲交代？犯下不可饶恕的罪过，我还有什么脸面劝慰亲人节哀？"鲁斯塔姆悔恨不已，悲恸欲绝。他令人取来紫锦袍，将爱子的尸体紧紧裹好。众将官眼含热泪，把苏赫拉布的遗体抬回营地。遵照鲁斯塔姆的吩咐，营帐被付之一炬，各色旌旗和宝座也全都烧毁。将士们举哀，哭声连天，号啕之声令人断肠！英雄误杀爱子，痛苦不堪。众将领围坐在他的身边，百般劝慰，不厌其烦："人世沧桑，变幻无常。""天有不测风云，人有旦夕祸福。""休道青春常在，寿比南山，到头来总要复归黄土，命赴黄泉。""盛衰荣辱，时至则行，由不得人意，焉能抗争？"诸如此类的话说个没完。

苏赫拉布的死讯传来，卡乌斯国王连忙奔赴现场。他见鲁斯塔姆蓬头垢面，悲痛万分，少不得好言相劝："英雄痛失爱子，我军上下举哀，以告慰死者的在天之灵。萨姆家族的不幸，亦是伊朗臣民的哀痛。人生在世，生老病死，皆由命运决定。人已去了，焉能生还？来日方长放眼量，劝君不要过分悲伤。"忽然想起爱子的临终遗言，鲁斯塔姆开口说道："事已至此，无可奈何。眼下突朗方面正准备撤军，国王不必派兵追杀，放他们一条生路便罢。这次流血冲突，以悲剧而告终。鄙臣全然无心再战，已派扎瓦拉去督促突军尽快退兵，结束这场不祥的战争。""好个了不起的英雄，此时此刻还把敌军记挂在心中。既然你无心恋战，寡人也就放弃惩罚他们的打算。"此时，哈吉尔骑马赶来，报告突朗大军已撤出白堡，开往边界。

伊朗国王班师回朝，踏上归程。鲁斯塔姆的军队留在原地不动。待扎瓦拉返回，已是翌日清晨。得悉突军已撤出境外，鲁斯塔姆这才下令全军做好准备出发。数以千计的战马，全被割掉了尾巴，以示对少年英雄苏赫拉布之死的哀悼。大队人马直奔扎贝尔斯坦，不幸的消息很快在家乡传遍。家乡的父老乡亲，倾城出动，前来迎接。人人哭丧着脸，个个心中悲切。年迈的扎尔眼见孙子的灵柩，热泪潸潸，两手禁不住地颤抖。鲁斯塔姆赶忙上前搀扶，父子两人相顾无言，难以表达内心的痛楚。灵柩开启，扎尔定睛细看，不住地摇头哀叹："爱孙啊，多么英武的少年！苍天为何这等无情，让你在棺椁中与爷爷相见？萨姆家族英雄辈出，为国效忠，何以得到如此报应？"可怜的老人泪如雨下，泣不成声。

苏赫拉布的灵柩被安放在厅堂。祖母鲁达贝扑倒在灵柩上放声痛哭："爱孙啊，我的心肝！你小小年纪本应玩耍嬉戏，而今为何躺在棺材里?！多可怜啊，我的小雄狮，世上哪有你这样威武的勇士？好宝贝啊，睁开眼看看奶奶！告诉我父亲怎样亏待你？为什么要把你置于死地?"鲁达贝不住地号啕，哭声在灵堂里回荡，场面之凄惨，令人断肠。鲁斯塔姆痛悔不已，心似油煎火燎。他暗自说道："我要为爱子修建一座金碧辉煌的陵墓，墓穴四周撒满麝香；我要树立一座丰碑，让爱子的英名百世流芳！"事后不久，一座巍峨的陵墓果然拔地而起，成为世人寄托哀思、缅怀少年英雄的圣地。

苏赫拉布战死疆场的消息不翼而飞，传遍突朗城乡各地。萨曼冈国王得悉外孙的噩耗，痛哭流涕，把身上的皇袍撕得粉碎。闻听爱子尚未成年就已马革裹尸，被他的亲生父亲刺死，做母亲的塔赫米娜心如刀绞，悲恸欲绝。她撕扯衣服，往自己头上撒土，像疯了似的，没命地呼号哀叫，好几次昏迷过去，躺倒在地。她抓破细嫩的脸皮，恨不得挖出两颗眼珠，其状惨不忍睹！套索般浓密的黑发被扯乱，一撮又一撮头发被揪下，鲜血染红了她的面颊。"儿啊，娘的心肝！你死得好惨！孩儿出征远行，为母日夜挂念。本希望你们父子相见，咱们阖家团圆；谁料想竟是亲父杀子，你一命归天！儿啊，娘的宝贝！你命运不济，时乖运蹇。孩儿千里迢迢，出征只为寻父，寻父不得，反被父亲所杀，真个是天机莫测！你满怀希望而去，马革裹尸

而回，叫母亲怎不肝肠寸断，悲痛不已？儿啊，在鲁斯塔姆拔
出匕首的瞬间，你为何不把信物亮给他看？那玉符本是你的护
身符，它能祛灾避难，你为何不及早置于他的面前？千怪万怪，
只怪我当初没有随军出征，与孩儿结伴同行，否则你怎会遭此
不幸？"塔赫米娜哭诉哀号，泣涕涟涟。她再次昏倒在地，如僵
尸一般。

苏醒过来，塔赫米娜吩咐侍从取来苏赫拉布的冠冕，触摸
爱子遗物，内心痛苦不堪。她又差人牵来苏赫拉布的坐骑，深
情地将马首搂进怀里，亲吻骏马的鼻和嘴。那畜生乖巧，颇有
灵性，眼中饱含泪水。侍从遵命取来苏赫拉布的战袍戎衣和各
种兵器。她把戎衣战袍紧贴在胸前，好像与爱子热烈拥抱一般。
她再三敲打狼牙大棒，眼前仿佛出现爱子的高大形象。她手捧
头盔和铠甲，盛赞爱子威武，驰名天下。她抚摸盾牌、锴头和
鞍鞯，恨不能撞死在爱子的马鞍前。她紧握爱子用过的套索，
心里十分难过，两手不住地哆嗦。她将苏赫拉布遗留的金银财
物，全部施舍给穷苦百姓。按照她的意愿，从殿堂里搬走苏赫
拉布的宝座，然后加封上锁。大殿所有的门窗，一律涂上黑漆，
宫殿和柱廊间的甬道全部封闭。从此后，塔赫米娜身着丧服，
那黑色的丧服被血泪玷污。她日夜呜咽，戴孝守灵。就这样，
约莫过了一年光景，无限思念爱子的塔赫米娜，最终死于哀痛
之中，她的灵魂飞升，与苏赫拉布之灵相会于天宫。

五　怒斩王妃雪恨 讨伐突朗报仇

卡乌斯国王喜得爱子西亚乌什 ①，特召见星相术士为之占星，推断来日吉凶。众术士仔细观察星象后，都说有命中主凶的不祥之兆。这日凑巧鲁斯塔姆有事上朝面君，闻听此言，颇不以为然。他主动提出抚养王子成人的请求，得到卡乌斯国王的恩准。

精心培养西亚乌什王子

见小王子生得眉清目秀，虎头虎脑，格外逗人喜爱，鲁斯塔姆暗自下定决心，要把他培养成知书达理、文武双全的皇太子，以便将来登基为王，主宰社稷，造福于民。他把西亚乌什带回扎贝尔斯坦，在花园中特意为王子修筑一座宫殿。鲁斯塔姆有计划有步骤地精心培养西亚乌什，教他读书写字，弹琴绘画；教他各种武艺，射箭骑马；教他宴饮应酬，交往礼仪；教他断狱判案，处理军政事宜；教他战略战术，用兵布阵等。西亚乌什天资聪颖，勤奋好学，日见长进。光阴似箭，日月如梭。转眼数年过去，西亚乌什已长成大人。见王子气宇轩昂，丰神

---

① 西亚乌什，卡乌斯国王之子。由鲁斯塔姆抚养长大成人，后被立为伊朗皇太子。宠妃苏达贝见他英俊潇洒，心生爱恋，几番挑逗不成，恼羞成怒，反诬他行为不轨，后经"火的考验"，证明王子清白无辜。此时突朗国君阿弗拉西亚布率兵侵犯伊朗，西亚乌什请缨抗敌，初战大胜，与敌国休战缔约；但卡乌斯国王不准言和，督其再战。王子不愿负约，逃亡突朗避难。突朗国君待之以礼，并将女儿嫁给他。后在阿弗拉西亚布的兄弟伽尔西瓦兹的挑唆下，伊朗王子被杀害。从此埋下仇恨的种子，导致日后伊朗和突朗两国之间的长年战争。

俊朗，鲁斯塔姆颇为得意，心花怒放。这日西亚乌什与鲁斯塔姆促膝谈心："英雄为养育我劳心费神，实在感激不尽！如今我已长大成人，很想返回故乡，参见父王。"鲁斯塔姆闻听，欣然允诺，并表示愿意与他一同前往。得悉爱子回归的消息，卡乌斯国王满心欢喜，当即传旨图斯、吉夫等人速去城外迎接，要鼓乐齐鸣，夹道欢迎王子殿下。金銮殿上，文武百官分列两厢。卡乌斯国王端坐于象牙宝座，头戴的镶金嵌玉的王冠晶莹闪烁。西亚乌什步入大殿，伏身施礼，向父王致意。凯·卡乌斯笑容可掬，仔细地端详爱子，见他神采奕奕，仪表堂堂，颇具皇族气派，打心眼里感到满意。"还是鲁斯塔姆教导有方，才把你造就得一表人才，应该多谢恩师的栽培。"卡乌斯国王不无感激地说，"这都是造物主的佑助和安排！愿天神赐福予你，今后万事顺遂。"遵照圣旨，举国欢庆七天，以感谢造物主的恩典。尔后，经过整整七年的观察和考验，卡乌斯国王认定西亚乌什已具备王储的条件，特立他为皇太子。

怒杀王妃苏达贝

且说卡乌斯国王的宠妃苏达贝，因见西亚乌什身材魁伟、年轻貌美，不禁动了春心，萌发爱慕之情。

她三番五次地密约皇太子到后宫相会，多方挑逗献媚，均遭西亚乌什严词拒绝。苏达贝恼羞成怒，反诬皇太子对她心存邪念，行为不轨。卡乌斯国王得知此事，心生疑窦，好不自在。西亚乌什含冤负屈，有口难辩，只得经受"火的考验"①。他骑马穿过火堆，安然无恙，身体丝毫无损，证明自己是清白无辜的。

就在这时，突朗国君阿弗拉西亚布率兵进犯伊朗。西亚乌

---

① "火的考验"，是古波斯人的传统习俗，源自琐罗亚斯德教的教规。凡能经受火的考验而安然无恙者，则被证明是清白无辜的。

什毅然请缨拒敌，就此远离宫廷是非之地，彻底摆脱王妃的无理纠缠和父王的猜疑。西亚乌什初战告捷，与阿弗拉西亚布罢战缔约。随着皇太子出征的鲁斯塔姆奉命返回朝廷，向卡乌斯国王禀报军情。凯·卡乌斯听罢，大发雷霆，斥责鲁斯塔姆用兵失策，不该同意停火议和。英雄愤然离去，返回扎贝尔斯坦。卡乌斯国王指派图斯前去传旨，绝对不准言和，务必重启战端。西亚乌什不肯言而无信，毁约宣战；可又不敢冒犯父王，违抗圣旨。经过商议，他致函突朗国君，请求借地避难。阿弗拉西亚布见有机可乘，表示欣然同意。突朗国君热情款待伊朗皇太子，并招西亚乌什为驸马，将女儿法兰吉斯嫁给他。西亚乌什还在御赐封地大兴土木，修筑城堡，日子过得安稳舒适。后在突朗国君的兄弟伽尔西瓦兹的挑拨离间下，伊朗皇太子惨遭杀害。由此埋下仇恨的种子，导致日后伊朗和突朗两国之间的长年战争。此乃后话，暂且按下不表。

　　再说鲁斯塔姆得悉西亚乌什王子在突朗不幸遇难的消息，深感痛惜，悲伤不已。他思前想后，觉得王子惨死于异国他乡，与卡乌斯国王的独断专行和王妃苏达贝的诽谤诬陷不无关系，于是决定先拿他们是问，然后再举兵血洗突朗，为含冤而死的王子报仇雪恨。鲁斯塔姆风尘仆仆从扎贝尔斯坦赶到王宫，义形于色地怒斥无道昏君："若不是你横施淫威，王子何须避难异国他乡？若不是你宠信苏达贝，那淫妇何以敢诬陷王子？西亚乌什又怎会含冤而死?！你现在哭天抹泪又顶什么用？突朗人杀害伊朗皇太子，我岂能袖手旁观，置之不理？此仇不报，我死不瞑目，绝不罢休！"一席话说得凯·卡乌斯羞愧难当，无言以对。他悔不当初，热泪扑簌簌往下流。这时，怒火中烧的鲁斯塔姆一时性起，动了杀机。但见他转身离开卡乌斯国王，三步并作两步，直奔后宫去找苏达贝算账。鲁斯塔姆闯进寝宫，不由分说，上前一把抓住苏达贝的发辫，将她拖出宫外。英雄手起刀落，王妃被劈成两段。正所谓"多行不义必自毙"，作恶之

西亚乌什骑马穿过火堆

人必将自食恶果！伊朗军民群情激奋，愤怒地声讨阿弗拉西亚布。举国上下悲痛地悼念西亚乌什王子，发誓为他讨还血债。鲁斯塔姆的誓言掷地有声："只要我一息尚存，定然为王子报仇雪恨！"

处决突朗王子索尔赫

鲁斯塔姆率领十万精兵和众多强将，前去讨伐敌国突朗。突朗国君阿弗拉西亚布得悉边塞守将瓦拉扎德已兵败阵亡，神色慌张，忧心如焚。他当即召集群臣，共商拒敌之策。王子索尔赫遵照父王命令，挑选精兵三万率先出发，赶往塞潘贾布城堡①。与索尔赫对阵的是法拉玛尔兹②，他乃鲁斯塔姆之子，在这次出征中充当伊军先锋。索尔赫王子手执丈八长矛冲向敌阵，法拉玛尔兹挥枪催马上前迎战。两人杀作一团，如龙争虎斗，势均力敌，难分胜负。但见法拉玛尔兹猛然刺出一枪，疾如闪电，索尔赫防备不及，险些被掀下马鞍。突朗众将官见势不妙一拥而上，围攻伊朗骁将。法拉玛尔兹手中的长枪被击断，他迅速抽出印度战刀继续奋勇拼杀，几员突朗将官纷纷落马。索尔赫渐渐不支，且战且退，冷不防被对手抓住腰带，拽倒在地。

法拉玛尔兹将败将索尔赫拖至军营帐前。这时鲁斯塔姆率领大军已赶到。听罢爱子的禀报，英雄面带微笑，称赞他不愧为将门虎子，武艺高强。鲁斯塔姆转过身来，盯住躺倒在地的索尔赫，露出一脸凶气。他果断地下令，让士兵立即把索尔赫拉出帐外，斩首示众。图斯闻讯，连忙赶至刑场。索尔赫见他

---

① 塞潘贾布，河中地区古城名。
② 法拉玛尔兹，鲁斯塔姆之子，在与突朗的战争中多次荣立战功。鲁斯塔姆不幸遇难后，他为父报仇，率兵出征喀布尔，杀死该国国王。后被埃斯梵迪亚尔之子巴赫曼所杀。

走来，放声哭诉道："处决我实在冤枉！为西亚乌什报仇，不该拿我开刀。我与伊朗王子同年同岁，曾是莫逆之交，他的被杀令我悲伤哀愁，痛苦不堪。我日夜诅咒杀人犯，谴责刽子手，而今倒要将我斩首示众，有什么正当理由？"图斯听罢索尔赫的话，不觉动了恻隐之心。他赶忙去找鲁斯塔姆说项，请求他高抬贵手，饶突朗王子一命。"恶有恶报，要让阿弗拉西亚布自食其果！"鲁斯塔姆斩钉截铁地说，"用突朗王子的鲜血为伊朗王子报仇，理所应当！你切不可听信花言巧语，大发慈悲，忘了我们此次出兵的目的。"言罢，鲁斯塔姆向兄弟扎瓦拉递了个眼色，示意他快去督办此事，不得再延迟。可怜那无辜的突朗王子先被斩首示众，后被碎尸万段。复仇战争之残酷，由此可见一斑。

入主突朗当政七年

得悉爱子索尔赫惨死于鲁斯塔姆手下，突朗国君阿弗拉西亚布悲愤交加，痛不欲生。他率领大军杀来，要与鲁斯塔姆拼个你死我活。突朗大将皮尔萨姆率先请缨出战，他气冲牛斗，杀气腾腾，扬言要为王子报仇雪恨。但在鲁斯塔姆眼中，他不过是个银样镴枪头，交手没几个回合，便被鲁斯塔姆击毙。突朗将上虽然全力以赴，奋勇作战，但以他们的实力哪里抵挡得住伊军的猛烈进攻？阿弗拉西亚布自知不是鲁斯塔姆的对手，若是再战下去，后果将不堪设想。于是，只得强压怒火，败阵而逃。伊朗军队穷追不舍，长驱直入，一举攻占突朗国君的老巢甘格城堡。阿弗拉西亚布连同他的残兵败将狼狈逃窜，只求保存实力，等待时机，东山再起。

占领整个突朗之后，鲁斯塔姆下令打开甘格城堡的宝库，把库里的金银财物赏赐给伊朗将士，要他们做好长期驻扎该地的准备。与此同时颁布安民告示：对遵守法纪、安分守己的顺民，绝对保障其安全和衣食充足；对轻举妄动、图谋不轨之徒，将严惩不贷！随后，鲁斯塔姆分派图斯统辖甘格城堡，古达尔兹治理塞潘贾布地区，并叮嘱法里博尔兹说："你是西亚乌什的胞弟，兄长的血仇务必牢记心里。阿弗拉西亚布一日未除，你绝不可一日高枕无忧！"鲁斯塔姆入主突朗的消息传开，周边国家和地区的统治者纷纷致函，表示祝贺，希望保持友好关系，和睦相处。鲁斯塔姆统治下的突朗，国家太平无事，百姓安居乐业。就这样，一晃过去了七年。后来，鲁斯塔姆思念故乡，撤兵返回伊朗，流亡异国的阿弗拉西亚布这才得以卷土重来，率兵杀回突朗，重建政权。

六　横扫突朗援军　英雄剪除妖魔

　　话说伊朗皇太子西亚乌什避难突朗期间，曾与突朗公主法兰吉斯喜结良缘。西亚乌什惨遭杀害后，法兰吉斯生下遗腹子霍斯鲁。出于安全考虑，突朗军事统帅皮兰将霍斯鲁托付给牧羊人抚养。突朗国君阿弗拉西亚布蓄意加害法兰吉斯母子，多亏皮兰出面，鼎力保护，这才得以幸免。后来伊朗军师古达尔兹派其子吉夫前往突朗，用了七年时间才找到霍斯鲁。几经曲折，最终把法兰吉斯母子安全护送回国。伊朗朝廷在禅位一事上出现分歧。经过考验，年迈的卡乌斯国王决定将帝位让给霍斯鲁。凯·霍斯鲁在位六十年，为报杀父之仇，与突朗长期作战，最终抓获阿弗拉西亚布，将他和他的兄弟伽尔西瓦兹，以及杀害西亚乌什的凶手盖鲁伊处以极刑，实践了他登基之初向凯·卡乌斯许下的诺言。这当中鲁斯塔姆立下的赫赫战功有口皆碑，传为千秋佳话。

扭转战局置卡穆斯于死地

　　且说继位的凯·霍斯鲁以报杀父之仇为己任，派遣主帅图斯率领伊朗大军讨伐突朗。突朗军事统帅皮兰领兵迎战来敌，初战伊军稍占上风。再次交锋，突朗人施展妖术魔法得逞，伊军败退哈马万山，占据制高点。突军追击至山前，安营扎寨，准备围歼敌军。图斯试图发动夜袭突围受挫，伊军处境堪忧。

凯·霍斯鲁得悉前方军情吃紧，特令鲁斯塔姆和法里博尔兹率兵前去救援。突朗国君阿弗拉西亚布闻讯后不敢怠慢，四处求助，从印度、中国等地搬来援兵，火速赶往哈马万山，誓与伊军决一死战。突朗和伊朗双方加紧备战，严阵以待。来自卡善^①的卡穆斯自恃武艺高强，率先出阵挑战，气焰十分嚣张。吉夫出马应战，险些被卡穆斯挑下马鞍。图斯见势不妙，驱马赶来助阵，被卡穆斯一枪刺中马的头部。伊朗两员大将竟然敌不过单枪匹马的卡穆斯，可见他身手非凡，名不虚传。幸亏鲁斯塔姆及时赶到哈马万山，这才稳住军心。伊朗将士见英雄驾到，群情激奋，备受鼓舞，坚定了战则必胜的信念。翌日，同样来自卡善的阿什克布斯又前来叫阵，罗哈姆^②挥舞大棒出场应战。双方交手没几个回合，罗哈姆便招架不住，败下阵来。这时鲁斯塔姆挺身而出，徒步前来迎敌，连战马也没骑。但见他张弓搭箭，"嗖"的一声射出，阿什克布斯的坐骑应声翻倒。紧接着，他又发出一箭，正中对手的胸膛。刚才还神气活现的阿什克布斯，转瞬间已经躺倒在地，气绝身亡。临阵督战的中国可汗见状，不禁大惊失色，吓出一身冷汗："此将姓甚名谁？怎的如此厉害！"皮兰见问，一时语塞。他哪里知道鲁斯塔姆已从扎贝尔斯坦赶来救援。

情况发生变化，伊朗和突朗双方全都重新部署兵力，进一步做好迎接大战的准备。这日战鼓咚咚，号角齐鸣，突伊两军各自摆好阵势。最先出来挑战的，还是那个不可一世的卡穆斯。只听他在狂傲叫阵，却不见伊朗方面有人出来应战。此时年轻气盛的阿尔瓦^③按捺不住性子，横刀跃马冲到阵前。卡穆斯二话没说，上前挥枪猛刺，将他挑下马来；紧接着又是一枪，结果了来将性命。眼见阿尔瓦阵亡，鲁斯塔姆悲愤填膺。他手执

---

① 卡善，锡尔河以北的一座古城。
② 罗哈姆，伊朗骁将，军师古达尔兹之子。
③ 阿尔瓦，鲁斯塔姆的侍卫官。

射杀阿什克布斯

大棒，把套索搭在肩头，纵马杀出，如怒象一般吼道："来将还不快来领死！更待何时？"卡穆斯见对手吼声如雷，气势逼人，虽有些胆寒，却也不甘示弱。他抽出闪光的利刀，催马上前迎战。卡穆斯挥手出刀，击中拉赫什的护颈，冒出金星。鲁斯塔姆扬起套索，正好套住对手的腰，他抖开缰绳，驱马飞跑。卡穆斯人仰马翻，滚落地上失去知觉。鲁斯塔姆下马，将对手捆牢，挟在腋下，大步流星地奔回军营。"不过是个孬种！逞什么威风？"说着就把卡穆斯往地上一扔，"自恃武艺高强，无人能敌，不想落得这么可悲的下场！你们看该怎么收拾他？"闻听此言，满怀愤恨的众将士一拥而上，乱刀之下卡穆斯被剁成肉酱。

再接再厉活捉中国可汗 [①]

卡穆斯的阵亡，令突朗全军上下感到万分震惊和悲伤。包括胡曼在内的突朗众将官，担心照这样打下去，后果不堪设想。主帅皮兰也是愁眉紧锁，一筹莫展。唯独中国可汗还不肯轻言失败，执意坚持到底。此后双方又交战数次，均以突朗援军败北、损兵折将而告终：羌伽尔出阵，被鲁斯塔姆斩首；尚戈尔杀去，被鲁斯塔姆挑下马鞍；萨瓦上场，被鲁斯塔姆用狼牙棒击毙；伽哈尔·伽哈尼也未能幸免，被鲁斯塔姆用长枪戳死。虽然屡战屡败，中国可汗仍然不肯认输。这日双方摆开阵势，准备决一死战。中国可汗亲自出马上阵，誓与鲁斯塔姆拼个你死我活。"呔！你休得以可汗自居，妄自尊大！"两军阵前，鲁斯塔姆大声喝道，"你若乖乖缴械投降，俯首称臣，兴许能保全性命；如若不然，今日定叫你有来无还，一命归天！"中国可汗闻听，勃然大怒，破口骂道："你这锡斯坦的疯狗，休得口出狂言！我乃一国之君，万民之主，岂容你恣意妄为，骄横跋扈！"说话间只听号角齐鸣，鼓声震天，突军射手万箭齐发，如同流星急雨，古达尔兹见状，连忙指派罗哈姆带领二百名弓箭手前去接应鲁斯塔姆，并命令吉夫火速出击敌军右翼，只准前进，不许后退。战斗极为惨烈，血流成河，横尸遍野。双方将士浴血奋战，直杀得天昏地暗。

[①] 中国可汗，实指中国西北边疆突厥人国家的统治者。

迎战中国可汗

在象背上督战的中国可汗，见突军伤亡惨重，而伊军却愈战愈勇，心想照这样打下去，怕是凶多吉少，甚至连自己的性命也将难保。于是，他指令翻译官速去与鲁斯塔姆当面商谈，以求休战媾和："你去跟他说，中国可汗与伊朗将官素来无冤无仇，本应相互尊重，友好相处。怪只怪突朗国君阿弗拉西亚布！是他从中挑拨离间，煽风点火，才使我们兵戎相见。从长远考虑，我们还是应该以和为贵。"听罢翻译官说明来意，鲁斯塔姆言道："中国可汗果真要想罢战求和，就必须向伊朗国王俯首称臣，交出王冠和御座；否则，就是骗人的花言巧语，妄图施展缓兵之计！"不消说，这样的媾和条件，中国可汗绝对不肯接受。议和谈判破裂，双方再度开战。鲁斯塔姆杀出一条血路，催马逼近中国可汗的坐骑。但见他将手中的套索抛出，不偏不倚，正好把可汗的脖颈套住。鲁斯塔姆用力一拽，将可汗拖下象背。英雄上前把可汗双手捆牢，押送他回到军营。眼见中国可汗被生擒活捉，突朗将士哪里还有心恋战？纷纷缴械投降，或者狼狈逃窜。这场惨绝人寰的血战，就此告一段落。

鲁斯塔姆下令打扫战场，收缴战利品，并致函霍斯鲁国王，详细禀报伊军转败为胜的经过。信中说：我军浴血奋战四十天，总共歼灭突朗援军十万。俘虏了大批来自中国、卡善和印度等地的王侯及其属将，缴获的辎重军械无以计数。现由皇叔法里博尔兹押解战俘和战利品返京。略事休整后，我军将乘胜追击，继续前进，去征讨那杀害西亚乌什的罪魁祸首。不严惩突朗国君阿弗拉西亚布，绝不善罢甘休！

生死搏斗击败山大王普拉德万德

且说突朗大军及其援军兵败如山倒，落荒而逃。鲁斯塔姆

率兵乘胜追击，途经粟特的比达德城①时，顺手消灭了危害百姓的"食人者"卡福尔。得悉鲁斯塔姆率领大军杀来，突朗国君阿弗拉西亚布又是气恼，又是惊慌，他恨不能置其宿敌于死地，可又力不从心，万般无奈之下，只得向中国的山大王普拉德万德求援。

匪首普拉德万德占山为王，称霸一方。他骄横跋扈，恣意妄为，远近百姓受尽他的欺辱。听说鲁斯塔姆神勇非凡，所向无敌，普拉德万德心中很不服气。他这次下山，既是对阿弗拉西亚布的支援，也是要给鲁斯塔姆点颜色看看。两军阵前，普拉德万德手执大棒，肩挎套索，威风凛凛，精神抖擞。图斯率先出马迎战，被他击落马鞍；吉夫随即赶来助战，被他用套索套住；罗哈姆和比让②上前救援，也被他打得人仰马翻。接连挫败伊朗四员大将，普拉德万德越发趾高气扬，神气活现。古达尔兹见势不妙，急令伊朗众将官一齐出马上阵，围攻中国山大王普拉德万德，这才使四员大将得以脱险，幸免于难。

在另一翼作战正酣的鲁斯塔姆，忽见伊朗中军阵脚大乱，想必发生意外，便迅速掉转马头，赶去助战。这时普拉德万德抡圆了牛头大棒，杀得伊军将士丢盔卸甲，狼狈不堪。鲁斯塔姆见状，不由得火冒三丈，怒目圆睁，大喝一声："呔！你这头野驴休得猖狂！且来尝尝老子的套索和大棒。"话音未落，只见套索已飞向普拉德万德。中国山大王身手不凡，行动敏捷，一闪身躲开套索，开口言道："你居然想乘我不备，将我套住？谈何容易！"普拉德万德脸上露出轻蔑的奸笑，"今日让你开开眼界，见识见识，看看咱家的真功夫和制胜手段！尔等鼠辈岂能逃出我的手掌心？咱家定要押送你去见突朗国王！"言罢，两人拼杀起来，大棒上下飞舞，来回数十个回合，难分胜负。激战

---

① 比达德城，意为"不义之城"。
② 比让，吉夫之子，鲁斯塔姆的外孙，伊朗勇士和战将。

中，鲁斯塔姆抓住对方露出的破绽，挥棒击中敌手的头部。这一棒打得普拉德万德眼前直冒金星，他不住地摇晃脑袋，竭力镇定自己。"头上挨了一棒，感觉怎样？"鲁斯塔姆见状，脸上现出不屑的神情，"我看你双手都拢不住马缰，还不赶快跪下求饶，俯首投降！""你这一棒，小菜一碟，算得了什么？"言犹未了，普拉德万德霍地抽出短刀，朝鲁斯塔姆的腰部刺去；英雄闪身躲过，就势出棒还击。两人又厮打了好一阵，都累得汗流浃背，仍分不出胜负高低。

普拉德万德见用兵器难以取胜，主动提出进行一对一的徒手格斗，一决雌雄。鲁斯塔姆心想："我有神力相助，难道还怕你不成？"于是，双方约定：就只两个人搏斗较量，不许另外的人上场。好一场龙争虎斗，各自施展出浑身解数。好一场殊死决斗，紧张激烈的程度难以用语言形容。观战的两军将士直看得目瞪口呆，又都为各自的战将捏一把汗。此时，求胜心切的突朗国君阿弗拉西亚布，不顾双方有约在先，也听不进希达王子[①]的规劝，驱马来到格斗现场，向普拉德万德大声喝道："定要将他摔倒！别忘了再补上一刀！"吉夫闻听，怒发冲冠，催马上前提醒鲁斯塔姆："千万小心对手动刀！""快退回去！信守约定要紧。有苍天佑助，不必替我担心！"说完，鲁斯塔姆自觉力量倍增，他死死搂住普拉德万德的腰身，倾全身之力将他提起，掼倒在地。中国山大王一头栽下去，疼痛难忍，身体蜷缩，像一条死去的蟒蛇。这时，伊朗将士欣喜若狂，齐声欢呼。鲁斯塔姆以胜利者的姿态返回营地，暗自感谢造物主赐予神力，才使他置对手于死地。谁知普拉德万德并未气绝身亡，他只是一阵眩晕，昏死过去。苏醒过来，他忙不迭地跨上战马，一溜烟地跑回营帐，哀声叹道："保命要紧，可不能再打下去啦！"言罢，率领他的喽啰们弃阵而去，逃之夭夭。眼看大势已去，必

[①] 希达，突朗国君阿弗拉西亚布之子，后被凯·霍斯鲁击毙。

败无疑，突朗国君阿弗拉西亚布一向是"好汉不吃眼前亏"，这次也不例外，赶忙下令撤军，溜之大吉。

大获全胜英雄班师回朝

　　彻底击溃突朗军队及其援军，伊朗军队大获全胜。在班师回朝的路上，将士们有说有笑，喜气洋洋。鲁斯塔姆凯旋的消息传至京城，人们欢欣雀跃，倾城出动，夹道欢迎。霍斯鲁国王春风满面，洋洋得意。他骑上披红戴绿、洒满麝香的大象，率领群臣出城迎接远道归来的英雄。君臣久日未见，相聚分外亲热。凯·霍斯鲁把鲁斯塔姆紧紧地搂在怀中，连声说："伊军大获全胜，英雄劳苦功高！"国王和英雄一同骑在象背上，向夹道欢迎的人群频频招手致意。

　　一行人来至皇宫，君臣携手步入宴会厅，为英雄接风洗尘的宴席早已准备停当。席间觥筹交错，君臣开怀畅饮。酒过三巡，国王问及战斗的经过情形，众将官你一言、我一语，眉飞色舞地谈到鲁斯塔姆赶来救援才得以扭转战局，先射死阿什克布斯，置卡穆斯于死地；继则生擒活捉中国可汗；后又击败中国山大王普拉德万德，吓得阿弗拉西亚布抱头鼠窜，溜之乎也。君臣把盏对酌，谈笑风生，且有丝竹弹唱助兴，都沉醉在欢乐的气氛中。只听军师古达尔兹开口言道："鲁斯塔姆真是了不起的盖世英雄！他叱咤风云，降龙伏虎，杀遍天下无敌手。不论是妖魔鬼怪，还是毒蛇猛兽，遇上他无不甘拜下风，俯首帖耳。有这样无往不胜、无坚不摧的英雄，确是陛下的幸运，军队的骄傲，伊朗的光荣！"闻听此言，君臣点头称是，一齐举杯，共祝鲁斯塔姆福星高照，万事亨通。

　　欢庆活动持续了个把月。鲁斯塔姆思念父母，急于返回故乡扎贝尔斯坦。凯·霍斯鲁下旨打开国库，取出大量金银珠宝、绫罗绸缎，连同精选的百匹骏马、百峰骆驼，一并馈赠英雄。国王亲自率领朝廷文武百官为鲁斯塔姆送行，送了一程又一程。君臣情深义重，彼此恋恋不舍。鲁斯塔姆频频招手，依依惜别，踏上归乡之路。凯·霍斯鲁目送英雄远去，心中默祷，祝他一路顺风。

斗智斗勇杀死妖魔阿克旺

这日清晨，凯·霍斯鲁心情舒畅，精神愉快。他吩咐太监在御花园摆设酒宴，请王公贵胄前来欢聚一番。席间御马官紧急求见国王，禀报说近日不知从哪儿钻出一头奇形怪状的野驴，时不时地闯入马群。许多良马遭受伤害，牧马人担惊受怕，惶恐不安。国王听罢，心里知道那不是野驴，而是作恶多端的妖魔阿克旺的化身。他暗自思忖：要除掉凶神恶煞的妖魔，非得请出鲁斯塔姆不可！于是，凯·霍斯鲁修书一封，指派戈尔金①立即动身，前往扎贝尔斯坦传达圣旨，请鲁斯塔姆出战妖魔阿克旺。英雄接旨后表示："任它是什么妖魔鬼怪，我也要剪除它，为民除害！"鲁斯塔姆披挂整齐，飞身上马，来至妖魔经常出没的草场。他连续搜寻了三天，那妖魔始终没有出现。第四天，一阵阴风过后，阿克旺显形于草场，只见它青面獠牙，狰狞可怖，浑身发光。鲁斯塔姆赶忙催马上前，扬手掷出套索。化作野驴的阿克旺一见套索，摇身一变，不知去向，令英雄茫然失措。"此妖神出鬼没，看来不宜活捉。"鲁斯塔姆心想，"下次要快刀斩乱麻，从速结果它！"英雄还在琢磨，妖魔变成野驴，再次出现。鲁斯塔姆迅速举弓搭箭，刚要发射，那野驴又从眼前隐没。英雄无可奈何，只得继续寻找。接连三天奔波，

---

① 戈尔金，出身米拉德英雄世家，是伊朗军中的一员骁将。

一无所获。人困马乏，又饥又渴，得先找个地方休息一下再说。鲁斯塔姆东寻西望，最后总算找到一泓清泉，饮足清水后，仍感觉疲惫不堪，他顾不上填饱肚皮，就地躺下，和衣睡去。

鲁斯塔姆鼾声如雷、睡得正香时，妖魔阿克旺随着一阵阴风飘然而至。它趁鲁斯塔姆酣睡之际，两手用力抓住英雄，将他高高举起。被惊醒的鲁斯塔姆见此情景奋力挣扎，却怎么也挣脱不出妖魔的巨掌。"算你有本事，如今将我活捉。"鲁斯塔姆灵机一动，假意设法与妖魔搭讪，"你想怎么处置我？""你自讨没趣，前来送死！"阿克旺扬扬得意地说，"你说我该怎么处置你？是把你投入大海，还是抛向高山？反正你是必死无疑！"闻听此言，鲁斯塔姆暗自思忖："若被这妖魔抛向高山，我将必定是粉身碎骨，不得生还；若被投入大海，兴许还有求生的一线希望。常言说，妖魔的言行有悖于正道，我可不能再落入它的圈套！"他作如是想，随口应道："智者有言，谁若葬身鱼腹，其灵魂将永留世间，不得升天。你最好把我抛向高山，搏狮斗虎我还有强劲的双拳！"阿克旺闻听，哈哈大笑："你休想遂心如意，我偏要将你投入大海，让你葬身鱼腹，灵魂永不得升天！"

鲁斯塔姆被妖魔扔进波涛汹涌的大海。他从腰间抽出匕首，与成群的鲨鱼展开搏斗。他没有被大海吞没，因为他享有造物主的佑助。得神之助者享有灵光，能够创造奇迹，遇难成祥。上得岸来，鲁斯塔姆赶回泉边，寻找坐骑拉赫什。他四处寻觅，却不见拉赫什的踪影，心中好生气恼。他觅迹寻踪，沿着地上的马蹄印走去。走啊走，不觉来到一个小树林。在林中阴凉处，只见突朗的皇家牧马人正横七竖八地躺在地上，睡得正香。鲁斯塔姆眼前一亮，发现拉赫什就在不远的马群中奔跑。只听他一声呼哨，拉赫什奋蹄急驰，顺从地回到英雄跟前，而其他的马匹却被他的呼哨声吓跑。鲁斯塔姆跨上坐骑，正欲去找妖魔阿克旺算账，不料被惊醒的突朗皇家牧马人围上前来，挡住去

鲁斯塔姆勇战妖魔阿克旺

路，问他是何许人，胆敢到此招惹是非。鲁斯塔姆见他们盛气凌人，再三盘问，不禁怒从中来，大声喝道："我乃鲁斯塔姆是也！你们竟敢在老子面前撒野?!"说完，三拳两脚打得突朗皇家牧马人头破血流，非死即伤。他们下跪求饶，落荒而逃。

无巧不成书，这时突朗国君阿弗拉西亚布正率领一班人马出巡，要到御马场视察。狼狈逃窜的皇家牧马人见国王陛下驾到，连忙叩拜行礼，一齐哭诉道："有个叫鲁斯塔姆的伊朗人，无缘无故地闯进牧场，吓跑了马群，还将我们打得有死有伤！""真是欺人太甚！"阿弗拉西亚布闻听，勃然大怒，"他单枪匹马前来挑衅，我们也不是任人欺辱的软骨头，应该追上前去，给他点教训！"鲁斯塔姆见有敌军追来，便举弓搭箭嗖嗖地射出，只见箭无虚发，敌军战士纷纷落马。随后，他挥舞大棒，杀得来敌人仰马翻，抱头鼠窜。鲁斯塔姆可谓是阿弗拉西亚布的克星。每当这位突朗国君领兵与英雄鲁斯塔姆交战，总是被打得落花流水，一败涂地，这次当然也不例外。真可谓不是冤家不聚头，鲁斯塔姆刚返回泉边，恰巧又遇上了妖魔阿克旺。"你这手下败将，真是活得不耐烦！"妖魔见鲁斯塔姆又好好地站在面前，遂大声吼道，"上次把你扔进大海，你幸免于难。这回又来到泉边，难道你还敢向我挑战不成？"鲁斯塔姆二话没说，乘其不备，迅即抛出套索，一下子套住阿克旺的腰。被缚的妖魔极力挣扎，想摆脱套索。

说时迟，那时快，英雄挥起狼牙大棒，对准妖魔当头就是一棒，直打得它脑浆进裂，一下子呜呼哀哉。鲁斯塔姆拔出匕首，上前割下阿克旺的头颅。为民除掉一大祸害，英雄感到无比的愉快。

七　搭救勇士比让　夜袭突朗王宫

　　这日凯·霍斯鲁与众将官欢聚一堂，饮酒作乐，兴致勃勃。太监匆匆走来禀报说，居住在伊朗和突朗交界处的亚美尼亚人进京上告，抱怨他们那里的丛林野猪为患，出没无常，经常伤害人畜，毁坏良田。小将比让闻听，挺身而出，请缨前去消灭野猪。国王点头应允，并派戈尔金随同前往协助。顺利完成任务后，戈尔金与比让开怀畅饮，对酌聊天，说到离此地不远，有个天国般优美的去处。突朗公主玛尼娅每逢新春来临之际，都到那里安营，寻欢作乐。届时林中鸟语花香，绿草如茵，小河流水潺潺，宫娥云集胜似天仙，令人目不暇接，眼花缭乱。比让听得动了心，决意前去观赏一番。公主玛尼娅发现比让在松树后窥探，便主动邀他进帐内饮酒叙谈。两人一见钟情，说不完的知心话。乘比让酒醉不醒，玛尼娅给他灌了蒙汗药，竟自将他带回后宫。皇叔伽尔西瓦兹探悉此事，将比让押送到国王面前。阿弗拉西亚布闻听，勃然大怒，不由分说，当即令人将比让拖出宫外绞死。幸亏主帅皮兰及时赶来说项求情，比让才得以保住性命。遵照圣旨，比让被戴上手铐脚镣，投入枯井，井口用用大象从中国森林运来的巨石盖住；公主玛尼娅也被扫地出门，逐出王宫。

　　再说戈尔金见比让一去不返，下落不明，心中惴惴不安。他后悔当初不该诱惑比让去窥探突朗公主的营帐。戈尔金四处寻觅，仍不见比让的踪影，只得独自返回京城。吉夫听说爱子

比让请缨消灭野猪

失踪，万分焦急，拿戈尔金是问。戈尔金谎称比让在归途中追逐野驴，去向不明。吉夫觉得其中有诈，不依不饶，揪住戈尔金去见国王。凯·霍斯鲁怒斥戈尔金严重失职，罪不可赦。国王派人到处寻找比让，还是杳无踪迹。后在"映世之杯"①中，凯·霍斯鲁发现比让被关押在突朗的枯井里，遂决定派吉夫前往扎贝尔斯坦，请鲁斯塔姆进京，共商搭救比让之计。鲁斯塔姆认为，此举不宜张扬，公开出兵讨伐可能激怒突朗国君，乃致伤及比让性命；而应多用计谋，乔装打扮成商旅，设法打入敌国腹地，到时见机行事，方可成功。凯·霍斯鲁完全赞同鲁斯塔姆的主意，当即下旨备好十峰骆驼的金银珠宝，百峰骆驼的绫罗绸缎，并指派七员战将②随同英雄前往。且看鲁斯塔姆一行是如何巧用计谋搭救勇士比让的。

乔装商旅深入敌国腹地

鲁斯塔姆率领精兵强将来至突伊边境。他令大队人马就地安营扎寨，并做好伪装，隐蔽起来。叮嘱他们不可走漏风声，要耐心等待，伺机而动。然后，鲁斯塔姆和七员将领挑选若干精干士兵，化装成一支商队，赶着骆驼，向目的地和田③进发。

入得城来，鲁斯塔姆一行恰好与狩猎而归的大帅皮兰相遇。"啊，名满天下的元帅！请接受远方来客的祝福。"鲁斯塔姆说着，将装满珠宝首饰的金杯递给皮兰的侍从，随手又牵过两匹配有金镶玉嵌马鞍的阿拉伯骏马交给皮兰的护卫。"你们来自何

---

① 映世之杯，又称贾姆神杯。据传先王贾姆希德有只神杯，从中可以看到世上七个国家的情况，故名。
② 七员战将计有古达尔兹世家的罗哈姆，戈拉扎；图斯世家的戈斯塔哈姆；法里东家族的赞伽，法尔哈德和阿什卡什，以及发誓戴罪立功的戈尔金。
③ 和田，突朗地名，时为政治、经济和军事重镇。

方？到此有何贵干？"皮兰非常好奇地问道。鲁斯塔姆见问，忙
彬彬有礼地作答："我等千里迢迢，跋山涉水，从伊朗来到贵
地，专程做些生意。出卖金银珠宝和绫罗绸缎，再购买些土特
产回去。托大帅的洪福，或许能挣几个银钱。望大帅多加关照，
小的们将感激不尽！""欢迎你们到此经商，开展贸易。"皮兰收
下赠礼，满心欢喜，"我会令人给你们腾出一席之地，尽管放
心去做生意，没有任何问题。你们不妨下榻在我的府第，权当
是来我家做客的亲戚。"鲁斯塔姆闻听此言，连忙道谢："恭敬
不如从命。我们进住贵府多有打扰，真不知怎样感谢大帅才好。
有大帅支持做靠山，想必不会遇到任何麻烦。"果不其然，伊朗
商队到来的消息不翼而飞，一下传遍大街小巷。人们纷纷前来
光顾，争相购买绫罗绸缎和珍珠宝物。鲁斯塔姆一行靠此打通
关节，在和田迅速站稳脚跟，为下一步行动创造了有利条件。

巧用计谋救出勇士比让

被逐出王宫的玛尼娅居无定所，终日沿街讨乞。她食不果
腹，衣不蔽体，还得忍受巨大的精神折磨和痛苦。这对往昔养
尊处优的突朗公主来说，若没有对比让深挚的爱做支撑，是肯
定坚持不下去的。听说有伊朗商旅到此做生意，几乎绝望的玛
尼娅似乎看到一线希望。她满含热泪地来至伊朗商人的店铺前，
施礼问安后道出肺腑之言："啊，尊贵的客人！祝愿你们生意兴
隆，财运亨通。耳闻你们来自伊朗，请问吉夫、古达尔兹等将
军的近况怎样？恐怕大名鼎鼎的鲁斯塔姆，至今还不知道他的
外孙比让已身陷囹圄！啊，可悲的伊朗勇士比让，他被戴上手
铐脚镣，全身被铁链捆牢，正在忍受折磨和煎熬！听到他的呻
吟，我泪流满面；想见他的惨状，我夜不成眠。恳求你们把比
让遭受的苦难，尽快传达给伊朗的英雄好汉。若是他们再不来

搭救比让，勇士的性命定难保全！"玛尼娅的一席话，令鲁斯塔姆感到十分吃惊，他生怕招惹是非，闹出麻烦，便假装生气的样子，疾言厉色地说："看你疯疯癫癫的，满嘴胡言乱语！请你赶快走开！别妨碍我们的买卖。"玛尼娅闻听，哭得好不伤心："我真是背运倒霉，总是到处碰壁！伊朗人不是挺通情达理的吗？怎么这会儿又喊又叫，对我如此不客气？还要把我像赶牲口似的轰出门外，竟没有一点怜悯同情之心？""那你究竟是什么人？"不知是谁在向她发问，"为何对伊朗将领和勇士比让那么关心？""我叫玛尼娅，本是突朗公主，因与比让不期相遇，彼此交好，不想竟惹恼了父王。现今被逐出王宫，流落街头，靠乞讨为生，还得照顾被囚在深井中的比让。他被关押在伸手不见五指的井下，见不到一丝阳光，没吃没喝，还得忍受皮肉折磨，其惨状怎不令人断肠？我心急如焚，不知所措，只能寄希望于他在伊朗的亲人，赶快来搭救他脱离险境。"鲁斯塔姆听罢，不禁对眼前这位蓬头垢面的弱小女子肃然起敬，为她对爱情的忠贞执着而深受感动。此时英雄灵机一动，计上心来。他吩咐下人准备好一只烧鸡，悄悄地把自己的戒指塞进鸡肚里，然后和大饼包在一起，交给玛尼娅，叮嘱她说："请你务必将这只烧鸡送到井下人的手里，眼前关心照料他的也只有你。"

被囚禁在枯井中的比让，见玛尼娅给他送来大饼和烧鸡，又惊又喜，禁不住流下感激的泪水："亲爱的玛尼娅，你受尽屈辱，沿街讨乞，真不容易！今天还特意给我送来大饼和烧鸡，这份美餐是从哪儿弄来的？"玛尼娅见问，如实相告："近日有伊朗商队到此做生意，那个领头的商人看我怪可怜的，就施舍我大饼和烧鸡。他还叮咛我务必把食物送到你的手里！"比让闻听，不觉一怔，急忙打开那包烧鸡和大饼。他在鸡肚里发现一枚戒指，仔细察看，上面赫然刻着鲁斯塔姆的大名。"啊，这不是鲁斯塔姆的翡翠戒指吗?!外祖父前来搭救我，这下可有救啦！"比让情不自禁地笑出声来。井上的玛尼娅听到笑声，一

时摸不着头脑，忙奇怪地问："你被囚在井底，有什么好笑的？是吃得开心，还是另有什么值得高兴的事？""真是喜从天降！看来得救有望！""你说什么？得救有望？怎么回事，快对我明讲！""此乃天机，不可泄露！你得先对天盟誓，我才能说出机密。女人头发长，见识短，我怕你心直口快，说漏了嘴。""好个没良心的东西！"玛尼娅十分气恼地说，"我对你一片痴情，以身相许，而你却对我如此歧视和怀疑。我为你赴汤蹈火，在所不辞，而你却要对我保守秘密。这真令人失望和伤心。""公主不要生气，是我出言不当，多有得罪。"比让自觉理亏，赶紧认错，"我怎能对你保守秘密？没有你帮忙出力，我将永无出头之日！此事来得突然，我一时乱了方寸，说话伤了你的心，请多见谅！你可知道那给你烧鸡的人是谁？他就是拉赫什的主人，盖世英雄鲁斯塔姆！有外祖父亲自前来搭救，定然马到成功，旗开得胜，所以我说'得救有望'！咱们团聚的日子就在眼前。你现在就去传达我的口信，告诉他说：被囚的比让已收到烧鸡，吃起来肉鲜味美，多谢他的好意，祝他万事顺遂！"

鲁斯塔姆接到口信，确信比让已明白内情。他把玛尼娅拉到一边，悄声说道："夜长梦多，事不宜迟。今晚我们就去搭救比让！让他做好精神准备。你呢，回去多拾些树枝杂草，待到天黑就燃烧起篝火。我们借着火光，看清路径，就能找到枯井。托造物主保佑，一定能成功！"听了这番话，玛尼娅异常兴奋和激动，她飞也似的赶回井旁，将这个好消息转告比让："真的是喜从天降！看来得救有望！他们今夜就要采取行动，叫你做好准备。拉赫什的主人要我天黑时点燃篝火，我得快去拾些柴火。"比让闻听，喜不自胜，连忙感谢亚兹丹的庇佑，赞美霍斯鲁国王的英明。他暗自发誓："获救后要尽忠报国，不遗余力；要报仇雪恨，消灭突朗顽敌；要感恩戴德，答谢玛尼娅的深情厚谊。"眼巴巴地等到夕阳西下，玛尼娅拾的柴火堆积如山。她按时点燃篝火，翘首企足，殷切期待着前来搭救比让的英雄。

　　鲁斯塔姆一行全副披挂，急速赶到关押比让的井边。随同前来的七员将领奉命下马，一起去搬那盖住井口的巨石。他们使出吃奶的力气，仍然无法将巨石搬起。"靠边站，看我的！"鲁斯塔姆说着，翻身下马，默祷亚兹丹，运足力气，抓住巨石，大吼一声，把巨石高举过头，抛向中国丛林！巨石落下，轰然作响，震撼了整个大地。耳闻比让在井下呼救，鲁斯塔姆上前说道："别着急！马上救你上来。不过有个要求，希望你原谅戈尔金，别再记仇！""戈尔金害得我好苦，我正要找他算账！"比让闻听，气急败坏地直大声嚷嚷。"你若不答应，我这就走人。看你敢对我的劝告充耳不闻？"比让无奈，只得忍气吞声。他虽然勉强应诺，但心中仍愤愤不平。鲁斯塔姆用套索将比让拉出枯井，见他铁链缠身，戴着手铐脚镣，光头赤脚，血迹斑斑，着实可怜，让人心疼。众人连忙上前，一边安慰，一边给他松绑。"此地不宜久留！"说着，鲁斯塔姆随即把比让和玛尼娅带回住的地方，让他们净身梳洗，换上新衣。这时戈尔金前来拜见比让，负荆请罪，甘愿受罚，并求他多多见谅。比让见他态度诚恳，便不再追究，两人握手言和，重归于好。此情此景，让坐在一旁的鲁斯塔姆脸上露出了微笑。

夜袭成功直捣突朗王宫

　　救出勇士比让之后，鲁斯塔姆决定趁着夜色偷袭突朗王宫，教训一下十恶不赦的阿弗拉西亚布。他责令阿什卡什押送货物迅速后撤，尽快与驻扎在边境的大队人马会合；其余的将士由他率领去突袭王宫。比让听说不让他参加这次战斗，怎么也不肯答应："阿弗拉西亚布害得我好苦，我一定要参战雪耻报仇！"鲁斯塔姆见他态度坚决，信心十足，也只得依允他同去。

　　伊朗众将士神不知、鬼不觉地赶至突朗王宫。鲁斯塔姆一

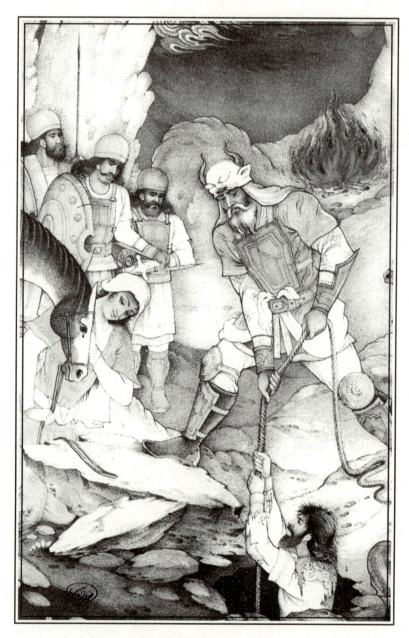

鲁斯塔姆用套索将比让拉出枯井

马当先，冲在最前面。但见他手起棒落，将宫门砸了个稀巴烂！众将士披坚执锐，精神抖擞，杀将进去。皇家御林军猝不及防，仓促应战，被杀得丢盔卸甲，叫苦连天。鲁斯塔姆冲入内殿，吼声如雷："阿弗拉西亚布老贼！你死到临头，还在昏睡？今夜鲁斯塔姆到此，特来取你的狗命！你杀了西亚乌什王子，还要置勇士比让于死地，新仇旧恨今夜跟你一起算，血债定要用血来还！"比让跟上前来助威，高声喝道："你这人面兽心的老畜生！何其凶狠歹毒，专横跋扈！将我投入阴暗的枯井，将亲生女儿逐出王宫。你惨无人道，罪不容诛，真该天打五雷轰！"阿弗拉西亚布被窗外的一片喊杀声惊醒，定了定神，自知有敌来犯，突袭王宫。他见形势不妙，急忙打开暗道机关，逃之夭夭。突朗国君这只老狐狸，谙熟"好汉不吃眼前亏"之理，每逢处境不利，他便溜之大吉。四下里搜寻了半天，也不见阿弗拉西亚布的踪影，鲁斯塔姆当机立断，命令迅速撤离王宫。成功夜袭，速战速决，伊朗众将士总算解恨出气。他们马不停蹄，人不歇足，向突伊边境撤退，以便及早与大队人马会合，做好战斗准备，应付阿弗拉西亚布的派兵追击。

翌日清晨，惊魂未定的突朗国君强打精神，紧急召集文臣武将商议，最后决定从速派兵追击。"他们兵马无几，竟然闯进王宫施威，真是欺人太甚！若不出兵追杀，重创来犯之敌，岂不令人耻笑，也太软弱可欺？"于是，阿弗拉西亚布率领大军立即出动，前去追击伊朗逃兵。他哪里知道"猎人比狐狸还狡猾"，鲁斯塔姆早已安排好后续大队人马的接应。

在突伊交界处的原野上，两军摆开了阵势，准备大战一场。伊军右翼将领是戈斯塔哈姆、戈拉扎和阿什卡什，左翼将领为罗哈姆、赞伽、戈尔金和法尔哈德，鲁斯塔姆和比让坐镇中央。突朗方面大将胡曼居右，元帅皮兰居左，国君阿弗拉西亚布、皇叔伽尔西瓦兹和王子希达居中指挥。两军对峙，众将领横眉怒目，虎视眈眈，即将展开一场血战。鲁斯塔姆威风凛凛，催马来到阵前，对着阿弗拉西亚布大声喝道："阿弗拉西亚布老贼，你徒有国王虚名，却无看家本领。每次与我战场交锋，你都像老鼠见了猫，吓得逃之夭夭。今日兵戎相见，定叫你有来无还！""休得放肆，口出狂言！看我军将士八面威风，气冲霄汉，消灭你们这伙狂徒就在眼前！"言罢，阿弗拉西亚布一声令下，各路突军齐声呐喊，万箭齐发；随后冲杀上来，势如大海的波涛，汹涌澎湃。伊朗众将士全力以赴，浴血奋战，杀得敌军叫苦不迭，人仰马翻。鲁斯塔姆挥舞大棒，如入无人之境，东冲西突，势不可当。眼看突军渐渐不支，节节败退，阿弗拉西亚布哀叹命运不济，只得下令撤退。伊朗将士愈战愈勇，乘胜追击，杀得敌军落花流水，一败涂地。鲁斯塔姆下令打扫战场，收拾战利品；然后押着上千名俘虏，高奏凯歌，班师回朝。

论功行赏凯·霍斯鲁大摆酒宴

搭救勇士比让成功、夜袭突朗王宫取胜的消息传来，人们奔走相告，笑逐颜开。霍斯鲁国王得悉鲁斯塔姆凯旋，春风得意，喜展龙颜。古达尔兹和吉夫等将官奉旨出城迎接英雄。彼此相见，热烈拥抱，互致问候。众将官交口称赞鲁斯塔姆智勇双全，所向披靡，立下赫赫战功。凯·霍斯鲁率领群臣候在宫门外，热烈欢迎劳苦功高的鲁斯塔姆："啊，战无不胜的英雄！有你辅佐朝政，朕感到无比幸福，你不愧是国家和军队的中流砥柱。你的功勋卓著，将与天地共存，与日月同辉！"国王转身对吉夫说道："比让得救，你们父子团聚，这得感谢鲁斯塔姆，感谢伟大的造物主！"吉夫激动得热泪盈眶："还得感谢陛下的英明，祝愿陛下福寿绵长，永远健康！"

凯·霍斯鲁下旨大摆酒宴为英雄庆功。庆功宴上，国王兴高采烈，满面红光，犹如十五的月亮。席间琴瑟合奏，歌舞助兴。君臣频频举杯，祝贺胜利。觥筹交错，谈笑风生之中，对鲁斯塔姆的赞扬声不绝于耳。凯·霍斯鲁听说鲁斯塔姆因思念家乡，无意在京久留，打算翌日启程返回扎贝尔斯坦，便不执意挽留，强人所难。每次战后都少不了论功行赏，这次国王又赏赐鲁斯塔姆百匹良马，百峰骆驼，十名美女，十名丫鬟，一件紫锦袍和无以数计的金银珠宝。对随从鲁斯塔姆出征的七员将领，国王也都分别给予重奖。宾客皆大欢喜，君臣春风得意。待送走回乡的鲁斯塔姆，凯·霍斯鲁下旨传比让上殿，让他把遇险脱难的详细经过叙述一番。听罢，国王对遭受不幸的玛尼娅公主深表同情，馈赠厚礼，并再三嘱咐比让，对她要关怀体贴，无微不至，做一对百年好合、白头偕老的恩爱夫妻。

　　且说屡战屡败的突朗国君阿弗拉西亚布，作为伊朗凯扬王朝的死对头，是绝不肯认输、善罢甘休的。他四处招兵买马，积蓄力量，准备重整旗鼓，以求一逞。后在"十二场大战"[①]中，包括突军统帅皮兰在内的十二名将领均告失败，或被击毙，或被擒获，致使突军遭受重创，元气大伤。阿弗拉西亚布贼心不死，再次率兵进犯伊朗，结果突朗王子希达阵亡，突军大败而逃。凯·霍斯鲁挥师东进，长驱直入，渡过阿姆河，一举攻克突朗国君的老巢——甘格城堡。阿弗拉西亚布故技重演，请求中国大王派兵助战，仍未能挽回败局。最终凯·霍斯鲁将阿弗拉西亚布抓获，把他和他的兄弟伽尔西瓦兹一起处死，总算夙愿得偿，为其父西亚乌什王子报仇雪恨。老国王凯·卡乌斯驾崩后，凯·霍斯鲁产生悲观厌世的念头，无意继续执掌朝政。虽然文武百官再三进谏，但凯·霍斯鲁全然听不进规劝，决意遁世绝俗，隐逸山林。他不顾达官显贵的反对，将帝位禅让给

---

① "十二场大战"，是指古达尔兹和皮兰约定进行的突伊双方各出十二名将官的捉对厮杀，均以突朗将领的失败（被杀或被擒）而告终。这当中突军主帅皮兰的阵亡，使突朗军队元气大伤。

洛赫拉斯布①。退位前，凯·霍斯鲁应扎尔的请求，特下诏册封鲁斯塔姆为扎贝尔斯坦王侯。嗣后，他向亲人告别而去，走向深山老林，在雪花纷飞中销声匿迹，跟随他前往的伊朗众将官则被茫茫大雪湮没。

---

① 洛赫拉斯布，凯·古巴德的后裔，继凯·霍斯鲁之后登基为王，在位统治一百二十年。传位其子古什塔斯布后，他隐退巴尔赫的拜火神庙，最终死于突朗国君阿尔贾斯布的军队手中。

八　怎奈祸起萧墙　悲哉两败俱伤

——鲁斯塔姆与王子埃斯梵迪亚尔的故事

　　洛赫拉斯布在位一百二十年，其间百姓安居乐业，对外没有战事；但在宫廷内部却存在着夺权与反夺权的激烈斗争。野心勃勃的古什塔斯布对登基为王急不可待，因而与父王发生争执，遭到严厉训斥。他愤而出走，前往罗马帝国闯天下。古什塔斯布巧遇罗马公主卡塔雍，两人一见钟情，结为连理。此后，他杀死恶狼，力斩巨龙，以非凡的武功赢得罗马皇帝的青睐和宠信，成为恺撒宫廷的座上客。洛赫拉斯布国王得悉古什塔斯布在罗马功成名就，遂派扎里尔王子赴恺撒宫廷，请他归国继位。主动让位的国王遁世绝俗，隐居于巴尔赫的拜火神庙。

　　古什塔斯布在位期间，先知琐罗亚斯德问世，传经布道，云游四方。他号召人们抛弃传统的多神信仰，改奉善神霍尔莫兹德，积极投入"兴善灭恶"的斗争，以彻底铲除恶魔阿赫里曼给尘世带来的危害，还世界以美好、平和的原貌。古什塔斯布国王欣然接受该教教义，并与皇亲国戚和其他达官显贵一同皈依琐罗亚斯德教。此举惹恼了突朗国君阿尔贾斯布，认为这是大逆不道的行为，若不幡然悔过，则将予以严惩。由于宗教信仰分歧，伊朗与突朗重启战端，互争雄长。伊朗虽然赢得这场战争的最后胜利，但也为此付出了惨重代价①。此战之后，琐罗亚斯德教得以广泛传播，这当中埃斯梵迪亚尔王子立下汗马功劳。不幸的是，功勋卓著的埃斯梵迪亚尔王子竟遭奸臣戈拉兹姆谗言相害，被国王以图谋不轨、欲夺王位的罪名，投入贡巴德要塞的大牢。

突朗国君阿尔贾斯布得知埃斯梵迪亚尔王子被囚，趁机再次兴兵进犯伊朗，一举攻克巴尔赫，杀死潜心修行的先王洛赫拉斯布，俘获众多王室成员及其眷属。巡幸扎贝尔斯坦的古什塔斯布闻讯后，急忙率兵赶往巴尔赫，迎战入侵之敌，但却屡遭败绩。无可奈何，国王只得采纳老臣贾马斯布的进谏，许下禅位的诺言，请出在押的埃斯梵迪亚尔王子出战，这才反败为胜，击溃突朗军队。这时，古什塔斯布绝口不提让位之事，反而下令埃斯梵迪亚尔王子乘胜追击，直捣突朗国君阿尔贾斯布的老巢——鲁因城堡，他再次当面承诺：此战如若大获全胜，定然禅位让权。

埃斯梵迪亚尔王子和他的兄弟帕舒坦率领伊朗大军向鲁因城堡进发。据做向导的突朗被俘将领戈尔格萨尔称，通往鲁因城堡的途径有三条，难易有别，长短不同。埃斯梵迪亚尔选择了最为艰险的一条捷径。他不畏艰难险阻，连闯七道难关：张弓搭箭，射死两只头上生角、有象牙般巨齿的恶狼；挥舞利剑，剪除一对狂暴狠毒的猛狮；巧用计谋，力斩凶神恶煞的巨龙；投其所好，诱杀化装成美女的巫婆；设置圈套，殪杀硕大无朋的神鸟；依靠神佑，战胜铺天盖地的暴风雪；坚韧不拔，穿越荒漠，渡过大河。但鲁因城堡防守严密，固若金汤，看来只能智取，不宜强攻。埃斯梵迪亚尔挑选精兵强将乔装成商贩，让部分将士藏于货袋之中，大摇大摆地开进城内，乘夜色向突朗王宫发起进攻。在事先埋伏于城下、由帕舒坦指挥的伊军配合

---

① 参见上编《扎里尔与阿尔贾斯布》及有关注释。

下，内外夹攻，一举拿下城堡，解救出众姐妹，置突朗国君阿尔贾斯布于死地。埃斯梵迪亚尔大获全胜，班师回朝，要求父王履行诺言，让出帝位。老奸巨猾的古什塔斯布，这时又节外生枝，提出新的要求：让埃斯梵迪亚尔王子以蔑视朝廷、有违君臣之礼的罪名，将鲁斯塔姆五花大绑地押送进京，依法治罪，然后他再禅位让权。由此引出英雄鲁斯塔姆与王子埃斯梵迪亚尔的故事，读来发人深省，富于教益。

埃斯梵迪亚尔遵旨出兵扎贝尔斯坦

且说埃斯梵迪亚尔王子得胜归来，等了三日，仍不见父王召见他谈禅位之事，心中郁郁不乐。第四天，他上朝觐见国王，历陈其赫赫战功，直言不讳地请求陛下兑现承诺，让出王权，像当年先王洛赫拉斯布主动为其加冕那样，亲手给他戴上王冠。古什塔斯布听罢王子的陈述，胸有成竹地说道："吾儿不必心急，父王迟早会传位给你。为传播圣教，捍卫社稷，你屡立战功，理当继承王位。不过你可知道扎贝尔斯坦有个鲁斯塔姆，此人坐镇一方，趾高气扬。他以功臣自居，根本不把朕放在眼里。想当年凯·霍斯鲁传位于你祖父洛赫拉斯布，鲁斯塔姆就怒气冲天，竭力反对，他对我们家族怀有刻骨仇恨！前不久突朗国君阿尔贾斯布进军巴尔赫，国难当头，危在旦夕，而他却按兵不动，置若罔闻，这岂不是与敌人沆瀣一气，狼狈为奸?! 这样的王侯要他有何用？朕欲派你出兵扎贝尔斯坦，将那胆敢蔑视朝廷、有违君臣之礼的鲁斯塔姆，连同其父扎尔、其子法拉玛尔兹和其弟扎瓦拉一起生擒活捉，五花大绑地押送京城，依法治罪！以造物主和圣教的名义明誓：如若你完成这项重任，朕将禅位让权，让你登基为王，主宰江山！""这样做岂不有悖于先王遗诏和传统法规？"埃斯梵迪亚尔态度严肃地答道："尽人皆知，鲁斯塔姆乃三朝元老，他保家卫国，为民除害，劳苦功高！先王霍斯鲁早已册封他为扎贝尔斯坦王侯，怎能冒天下之大不韪，随意处置这位功德无量的盖世英豪？""此言差矣！"古什塔斯布面带愠色地说，"无论是谁，做事悖逆天道，有违圣旨，就该受罚治罪。此乃天经地义！你若想登基为王，主宰社稷，就应遵旨行事，率兵出征扎贝尔斯坦！"王子闻听，眉峰紧皱："这等差事，实在令孩儿为难，我真有心放弃王位，偏安一隅。可是父王为天下之尊，儿臣只得俯首听命，遵旨行事。我这就发兵扎贝尔斯坦，与鲁斯塔姆较量一番！万一有个三长两短，责任全由父王承担，复活日之际神主可要拿你是问！""吾儿无须过虑，也不必心虚。"国王面带微笑，好言相慰，"其实，这正是你建功立业的大好时机！吾儿文武双全，骁勇善战，出兵扎贝尔斯坦名正言顺，何所惧哉？朕相信你定能旗开得胜，马到成功！""此去是吉是凶，全在命中注定。是否遭到厄运，只得听天由命！"埃斯梵迪亚尔言罢，心事重重地告辞而去。

王后卡塔雍得知埃斯梵迪亚尔即将出兵扎贝尔斯坦，心中惴惴不安。她双眼含泪，前来规劝："儿啊，你知书达理，明辨是非，千万不可拿生命去冒险！你要去捉拿的鲁斯塔姆，是誉满天下的英雄好汉。他一声怒吼，撼天动地，矛头所指令妖魔鬼怪不寒而栗；他大棒一挥，横扫千军如卷席，突朗将领及其援军被他杀得血肉横飞；他有勇有谋，所向披靡，谁个敢与他作对为敌？想当年阿弗拉西亚布飞扬跋扈，耀武扬威，但却被他打得落花流水，一败涂地。鲁斯塔姆的丰功伟绩有口皆碑，有关他降龙伏虎、除妖斩魔的故事，三天三夜也说不完、道不尽。儿啊，为娘知道你也是铁打的英雄、闻名天下的好汉，可为什么非得去与鲁斯塔姆对阵交战？两虎相斗，必有一伤。此事欠妥，吾儿应好生思量。你年富力强，前途无量，何必急于登基为王？你父王已年迈体衰，你耐心等些时日又何妨？一失足成千古恨。千万不可意气用事，轻率鲁莽！"听完母后卡塔雍的一席话，埃斯梵迪亚尔觉得确是金玉良言："母亲耳提面命，孩儿心服口服。我本不愿出兵扎贝尔斯坦去捉拿鲁斯塔姆，可是父王下达圣旨，儿臣怎能抗旨不从？我总不能把圣旨当作耳旁风。遵旨行事乃儿臣的天职！我必须绝对服从国王陛下的意旨。"王后卡塔雍闻听，泪流满面："儿啊，你年轻气盛，血气方刚，有万夫不当之勇。可是与盖世英雄对阵，怕是难以占得上风。那鲁斯塔姆乃顶天立地的英雄，他决然不会卑躬屈节，忍辱含垢听从你的命令！年轻时他就敢顶撞暴戾的卡乌斯国王，将统帅图斯一巴掌打倒于地上；而今他坐地为大，称霸一方，怎么会忍气吞声、任人捆绑？为母好言相劝，用心良苦，孩儿切不可一意孤行，误入歧途！你若非得兴兵出征，也不要带上诸子同行，以免他们惨遭不幸。"埃斯梵迪亚尔听不进母亲的百般规劝，他下定决心，要带上他的三个儿子一起出征，说什么"男子汉就要上战场，经过千锤百炼才能成钢"！

埃斯梵迪亚尔跨上黑骏马，率领大军向扎贝尔斯坦进发。行至交叉路口处，一峰骆驼突然席地而卧，无论怎么驱赶，它死也不肯挪窝儿。王子认为此乃不祥之兆，下令左右砍掉骆驼的头，以祛厄禳灾。大军继续前进，很快临近赫尔曼德河①。王子下令就地安营扎寨，加强戒备。中军帐内摆上酒席，奏响乐曲。众将官陆续落座，神采飞扬。酒过三巡，埃斯梵迪亚尔开口言道："今番遵旨到此，特来捉拿鼎鼎大名的鲁斯塔姆。念及他戎马一生，南征北战，劳苦功高，我实在不忍心伤害他，或令他过于难堪。看来先礼后兵才是上策。我们不妨选派一位能言善辩之士先去拜会他，向他说明我方来意，晓以利害，看他做何反应，然后再行定夺，采取相应的行动。鲁斯塔姆若识时务，肯遵旨行事，欣然从命，我将以礼相待，不加任何伤害。"

---

① 赫尔曼德河，位于今阿富汗中部。

坐在王子身边的帕舒坦闻听，忙点头称是："兄弟所言有理，待人处事以和为贵，兵不血刃即能解决问题是极好的主意！"在场的众将官无不表示赞同，一致推举巴赫曼殿下承担此项重任。

巴赫曼奉命传话鲁斯塔姆

埃斯梵迪亚尔传见爱子巴赫曼，叮嘱他要彬彬有礼，落落大方，不失为有教养的皇家子弟。"你代表我前去拜会鲁斯塔姆，对他要十分敬重，举止要谨慎小心，说话要完全在理。凭你的如簧之舌，晓以利害，说得他心悦诚服，欣然从命，那就算你有本领。"埃斯梵迪亚尔沉吟片刻，开口又说："凡虔诚敬神者，绝不会对当今圣上轻慢无礼。倘若言行有失，冒犯了国王的尊严，功劳再大也要负荆请罪。作为德高望重的三朝元老，鲁斯塔姆确是鞠躬尽瘁，劳苦功高，这在伊朗妇孺皆知，家喻户晓；但他也不该因此而居功自傲，目空一切。当知，下臣的品尊位显，荣华富贵，无不是圣上的恩赐，为臣者理当对国王感恩戴德，尽忠效劳。可是，鲁斯塔姆长期以来从不进京朝拜先王洛赫拉斯布，也从未向当今国王古什塔斯布上过奏章。对朝政置若罔闻，岂不有违君臣之礼？古什塔斯布国王率先皈依琐罗亚斯德教，后与突朗国君阿尔贾斯布因宗教信仰分歧展开血战，而身为臣属的鲁斯塔姆却若无其事，袖手旁观，以致助长敌人的嚣张气焰，一举攻克巴尔赫，杀害了潜心修行的先王洛赫拉斯布。这难道能说是尽忠报国？只顾吃老本，躺在过去的功劳簿上睡大觉，难免犯下有损国家利益的过错。而今国王动怒，要拿他是问，派我前来押他进京治罪，我必须无条件地遵旨照办，没有任何妥协的余地。鲁斯塔姆也完全应该服从圣旨，赴京谢罪。我以圣教的名义起誓：只要他低头认罪，甘愿被缚进京，我一定出面说情，求国王息怒，予以宽恕。识时务者为俊杰。遵旨行事，乃眼下唯一可行的明智之举。望老英雄三思而后行，切不可执迷不悟，做出错误的决定。你把我的这番话，不走样地转告他，看他做何反应，怎样应对作答。"

　　奉命去传话的巴赫曼王子整装出发，随同前往的有十五名骑士和十名琐罗亚斯德教祭司。王子一行刚刚渡过赫尔曼德河，扎贝尔斯坦的哨兵便把消息报告前来巡视的扎尔。扎尔见年轻的来者身着皇家盛装，心中不觉一怔：亲王殿下何故到此？他正在纳闷，巴赫曼已来到跟前，彬彬有礼地开口言道："我乃埃斯梵迪亚尔之子巴赫曼是也。今奉父命前来，特向鲁斯塔姆传话。埃斯梵迪亚尔的大军就在大河彼岸驻扎。请问阁下，鲁斯塔姆现在何处？"扎尔闻听，急忙下马，施礼问安："亲王殿下驾到，有失远迎，请多包涵！鲁斯塔姆外出狩猎未归，何不先到宫中小憩，酌饮几杯？""多谢阁下盛情好意。恕我重任在肩，不便耽搁。烦请阁下派人做向导，这就带领我们去狩猎场，尽快找到鲁斯塔姆，有紧要事情对他讲。"

　　巴赫曼一行登上山坡，放眼望去，好个辽阔无边的狩猎场。王子见山脚下有位猎手虎背熊腰，身强体壮，他手中握着一根树杈，上面挂着捕获的野驴，几个侍从在他身边走来走去。年轻的王子暗自思忖："此人大概就是鲁斯塔姆！我若掀翻一块巨石，滚下山去，结果他的性命，岂不大功告成，省去许多麻烦？"于是，王子倾全力掀动一块巨石，巨石飞速滚动，眼看就要砸向鲁斯塔姆的头顶。说时迟、那时快，英雄急忙闪身，飞起一脚，把巨石踹出老远。巴赫曼见此情形，不禁暗自惊叹："好个盖世英雄，果然名不虚传！与这样的好汉争战，真得为父亲捏一把汗。"下得山来，心虚的王子催马上前，见了鲁斯塔姆躬身施礼，抢先搭话寒暄。英雄听说来者是巴赫曼亲王殿下，便大步迎上前去，与他热烈拥抱，由衷地表示欢迎。"有话慢慢讲，不用着急。得先弄点吃的填饱肚皮。"鲁斯塔姆边说，边招呼巴赫曼坐下来。侍从铺好餐布，摆上松软可口的大饼，端出香喷喷的烤驴肉。英雄吃得津津有味，眼看一只整驴所剩无几。"亲王殿下如此斯文，吃得这么少，打起仗来还有力气耍枪舞棒，挥动长矛？"鲁斯塔姆风趣地说着，又端起一大杯美酒。巴赫曼不甘示弱地应道："别看我饭量不大，战场上却是英姿勃发！""噢，那太好啦！真不愧是皇家子弟。"英雄笑容可掬，举杯一饮而尽，"我可是个饭袋酒囊，不吃饱喝足，绝不上战场。来来来，我敬王子一杯，祝你精神愉快，万事顺遂！"野餐过后，巴赫曼把埃斯梵迪亚尔对他说的一番话，原原本本地向鲁斯塔姆做了转达。

英雄听了巴赫曼的传话，并不急于做出回答。他想了想，然后开口言道："今日有幸与殿下相会，令人欣喜。请替我向埃斯梵迪亚尔王子致意！他为传播琐罗亚斯德教和捍卫国家主权，确实立下不朽的功勋。然而，待人接物要恪守敬主之道，讲究通情达理，绝不可信口雌黄，随便乱说；更不能仗势欺人，飞扬跋扈。智者有言道：三思而后行。切忌为贪图私利，而忘乎所以，为所欲为。埃斯梵迪亚尔的大名如雷贯耳，在下心仪已久，若得见上一面，目睹王子尊颜，不胜光荣之至！老夫巴不得尽早与王子晤面，倾心交谈一番。想我鲁斯塔姆戎马一生，立下赫赫战功，对历代朝廷都是忠心耿耿，效尽犬马之劳，岂料而今换来的竟是手铐脚镣！莫非这就是天意和公道？先王的册封诏书如今尚在，难道可以视而不见？倘若我真的心怀叵测，犯下不可饶恕的罪过，自当甘愿受罚，绝无二话。如若不然，把莫须有的罪名强加于我，以权势迫使我就范，那是绝对办不到的。男子汉大丈夫宁为玉碎，不为瓦全！面对荒诞无稽的决定，要我忍气吞声，含垢忍辱，那只能是痴心妄想，白日做梦！老夫相信埃斯梵迪亚尔王子睿智豁达，明辨事理，不会做出这种损人害己的蠢事。王子千里迢迢来到扎贝尔斯坦，在下理应热情款待，以尽地主之谊。敬请王子光临寒舍一叙，促膝倾谈，没有解决不了的问题。真希望殿下能多待些时日，在这里游山玩水，打猎消遣，调养休息。什么时候想回去，我定然与他结伴同行，一起进京朝拜国王陛下，请问老夫犯下何等大罪，非得让我戴锁披枷？！以上所说，就是我对埃斯梵迪亚尔王子的回答，请你回去如实地转告殿下。老夫随后就到大河岸边，诚望及早跟他晤谈。还请王子多多赏脸。"

送走巴赫曼，鲁斯塔姆忙把扎瓦拉和法拉玛尔兹叫到近前："你们快去禀报父母大人，就说埃斯梵迪亚尔王子已率兵来到大河对岸，要抓紧时间，做好接待皇家贵客的一切准备。善者不来，来者不善，真担心他会挑起一场恶战！我现在就去河边与他晤面，并邀请他前来倾心交谈。他若肯赏光，和解就有希望；他若婉言谢绝，事情就不好收场。"扎瓦拉闻听，不以为然："兄长无须多虑！我们与王子无冤无仇，他何必与我们过不去？树敌结怨对他又有什么好处？"鲁斯塔姆顾不得多说，飞身上马向赫尔曼德河急驰而去。

再说巴赫曼赶回营地，参拜父亲大人，把鲁斯塔姆的回话，一五一十地做了转达。"孩儿久闻鲁斯塔姆大名，但素未谋面。这次得见英雄，确实非同一般。他生得膀大腰圆，有巨象之体，雄狮之力。看他老当益壮，神采奕奕，真不愧为勇士群中的翘楚！"埃斯梵迪亚尔闻听此言，怒从中来："黄口小儿，乳臭未干，你经历过什么刀光剑影、血雨腥风？见识过什么顶天立地、叱咤风云的英雄？你竟然对鲁斯塔姆赞不绝口，这岂不是长他人志气，灭自家威风！你说鲁斯塔姆已在河边等候，我现在就去会会这位闻名遐迩的盖世英雄。"

埃斯梵迪亚尔与鲁斯塔姆河边晤面

但见一匹乌骓马从远处奔来，金黄色马鞍上的埃斯梵迪亚尔八面威风，好不气派。鲁斯塔姆座下的拉赫什引颈长啸，王

子的坐骑回报一声嘶叫。英雄翻身下马，向埃斯梵迪亚尔施礼致意："老朽对殿下心仪已久，今日河边晤面，夙愿得偿，不胜欣喜之至！王子这般气宇轩昂，丰神俊朗，就像当年的西亚乌什一样。凯扬王朝后继有人，你不久即将登基为王。祝愿殿下福星高照，万事顺遂！"埃斯梵迪亚尔面带微笑，与老英雄热烈拥抱，向他致意问好："久闻英雄大名，今日得见，分外高兴。看你精神矍铄，容光焕发，不禁令我想起昔日的伊军统帅扎里尔，你和他一样雄才大略，胸怀坦荡。""今日相见，机会难得。殿下若肯屈驾光临寒舍，必使蓬荜增辉。我已让家人敬备菲酌，以尽地主之谊。你我倾诉衷情，畅谈一番，岂不美哉？""多谢英雄好意，恕我重任在身，不能接受邀请！父王陛下有令，儿臣岂敢不从？对不起，他要我将你五花大绑，押解进京谢罪。此事非常棘手，令人头疼。我虽不情愿，也只得遵旨照办。英雄若能委曲求全，遵旨行事，我担保阁下安然无恙！""国王陛下有令，当然应该遵照执行；可是也得保持头脑清醒，不能利令智昏，只为黄袍加身，就被魔鬼迷住眼睛！强迫我卑躬屈节，束手就擒，那绝对不行！硬要五花大绑，押送进京，老夫岂能容忍这种奇耻大辱？此事难办，需要商谈，以求通权达变，找出通融的办法。殿下何必那么心急？我看最好还是接受邀请，咱们一老一少静坐下来，把酒对酌，共同商议，没有解决不了的问题。""英雄好意相邀，我十分领情；但父王的圣旨，儿臣必须坚决执行，容不得半点通融！临行前国王陛下叮咛再三，要我先礼后兵，若是说不通，只好兵戎相见，无论如何也要把你押送进宫！试想我怎能有违王命，接受你的邀请？""既然王子不肯赏光，那我就亲自跑一趟，去殿下的营帐造访。外出七天狩猎，老夫尽吃驴肉，想到你那儿品尝鲜美的烤羊。什么时候进餐，就请招呼一声，这个要求你该不会不答应？"鲁斯塔姆说完，飞身上马，愤然离去。

埃斯梵迪亚尔心中明白：谢绝邀请有伤鲁斯塔姆的自尊，

惹得他十分不高兴；如若再不邀他前来赴宴，肯定是火上浇油，说不定就会翻脸。可是，邀他前来赴宴，又怕话不投机半句多，互相顶撞起来，反而自讨没趣。王子为此事犯难，一时拿不定主意。他把足智多谋的兄弟帕舒坦找来，想听听他的意见。"咱们亲如骨肉，情同手足，你我之间无话不可直言。我衷心希望你和鲁斯塔姆彼此敬重，友好相处；真不愿看到你们唇枪舌剑，互不相让。但愿理智之光照耀你的心田，莫让魔鬼得逞迷惑你的双眼。鲁斯塔姆乃铁中铮铮，正气凛然，对他横加指责，滥施淫威，非但不足取，也毫不顶用。他是盖世英雄，鼎鼎大名，怎能任人欺辱，被五花大绑地押送进京？你执意遵旨照办，逼迫他从命就范；他则坚贞不屈，宁为玉碎，不为瓦全。这样各持己见，战争在所难免！龙争虎斗，两败俱伤，后果不堪设想！良药苦口，忠言逆耳，望兄长三思而后行。"帕舒坦的一席话，仍然改变不了埃斯梵迪亚尔的立场："说什么也不能违背父王的旨意，遵旨行事乃天经地义！若是抗命不从，将为天地所不容，今生来世都难逃严惩。我决心执行圣旨；即使赴汤蹈火，也在所不辞！"说完，王子吩咐端酒上菜，开始进餐，无意派人去请鲁斯塔姆前来赴宴。鲁斯塔姆在宫中左等右等，始终不见埃斯梵迪亚尔派人来邀请，不由得怒从中起，悻然说道："身为王子有什么了不起？竟然如此傲慢无礼！先是拒绝邀请，继则不发邀请，根本不把我鲁斯塔姆放在眼里，这算什么皇家气派和作风？我就不信这个邪，偏要去问问埃斯梵迪亚尔：懂不懂得礼贤下士、待人以礼？"

　　鲁斯塔姆骑马来到埃斯梵迪亚尔的帐前，对出来迎接的王子坦率直言，毫不掩饰他心中的愤懑："我盛情邀约，你不肯赏光，婉言拒绝；我主动提出登门造访，你竟然听而不闻，置之不理。态度何等傲慢，待人何等无礼！你自命不凡，根本不把我鲁斯塔姆放在眼里，连发个邀请你都不愿意。别忘了，站在你面前的是凯扬王朝的有功之臣，是身经百战、无往而不胜的

婴儿被神鸟大鹏叼回巢穴

英豪。我绝不是居功自傲、倚老卖老，而是要维护自己的名声和荣耀！""英雄息怒！且听我向你解释。怕只怕有违圣旨，所以没向你发出邀请，并非出于傲慢无礼。其实，接受邀约和请英雄赴宴，我都会感到荣幸；只是要务在身，圣旨在上，由不得我随心所欲，还请老英雄多多包涵！现在大驾光临，正好痛饮几杯。"丰盛的酒宴准备停当，宾主入席，埃斯梵迪亚尔让座鲁斯塔姆于自己的左首。鲁斯塔姆快然不悦地说："左首为下，不是我落座之处！"闻听此言，埃斯梵迪亚尔立刻吩咐巴赫曼让出右首的座位。巴赫曼不大情愿地起身让座，眉峰紧皱。鲁斯塔姆见他挺不高兴的样子，不禁怒火中烧："难道我鲁斯塔姆，堂堂盖世英雄，坐在右首上位还不够资格？""宾至如归，阁下请随意，坐哪里都可以。"埃斯梵迪亚尔心平气和地请鲁斯塔姆落座，使紧张的气氛缓和了许多。

鲁斯塔姆与埃斯梵迪亚尔舌战一场

宾主举杯畅饮，已是酒酣耳热。这时，埃斯梵迪亚尔开口言道："尊贵的英雄，我听说扎尔乃是魔鬼所生，所以对妖术魔法很精通。他出生时还全身发黑、满头白发。萨姆不愿认这个儿子，遂派人弃之于大海岸边。后被神鸟大鹏发现，将他叼回巢窟喂食幼鸟。幼鸟嫌其肉不洁，不肯食之。他这才得以生存下来。靠神鸟啄来之食长大的达斯坦，终于得到膝下无后的萨姆的承认，被抚养长大成人。如此说来，令尊的出身并不正大光明。难怪英雄桀骜不驯，身上透着一股傲气，连国王陛下的圣旨也不放在眼里！"

鲁斯塔姆闻听，不由得怒从中起："殿下几杯酒下肚，看来有点犯糊涂！在这里胡诌八扯，信口开河。我祖父萨姆、曾祖父纳里曼乃伽尔沙斯布之后，往上可追溯到著名的国君贾姆希德①。老祖宗的丰功伟绩暂且不提，单说萨姆，就是誉满天下的英雄。他除掉作恶多端的毒龙，力斩凶神恶煞的巨妖，为民除害，立下奇功，为世人所称颂。我的外祖父梅赫拉布也是一国之君，他的祖先可上溯到扎哈克②。这样的世系门庭显达荣耀，有何不正大光明？萨姆之子扎尔，睿智豁达，文武双全，对凯扬王朝的建立和发展做出宝贵的贡献。多亏他鼎力相助，我才得以功成名就。对扎尔的造谣诬蔑，无非是想把萨姆家族搞臭，为惩治我鲁斯塔姆制造借口。我奉父亲之命，从厄尔布尔士山请出先王后裔古巴德，辅佐他创建凯扬王朝；我奉父亲之命，单骑勇闯七关，接连三次保驾救主，卡乌斯国王因此封我为'王冠赐予者'；为西亚乌什王子报仇雪恨，我入主突朗当政七年；在与突朗国君阿弗拉西亚布的长期战争中，我横扫突朗援军如卷席，杀得敌军落花流水，一败涂地，被霍斯鲁国王特封为打遍天下无敌手的'盖世英雄'。戎马一生五百余年，我南征北战，为民除害，为国效忠，荣立战功无以数计，难道还不值得你们晚辈后生敬重？"

"英雄戎马生涯，有光辉的历程，显赫的战功，为世人所称颂，我等晚辈后生为你感到骄傲和光荣，岂敢有所不敬？"埃斯梵迪亚尔把话锋一转，非常自豪地继续说道，"我们凯扬王族的谱系，从古巴德一直上溯到贤明的国君法里东。他从暴君扎哈克手中夺取王权，使伊朗变得繁荣昌盛。因享有灵光的庇佑，凯扬王朝的根基牢固。我的外祖父乃是罗马皇帝，他的先祖萨尔姆原本是法里东的后裔。我的祖辈先人历代为王，你的祖辈

---

① 贾姆希德，传说中伊朗庇什达德王朝的第四任国王，在位统治七百年。他教会世民织布裁衣，造船航海，行医治病，开采金矿和打造宝座，并创立新春佳节。后因居功自傲，亵渎神明，被扎哈克击败，锯成两半。

② 扎哈克，传说中伊朗庇什达德王朝的第五任国王，在位统治近千年（只差一天）。原为阿拉伯国王玛尔达斯之子，后受魔鬼易卜劣斯蛊惑弑君篡位，登基为王。由于魔鬼作祟，他的两肩各生一蛇，须以人脑喂之，故有蛇王之称。他的暴政引发铁匠卡维揭竿而起，推翻其统治，另立法里东为王。

先人在阶下称臣。为臣者功劳再大，也不能凌驾于为王者之上！王位从洛赫拉斯布传至古什塔斯布，他率先将琐罗亚斯德教立为国教，因而与坚持传统宗教信仰的突朗国君阿尔贾斯布发生激烈冲突。为捍卫圣教和民族尊严，凯扬王族在与突朗的战争中付出惨重的代价，最终赢得彻底胜利。这当中，我曾率领伊朗大军连闯七道难关，一举攻克固若金汤的鲁因城堡，救出被俘的皇家姐妹，杀死十恶不赦的阿尔贾斯布，使圣教得以广泛传播。这些大概你已听说，用不着我再啰唆。来来，你我再干一杯，美酒香醇才解渴。"

"王子年富力强，英姿勃发，战功卓著，闻名天下。老夫为凯扬王朝后继有人而深感欣慰，衷心祝愿王子名垂青史，流芳百世！但是你终归年轻，涉世未深，经验不足。有道是'兼听则明，偏信则暗'，希望你能倾听老朽的肺腑之言。令尊的为人，恕在下不敢恭维。我看他野心勃勃，堪称一代枭雄。年纪不大，他就有逼宫之举，妄图强行即位，让你祖父让权，真乃寡廉鲜耻！后来洛赫拉斯布被迫让出帝位，古什塔斯布终于得逞，登基为王。你祖父遭受冷落，隐世遁居于巴尔赫拜火神庙，结果被突朗军队杀害。对亲生父亲如此没有孝心，对儿子又怎会是个慈爱的父亲？古什塔斯布再三表示禅位让权，可是他出尔反尔，从不履行诺言，这等轻诺寡信之人何足挂齿？为什么非要唯其马首是瞻？若不是我三次保驾救主，使卡乌斯国王逢凶化吉，脱离危险，哪里还会有凯·霍斯鲁让位于洛赫拉斯布？我对凯扬王朝可谓恩重如山，而古什塔斯布非但不感恩戴德，反而恩将仇报，竟然下旨将我五花大绑押送进京治罪，真乃岂有此理！古什塔斯布昧着良心，叫你去干这种亏德事，定有不可告人的罪恶目的。他妄想借鲁斯塔姆之手，除掉心腹之患，以确保自己稳坐江山！他试图让你与我兵戎相见，龙争虎斗，两败俱伤，以实现他一箭双雕的险恶用心！我鲁斯塔姆从不贪图王权，并坚决拥护殿下早日登基为王，尽力辅佐你执掌

朝政，王子有何后顾之忧？"

"老英雄不但武艺非凡，而且能言善辩，说起话来口若悬河，滔滔不绝，真是不简单！"埃斯梵迪亚尔说着，伸出手去握住对方的手，暗自开始发力。鲁斯塔姆明白这是在试探他的手劲，便还以颜色，把王子的手攥紧。"英雄老当益壮，气力不减当年！"埃斯梵迪亚尔勉强做出笑容，"看来明日疆场交锋，必有一场恶战。若是我占得上风，将你挑落马下，那就只好委屈阁下随我进京；不过请放心，我会为你说项求情，不至于丢掉性命！"鲁斯塔姆闻听此言，放声大笑："真得感谢王子的好意！只是我戎马生涯，至今未尝败绩。果真捉对厮杀，恐怕你占不到什么便宜。我会将你生擒活捉，然后再把你扶上王座，并保证你稳坐江山，没有任何人敢于造反！"

埃斯梵迪亚尔不听鲁斯塔姆规劝

"这算怎么回事？光顾得说话，竟忘了进餐。"埃斯梵迪亚尔说着，吩咐侍从快把烤全羊端上来。鲁斯塔姆毫不客气，津津有味地吃起来，眼看一只烤全羊所剩无几。王子又招呼人添酒加菜。英雄见上的是陈酒佳酿，香味醇厚，便一杯接一杯，喝起来没个够。在座的宾客无不为英雄的食欲和海量感到吃惊。酒足饭饱之后，宾主即将告别分手。埃斯梵迪亚尔起身言道："今日菲酌不成敬意，请英雄多多包涵！祝你身体健康，万事顺遂！愿酒能启迪心智，使人处事更加得当。""王子所言极是。饮酒确能开启心智，消除芥蒂，增进友谊。殿下若肯接受邀请，到敝舍做客几天，什么问题都可以解决。更何况礼尚往来，'来而不往非礼也'。""英雄无须饶舌多言，为何总是强人所难？说到底，解决问题的准则，只能是遵旨行事！对虔诚的教徒而言，国王的意旨就是天神的命令，谁个敢不遵照执行？出于对英雄的敬重和善意，我确实不愿与英雄反目成仇，兵戎相见；可是阁下我行我素，执意不从。怎么办？那就只好战场交锋，一决雌雄。"

埃斯梵迪亚尔的一番话恰似冷水浇头，使鲁斯塔姆感到规劝无望，神情十分沮丧。他暗自思忖："摆在面前有两种抉择——要么束手就擒，被五花大绑押送京城，这将意味着我名声扫地，被人嗤之以鼻；要么据理力争，抗旨不从，这将招致一场违心的战争。两虎相斗，必有一伤。我若将王子置于死地，人们会斥责我悖逆圣教，有违圣旨，伤天害理，杀死功绩卓著的王子；我若死于王子之手，必将殃及亲属，殃及扎贝尔斯坦的父老乡亲。束手就擒，我绝不会答应；拼死一搏，也没有好结果！而今出路何在？真令人伤透脑筋。看来我必须不厌其烦，再三规劝，力争使王子回心转意。"想到这里，鲁斯塔姆又开口言道："王子啊，我又不是你的仇敌，为什么非要与我动刀动枪，一决高低？你我战场厮杀，令亲者痛，仇者快，实乃丧失理智的愚蠢之举。恕老夫直言，这样做正中古什塔斯布的奸计！权迷心窍的国王别有用心，他将你打发到扎贝尔斯坦，就是想借刀杀人，让我把你除掉，这样他才能高枕无忧，安心做皇帝！这绝非危言耸听，而是明摆着的事实。我要戳穿他的鬼蜮伎俩，王子为何对老夫之言充耳不闻？"

"有道是老奸巨滑，一点不差！你出言无状，怕是心里有鬼。说穿了，无非是想逃避罪责，解救自己。我心中是有谱的，绝不会头脑发昏，上当受骗！现在可以明白地告诉你，我只服从国王的命令，并不在乎自己的前程。遵旨行事乃圣教义理，不是为了我尽早登上王位！奉劝你收起那一套蛊惑人心的歪理邪说，赶快回去调兵遣将，做好应战的准备！""王子啊，不要把好心当作驴肝肺，将我的好言相劝视为软弱可欺！既然你刚愎自用，强硬固执，那就明日战场见！凭我的狼牙大棒，能制服雄狮和怒象；掷出我的套索，能将妖魔鬼怪生擒活捉。别以为你有刀枪不入的神功①，就可以随心所欲，稳操胜券，明日沙场我就将你这纸老虎彻底戳穿！"埃斯梵迪亚尔闻听，脸上露出轻蔑的笑容："英雄虽然老当益壮，本领高强，但要与我比试，恐怕还不是对手！明日战场交锋，你便知'强中更有强中手'，想要战胜我，谈何容易？除非你有幸得到天神的佑助。我乃刀枪不入，你又奈我何？到时候，作为手下败将，你还得被押送去见国王！"两个人唇枪舌剑，互不相让，结果闹翻了脸，不欢而散。

出得营帐，鲁斯塔姆不禁喟然长叹："啊，皇家御帐！忆往昔，你是何等气派，何等风光！而如今恐怕倾覆在即，就要遭殃！多行不义必自毙。忘恩负义者绝不会有好下场！"帐中的埃斯梵迪亚尔闻听此言，怒从中起，三步并作两步，冲到鲁斯塔姆面前："有话尽管直说，何必含沙射影、指桑骂槐？当今国王古什塔斯布革故鼎新，为扶植和传播琐罗亚斯德教立下不朽功勋。有圣教和天神的庇佑，有文臣武将的辅佐，凯扬王朝的江山安如磐石，牢不可破！由我统帅的伊朗大军无坚不摧，攻无不克。犯上作乱的歹徒休想得逞，到头来必将自食恶果！"鲁斯塔姆听罢，二话没说，飞身上马，愤然离去。

回到帐中，埃斯梵迪亚尔心烦意乱，愁眉紧锁。对来日之战，他似乎既有信心，可又有所顾虑。这时，帕舒坦开口言道："依兄弟之见，似不应急于开战。还是要相互尊重，开诚布公地交谈，尽量找出通融的办法。鲁斯塔姆是通情达理之人，若谈得好，兴许他会做出妥协，随同你前去觐见父王。老英雄为人耿直，素来不畏强权。横施淫威，逼迫他屈节辱命，断然行不通！明日兄长不妨应邀去他的宫廷造访，彼此倾吐衷肠，缓和对立情绪，以寻求解决问题的良策，这岂不比急于开战要强？""亏你还是朝中的策士谋臣，居然是非不分，口出谬论。

---

① 据传，教主琐罗亚斯德给埃斯梵迪亚尔吃了一个石榴，此后他便刀枪不入，无人能敌。是故，被称为青铜勇士。

依你所说，让我背弃父王的圣旨，而去与桀骜不驯的鲁斯塔姆共商大举，这岂不是有违圣教训导，把我引向大逆不道的罪恶深渊？不遵从国王的旨意，来世就将下地狱。你明明知道此乃天经地义，为什么还劝我反其道而行之？想来你是被鲁斯塔姆的大名吓晕了，担心我在战场惨遭不幸。凭我的武功，完全能够取胜，犯不着担惊受怕，看我来日怎样制服他！"

百般规劝不成，鲁斯塔姆只得准备应战。他让兄弟扎瓦拉取来头盔铠甲、钢刀长矛、套索、狼牙棒和虎皮战袍。触摸诸般武器，鲁斯塔姆感慨万端："刀枪入库这么长时间，不成想如今又要披挂上阵，去跟我所敬重的凯扬王子决一死战。啊，这就是命运的安排！"扎尔见他心事重重，长吁短叹，也感到此事棘手，很不好办："你若不愿意与王子兵戎相见，那就索性去向他赔礼道歉，取得他的宽容和谅解；要么就找个地方躲藏起来，暂且避免发生正面冲突，待风头过去，局势有所缓和，你再与王子一同进京，当面向国王赔罪，以消释前嫌，平息他的怒气。""父亲啊，说起来容易，做起来难。我对王子可谓苦口婆心，仁至义尽，而他一味固执己见，充耳不闻。王子毫不妥协，坚决遵旨行事，硬要押送我进京治罪，把我逼得无路可退，唯有拼死一战，方可解决问题！其实我只想制服他，无意置他于死地，甚至有心辅佐他称王即位。可是战争非常残酷，难以预料胜负。若想稳操胜券，还须求得天神的佑助。看来兵戎相见，在所难免，临阵脱逃不足为取！逃又能逃到哪里去？我一走了之，留下你们可怎么办？铁蹄必将践踏整个扎贝尔斯坦！再说，我也绝不会临阵脱逃，苟且偷安，那还算什么盖世英雄？岂不将成为世人的笑柄？""可是埃斯梵迪亚尔有刀枪不入的神功，想生擒活捉之，绝非轻而易举！你已经上了年纪，他却是年富力强，真要动起手来，你未必能占得上风，千万要小心啊！"扎尔说完，走出大殿，心中惴惴不安。他虔诚地祈祷造物主，愿天神给处于困境的鲁斯塔姆以佑助。

鲁斯塔姆与埃斯梵迪亚尔之战

　　鲁斯塔姆全副披挂，抖擞精神，跨上战马。他下令扎瓦拉集合大军，沿赫尔曼德河岸摆出一字长蛇阵。一切布置就绪，鲁斯塔姆驱马渡河，向对岸的埃斯梵迪亚尔发起挑战："依我看，双方都先派出各自的将领开战，你我二人暂且袖手旁观，而后咱俩再决一死战。不知这样是否合乎王子的心愿？""你说的打法，全不合我的习惯。两军对垒，我一向冲锋在前，你想派谁上场，悉听尊便。不过，最好还是你我两人一对一的交手，不带一兵一卒，这样可以尽快决出胜负，结束战斗，免得让将士们的鲜血白流。"英雄和王子彼此约定，两人短兵相接，双方均不得派兵增援。于是乎，一边是老当益壮的盖世英雄，一边是年富力强的凯扬王子，在赫尔曼德河畔，展开一场世上罕见的龙争虎斗！两人在马上吼声如雷，气冲霄汉。只见两杆长枪上下飞舞，杀作一团。俯仰之间，两根枪杆全被折断。各自抽出钢刀再战。不大工夫，刀锋就已砍钝。两人又都抓起大棒，依然互不相让。两条大棒碰撞，火星四溅，叮当作响。一老一少火并，杀得难分难解，昏天黑地。用尽各种兵器，使出浑身解数，还是不分胜负。随后两人开始徒手格斗。相互揪住对方的腰带，你拉我拽，僵持不下，直累得汗流浃背，筋疲力尽，这才被迫暂停，彼此分开。这时，两人的征衣战袍全被撕碎，浑身血迹斑斑，呼哧呼哧地直喘粗气。

　　见鲁斯塔姆迟迟不能打败对手，扎瓦拉焦躁不安。他一时心血来潮，顾不得双方事先的约定，扯开嗓门高声叫阵："你们发兵到此，不就是要捉拿鲁斯塔姆？为何两军阵前只作壁上观，而不敢参战？莫非已经吓破了胆？"说完，扎瓦拉把手一挥，下令发起冲锋。埃斯梵迪亚尔之子努什阿扎尔见状，挥动钢刀，催马冲出阵营。但见他手起刀落，将对方来将阿尔瓦劈成两半。此时，扎瓦拉赶上前来，怒狮般大吼一声，迅速出枪猛刺。努什阿扎尔猝不及防，中枪落马，当即身亡。眼见兄长被挑落马下，梅赫尔努什气冲牛斗，手持利剑，如饿虎扑食朝着扎瓦拉迅猛出击。法拉玛尔兹横刀跃马，上前拦住梅赫尔努什的去路。两人也不搭话，上来就火并厮杀。梅赫尔努什报仇心切，用力过猛，出剑落空，误伤自己的马头。法拉玛尔兹手疾眼快，在对方行将跌下马鞍的瞬间，迅速挥刀砍去，将其置于死地。巴赫曼见状，大惊失色，呆若木鸡。他无心恋战，奋力杀出一条血路，赶去向埃斯梵迪亚尔禀报两位兄长阵亡的消息。得悉噩耗，埃斯梵迪亚尔痛心不已。他怒斥鲁斯塔姆："好个背信弃义的伪君子！事先约定一对一交战，为何又向我军发起冲击？言而无信，卑鄙无耻，要弄阴谋诡计，竟然将我的两个爱子置于死地！"鲁斯塔姆闻听，只气得浑身发抖。他信誓旦旦地说："这绝不是我的主意！发号施令者理应给予严厉处治。我要将兄弟扎瓦拉和儿子法拉玛尔兹押来见王子，听候发落。为报仇雪恨，你可以处死他们两个！这完全是罪有应得！""冤有头，债有主，你才是罪魁祸首！"埃斯梵迪亚尔怒不可遏，"血债要用血来偿，你用不着假慈悲，装模作样，我只要你的命来做抵偿！""真是岂有此理！"鲁斯塔姆勃然大怒，"休得口出狂言，欺人太甚！你既然与我誓不两立，硬揪住老夫不放，那就莫怪我不讲客气，让你死无葬身之地！"

　　英雄与王子又搏杀了好一阵，依然旗鼓相当，难分高低。这时，两人不约而同地都使出杀手锏：张弓搭箭，相互对射。善射的英雄和王子平素皆有百步穿杨的功底，箭无虚发。嗖嗖飞鸣镝，箭镞穿透铠甲，伤及鲁斯塔姆和他的坐骑；而埃斯梵迪亚尔却是刀枪不入，飞矢对他丝毫不起作用。连中数箭的鲁斯塔姆领教了王子的神功，只得甘拜下风。他把负伤的拉赫什放回阵地，自己咬紧牙关，跌跌撞撞地向山坡逃去。埃斯梵迪亚尔见状，得意忘形，放声大笑："哈哈！威名远扬的英豪，而

今为何要往山上逃？瞧你那一瘸一拐的狼狈相，哪儿还有昔日的英姿飒爽？"

且说扎瓦拉见拉赫什中箭单独跑回阵地，感到大事不妙，心中万分焦虑。他驱马赶到阵前，找到负伤的鲁斯塔姆："看兄长伤势不轻，快请上马返回！让我来对付那骄横跋扈的王子。""那怎么行！留下你做无谓牺牲！我虽中箭受伤，可还能挺得住。你快回去向父亲如实禀报，就说鲁斯塔姆随后即到；一定要把拉赫什看护好！"扎瓦拉拗不过兄长，只好骑马离去。

这时，山下的埃斯梵迪亚尔大声叫喊："鲁斯塔姆好生听着！你总不能老待在山坡上。手下败将，中箭受伤，你唯一的出路是缴械投降！让我捆绑起来，押送你去见国王。有我为你求情说项，兴许能得到国王的原谅。你若负隅顽抗，绝不会有好下场！""眼看日落西山，天色转暗，已经无法再战。"鲁斯塔姆强打精神地回答，"今日暂且休战，容我回去与家人商量一下，然后再按你的要求办！""按我的要求办！这可是你说的。男子汉大丈夫一诺千金，言而有信，不能出尔反尔，撒谎骗人！你老奸巨猾，诡计多端，我已有所领教。这次看你身负重伤，怪可怜的，就再饶你一回！若不履行诺言，迟早让你命赴黄泉！"鲁斯塔姆忍受着箭伤的剧痛，举步维艰地走下山坡。他咬牙坚持泅水渡河，总算虎口逃生，得以保全性命。埃斯梵迪亚尔见鲁斯塔姆安然游到对岸，不禁由衷地连声赞叹："好个铁打的英雄汉！临危不惧，百折不挠，身负重伤还能爬山渡河，真乃古今罕见！"

埃斯梵迪亚尔催马返回营地。此时，全军将士哭声震天，为失去努什阿扎尔和梅赫尔努什两位王子而悲恸欲绝。帕舒坦更是哭成了泪人儿，好不凄惨。埃斯梵迪亚尔心似刀绞，热泪夺眶而出。他揩去泪水，凝视着两位英烈的遗容，默默地为他们的在天之灵祷祝。随后，埃斯梵迪亚尔强忍悲痛，安慰帕舒坦说："人已去了，不能生还。他们为国捐躯，死而无憾！别忘了我们重任在肩，化悲痛为力量，完成未竟之志，才是对他们的最好悼念。"遵照埃斯梵迪亚尔的吩咐，打造好棺椁，火速将两位王子的尸体启运回国。父王交给的任务尚未完成，已经痛失两个爱子，这使埃斯梵迪亚尔心情沉重，感到十分压抑。联想起鲁斯塔姆所说的话，他再次觉得父王此次派兵出征的用心很值得怀疑；然而大敌当前，由不得他去深思熟虑。埃斯梵迪亚尔只认准了一条原则，即遵旨行事才符合天神的意志。不是吗？若没有天神的庇佑，他怎么会打败盖世英雄鲁斯塔姆？

鲁斯塔姆喜得神鸟大鹏指点

见鲁斯塔姆浑身血迹、遍体鳞伤地回到宫殿，扎尔老泪纵横，悲痛不堪："吾儿戎马一生，南征北战，何曾败于敌手，被打得这么惨？""父亲啊，此乃上苍的安排，你我唯有从命，无力回天。今日一场恶战，能侥幸虎口逃生，还得感谢造物主的恩典！"鲁斯塔姆万般无奈地说，"我苦口婆心，好言相劝，埃斯梵迪亚尔充耳不闻，固执己见。我倾全身之力，与他徒手格斗，使出浑身解数，难以将他制服。我张弓劲射，利箭穿透铠甲，可是毫不顶用，因为他有刀枪不入的神功。看来与他交锋，我非但不能取胜，反而会断送性命！思来想去，还是父亲说得对，一走了之，方为上策。"扎尔闻听此言，沉思良久。人急智生，他突然想出一个解除危难的办法——向他的救命恩人神鸟大鹏求助！

是夜，在三名武士的护卫下，扎尔携带香炉，登上山顶。他从绸袋中小心翼翼地取出当年神鸟馈赠的羽毛，用香炉之火将其点燃，口中喃喃自语，祈求大鹏的降临。但见青烟袅袅，直上云霄。转瞬间，硕大无朋的神鸟自天而降，飘然落在扎尔的身旁："多日不见，勇士近况安好？有何为难之事，特意唤我

到此？"对大鹏的到来，扎尔喜不自胜。他把埃斯梵迪亚尔遵旨出兵扎贝尔斯坦，要将鲁斯塔姆五花大绑押送京城治罪，以及鲁斯塔姆规劝不成，被迫应战，身负重伤的经过，一五一十地向神鸟讲述，末了说道："如若不得神鸟的佑助，鲁斯塔姆的性命就难保全，并将危及我们萨姆家族！所有的锡斯坦人将无安身之处！""原来如此。"大鹏安慰他说，"不必忧虑悲伤。让我看看鲁斯塔姆及其坐骑的箭伤。"得悉神鸟大鹏前来救助，鲁斯塔姆喜出望外，精神为之一振。他牵上拉赫什，登上山顶，五体投地，参拜神鸟大鹏。检查完鲁斯塔姆的箭伤，神鸟先从伤口处将脓血全部吸出，再将破损的肌肤黏结在一处，最后用羽毛轻拂伤口，使之完全愈合。接着，神鸟如法炮制，又将拉赫什的箭伤治愈。鲁斯塔姆欣喜若狂，对大鹏的救治之恩感激不尽。

这时，神鸟对鲁斯塔姆说道："你明知埃斯梵迪亚尔有刀枪不入的神功，为什么偏要与他兵戎相见，岂不自讨苦吃？""我实在不愿与王子战场交锋；可是他非要将我五花大绑，押送京城，那怎么能答应？我被迫为自尊和荣誉而战，宁为玉碎，不为瓦全！""宁死不屈，算得上是英雄大丈夫！"神鸟继续说道，"不过，我劝你还是尽量避免与埃斯梵迪亚尔决一死战，那样做的结果，必然是两败俱伤！明日你不妨去向他诚恳地赔礼道歉，求得他的谅解和宽恕。如若他一意孤行，非要与你决一雌雄，那么他的气数将尽，必然自取灭亡！"鲁斯塔姆闻听此言，暗自窃喜："此话怎讲？我还听不大明白。""此乃神秘的天意，本不应该告诉你。"大鹏态度严肃地说，"即使你得悉天机，也不要过分欣喜，因为杀埃斯梵迪亚尔者必将遭受厄运！我可以告诉你怎样置王子于死地，然而你要为此付出惨重的代价。"鲁斯塔姆听到这里，坚决地表示："人生自古谁无死？为保持英雄美名，流芳百世，虽赴汤蹈火，在所不辞！"

在神鸟大鹏的指引下，鲁斯塔姆骑上拉赫什，风驰电掣般地向中国海方向奔去。赶到大海岸边，他发现附近有一片丛林。

此时，神鸟飘然而至，带领鲁斯塔姆走进丛林，来到一棵散发异香的柽柳树旁。神鸟吩咐鲁斯塔姆选一根坚挺的树杈，折下来以备制作翎箭，并告诉他造箭的方法："先用火燎烤枝杈，将其扳直，再装上锋利的箭镞两个，羽毛三支，然后置于药酒中浸泡，这样使用起来保准奏效。"临别时，神鸟再次叮嘱鲁斯塔姆："明日你与埃斯梵迪亚尔战场相逢，一定要诚心诚意，好言劝说，力求罢战讲和。如若他依然充耳不闻，置之不理，把你的求和视为软弱可欺，那你别无选择，只好张弓搭箭，射向他的双眼——刀枪不入的王子的唯一破绽！"鲁斯塔姆听罢，五体投地，拜谢神鸟；待他抬头看时，大鹏已展翅高飞，冲向天际。

埃斯梵迪亚尔不幸中箭身亡

翌日清晨，鲁斯塔姆显得格外精神。他披坚执锐，意气风发，飞身跨上战马。对今日决战，他信心十足，但仍不忘祈求天神的佑助。鲁斯塔姆催马来到阵前，高声断喝，叫阵挑战。见鲁斯塔姆全身披挂，威风凛凛，与昨日负伤败阵时判若两人，埃斯梵迪亚尔不禁暗自吃惊，脱口而出道："怪哉！昨天他中箭受伤，一副狼狈逃窜的可怜相，今日怎的分外精神，英姿飒爽？他胯下的拉赫什也箭伤痊愈，奋蹄嘶鸣，好不神气！莫非扎尔真的精于法术，有妙手回春的绝技？抑或得到神鸟大鹏的救助，才有这番起死回生的神奇？真乃不可思议！"睿智的帕舒坦心中似乎产生一种不祥的预感，只听他开口言道："兄长啊，我看你精神有些不振，大概昨夜没休息好，今日何必勉强上阵？你和鲁斯塔姆都是世上罕见的英雄，为什么非得势不两立、水火不容？命运的安排，何以对你们俩如此不公？……""行啦！休得多言，惹得我心烦意乱！"说完，埃斯梵迪亚尔驱马出阵，上前应接鲁斯塔姆的挑战："好个厚颜无耻的家伙！昨日手

下败将，侥幸死里逃生，今天伤势见好，你又来叫阵逞强？扎尔果然名不虚传，施展法术令你得以生还。今日之战，我要用利箭把你射穿！休想再与你的老父见面。"

"王子殿下何以如此黩武好战？尊崇理智乃圣教的训谕，不应动辄显示武力，飞扬跋扈，强迫人家低头认罪。"鲁斯塔姆话锋一转，继续言道，"今日出场叫阵，无意发起挑战，而是特来向你赔礼道歉！我以天神、圣教、火神和灵光的名义郑重发誓：但愿你我二人捐弃前嫌，消除仇恨，握手言和。你是凯扬王子，名声显赫，老夫实在不忍心与殿下大动干戈。我苦口婆心，好话说尽，可你就是充耳不闻！出于对王子的敬重，我三番五次地发出邀请，可你就是无动于衷！我情愿随你进京面君，听候发落，而你非坚持给我上绑不可！老夫与你无冤无仇，为什么非要与我进行决斗？""两军阵前，沙场交手，本来就是一番针锋相对的殊死战斗！你何必老调重弹，喋喋不休？今日之战你若有幸生存，到头来只有缴械投降，束手就擒！"鲁斯塔姆强压怒火，再次相劝，不厌其烦："王子啊，待人处事理应讲求公道，宽宏大量，你为何这般铁石心肠，死揪住老夫不放？其实，你我心中都明白，咱俩血战一场，其结果只能是两败俱伤！与其两败俱伤，何不休战讲和？老夫再三表示，甘心情愿辅佐你登基为王，稳坐江山！你我珠联璧合，为世人所称道，凯扬王朝的根基将更加牢靠！""你的这套谬论，我早已领教。"埃斯梵迪亚尔不以为然地说："你花言巧语，无非是想让我背离正道！谁若违抗圣令，将为天地所不容！摆在你面前只有两条路，要么束手就擒，要么决一死战。何去何从，你自己看着办！"

既然埃斯梵迪亚尔如此顽梗不化，听不进规劝，鲁斯塔姆无可奈何，只得与他兵戎相见。应鲁斯塔姆的请求，帕舒坦驱马来到阵前："英雄有何吩咐，敬请直言相告。""有劳大驾前来作证，不是我鲁斯塔姆挑起这场战争，而是王子殿下非要与我决一死战不成！老夫苦口婆心，再三相劝讲和，王子不为所动，根本不听……""够啦！你就别再啰唆！"埃斯梵迪亚尔按捺不住，大声喝道："有什么制胜绝招，尽管施展出来，让我领教领教！"言毕，两人像昨天一样，各自取出弓箭准备对射。鲁斯塔姆把柽柳之箭搭上弓弦，那是一支经药酒浸泡，能致人死命的毒箭！此时此刻，他不由得仰天长叹："上苍明镜高悬，不是我故意放射毒箭，欲置埃斯梵迪亚尔于死地；而是他不听规劝，蛮横无理，将我逼上绝境，不得已而为之！"话音未落，只听一声："看箭！"鲁斯塔姆的头盔已被埃斯梵迪亚尔发射的利箭洞穿。老英雄忍无可忍，瞄准对方，举弓怒射，正中王子的双眼！埃斯梵迪亚尔一阵昏眩，坠落马鞍，晕倒过去。少顷，他又苏醒过来，强忍剧痛，从眼中拔出毒箭。血如泉涌，王子浑身沾满血污。

　　帕舒坦和巴赫曼闻讯火速赶到阵前，见埃斯梵迪亚尔倒在血泊中，不禁泣涕涟涟，悲恸不堪。帕舒坦心似刀绞，呜咽泣诉道："人世沧桑，变幻莫测！想当年凯扬王子东征西讨，驰骋疆场，杀得异教徒落花流水，望风而逃，那是何等的威风！而如今却默然倒在血泊里，奄奄一息，怎不令人痛惜！"巴赫曼跪倒在父亲面前，小心翼翼地把他的头略微抬起。帕舒坦轻轻地揩去兄长脸上的血污，王子受伤的面部令人惨不忍睹！他悲恸欲绝，禁不住放声大哭："啊，年富力强的王储！你本该黄袍加身，登基为王，主宰社稷江山，为什么非但未能如愿以偿，反而落得个英年早逝，一命归天？兄长啊，你文武双全，是凯扬国王的最佳人选，为什么偏偏惨遭不幸，遇害罹难？血的教训发人深省，绝不能为了确保王权，就六亲不认，做出伤天害理的事情！"

　　伤势严重的埃斯梵迪亚尔，头脑依然清醒，只听他有气无力地说："好兄弟莫悲伤，别再痛哭流涕。天意如此，谁又能违抗？但愿死后我的灵魂能进天堂。杀我者绝非鲁斯塔姆！他对我可谓仁至义尽，一片好心。是柽柳之箭结果了我的性命，此

埃斯梵迪亚尔中箭身亡

乃命中注定！"闻听此言，鲁斯塔姆备受感动。临死的王子丝毫不责怪他，反而使他心情更加沉痛。这时，扎尔、扎瓦拉和法拉玛尔兹闻讯赶到现场，探视重伤的王子殿下。忧心忡忡的扎尔对鲁斯塔姆说："孩子啊，你伤害了王子，为天地所不容，恐怕会遭到报应！神鸟大鹏有言在先，杀埃斯梵迪亚尔者必将蒙受厄运！我真为你深感不安。"埃斯梵迪亚尔强忍剧痛，挣扎着仰起头，道出肺腑之言："不能让鲁斯塔姆背黑锅，这场悲剧是父王古什塔斯布一手造成的！他派我出兵扎贝尔斯坦，就是为了剪除心腹之患，确保他稳坐江山。如今我识破他的狼子野心，可惜为时已晚。"说到这里，王子上气不接下气，感到呼吸困难。他苦苦挣扎着要跟鲁斯塔姆说话，脸上流露出恳求的神情："英雄啊，我的气数将尽，已不久于人世。有件事让我放心不下，有求于你。就是想拜托英雄抚养我的爱子巴赫曼，使他成为栋梁之材，以成就我的未竟之业！不知英雄肯不肯答应我的请求？"鲁斯塔姆闻听，连忙回答说："王子殿下尽管放心！感谢你对老夫的信任。我保证让巴赫曼长大成才，并辅佐他登基为王！"

　　弥留之际，埃斯梵迪亚尔向帕舒坦倾诉心意："好兄弟啊，看我气息奄奄，即将离你而去。返回京城，你替我告诉父亲：是我为他打天下，鞠躬尽瘁。而今他如愿以偿，可以安心为王，主宰社稷。我素来笃信圣教，遵旨行事，不承想竟落得如此可悲的下场——葬送在亲生父亲的手上！他明知这次出征凶多吉少，却偏偏让我遵旨出兵。为了保住王权，他硬是把亲生儿子推向死亡的深渊！"言毕，凯扬王子一声长叹，气绝身亡。在场的人无不悲恸欲绝，号啕大哭。鲁斯塔姆痛心地撕碎衣衫，捶胸顿足，将尘土撒满一脸："王子啊，你戎马倥偬，为民除害，为国立功，是举世无双的英雄！可悲可叹，命运竟让你死在我的手中！"在一旁的扎瓦拉劝慰鲁斯塔姆说："兄长不要过于悲伤，无端地归罪自己。有道是'两虎相斗，必有一伤'。我倒是很为

兄长担心，你爽快地答应抚养巴赫曼，会不会养虎遗患？待他功成名就，登基为王之后，说不定将给扎贝尔斯坦带来灾难！""兄弟所言，不无道理。"鲁斯塔姆平心静气地说，"惺惺惜惺惺，好汉惜好汉。王子之死，确实令人痛惜！他将爱子巴赫曼托我抚养，对死者的临终遗嘱，我怎好断然拒绝？至于将来可能发生之事，难以预料，只得一切顺从天意，大可不必过虑。"

埃斯梵迪亚尔的灵柩被运回京城。伊朗举国上下，朝廷内外，沉浸在极度悲愤的气氛中。皇亲国戚、达官显贵无不众口一词，斥责古什塔斯布利令智昏，阴险狡诈，致使王子被迫出征，断送性命。被公认为杀害王子罪魁祸首的古什塔斯布国王，几乎陷入众叛亲离的境地，名声一落千丈。留在扎贝尔斯坦的巴赫曼，在鲁斯塔姆的精心调教下日见长进，迅速成长为知书达理、熟谙韬略、能文能武的全面人才。应古什塔斯布的请求，鲁斯塔姆派兵护送巴赫曼返回京都。后来，巴赫曼继承王位，执掌朝政为期九十九年。

九　兄弟自相残杀 鲁斯塔姆遇难

——鲁斯塔姆与沙伽德的故事

　　沙伽德何许人也？他乃扎尔和宫女所生之子，与鲁斯塔姆是同父异母的兄弟。那宫娥天生丽质，丰姿秀逸，她生下的孩子健康活泼，逗人喜爱。这日，扎尔请来占星术士，为小孩观察星象，推测吉凶。术士们经过仔细观察，得出一致的结论：这孩子的星相主凶，将来会给萨姆家族带来极大的不幸！扎尔闻听，简直不敢相信自己的耳朵："这么漂亮的孩子，怎么会成为我们家族的克星？"他内心痛楚万分，不由得仰天叹息："啊，万能的造物主！求你大发慈悲，保佑萨姆家族！求你赐福予我的爱子，改变他的不祥命运和前途！"

沙伽德阴谋陷害鲁斯塔姆

　　沙伽德日渐长大，身材魁伟，仪表堂堂。他擅长骑射，谙熟棍棒刀枪，且知书达理，工于心计。有一天，扎尔派沙伽德去喀布尔出差。见他风度翩翩，举止潇洒，喀布尔国王自作主张，把爱女许配给他。有沙伽德做乘龙快婿，国王陛下觉得格

外风光。

按照惯例，作为附属国的喀布尔，每年要向扎贝尔斯坦朝廷缴纳贡税一皮袋金币。如今喀布尔国王已是沙伽德的岳父，自以为地位有变，今非昔比，便不打算继续缴纳贡赋。可是，鲁斯塔姆并不因为两家联姻结亲，就减免这份岁贡。沙伽德为兄长不给面子而怀恨在心；喀布尔国王则为鲁斯塔姆冷酷无情而牢骚满腹。于是，两人一拍即合，狼狈为奸，共同密谋陷害鲁斯塔姆。

"这算什么待人处世之道！"沙伽德怒容满面地说，"居然不讲一点兄弟情义。我何必厚着脸皮，与他称兄道弟？惹急了，我也六亲不认，给他点颜色瞧瞧！"喀布尔国王闻听，正中下怀："事关重大！须从长计议。今夜咱们得动动脑筋，想出个好主意！""方法倒有一个，但需要你我二人密切配合。"沙伽德胸有成竹地说，"首先要设法激怒鲁斯塔姆。他脾气火暴，一点就着。陛下不妨举办一个盛大的酒会，邀请达官显贵出席。在大庭广众之中，你故作姿态，对我冷嘲热讽。我愤然离席，拂袖而去。返回扎贝尔斯坦，我去向鲁斯塔姆告状，他一气之下，定会来找你算账！""他来找我算账，叫我怎么应付？"国王急不可待，想知道下一步怎么办。"你呀，先得负荆请罪，赔礼道歉，求得他的谅解和宽恕；然后陪他吃酒聊天，设法鼓动他去狩猎。当然，事前你务必在猎场选好地点，多挖些陷阱，坑底要埋设各种利器，再巧妙地加以伪装。这样，必能大功告成，置其于死地！"国王听罢，跷起大拇指连声称赞："到底是我的乘龙快婿！还真有你的，能想出如此的妙计。"两人彻夜未眠，绞尽脑汁，制订出详细的行动计划，并决定立即付诸实施。

翌日，喀布尔国王大摆酒宴，四方宾客应邀出席。宾主开怀畅饮，且有歌舞音乐助兴。酒酣耳热、谈笑风生之际，沙伽德霍地立起身来，口出狂言，语惊四座："我乃扎尔之子，鲁斯塔姆之弟，出身之高贵，你们哪个能比？自从我被招为驸马，国王陛下这才声名鹊起，身价百倍！"喀布尔国王闻听，拍案而起："放肆！酒喝多了也不能信口雌黄，胡言乱语！别忘了你乃宫女所生，萨姆家族里哪有你的地位？我虽然是你的岳父，不是还和以前一样，要按期缴纳贡赋？你哪里配跟鲁斯塔姆称兄道弟？依我看，你充其量不过是他的一名差役！"闻听此言，沙伽德恼羞成怒，愤然离开座位，拂袖而去。回到扎贝尔斯坦，沙伽德快快不乐，满脸晦气。

扎尔和鲁斯塔姆见沙伽德不高兴的样子，关切地询问岳父待他如何，在那边生活是否称心如意？"别提那喀布尔国王，他让我受尽了窝囊气！"沙伽德愤懑之情，溢于言表，"起初对我还算客气，时不时地夸奖几句。近来为缴纳贡赋问题，总是跟我过不去。说什么他是我的岳父，我是他的女婿，咱们两家沾亲带故，为何还要缴纳贡赋？昨日酒宴上，当着众多达官显贵的面，他居然恶语伤人，骂我是宫女所生，在萨姆家族没有地位，不受重视。还说我不配跟鲁斯塔姆称兄道弟，充其量不过是他的一名差役！"鲁斯塔姆听到这里，怒容满面："附属国进贡纳税，完全是照章办事，这跟沾亲带故毫无关系！喀布尔国王利令智昏，胆敢在大庭广众之中，出言无状，辱骂我的兄弟，这还了得！莫非他想犯上作乱不成？对这等悖逆之徒，必须给以严惩！兄弟不必气恼，在家歇息几天。随后我将领兵出征，去教训教训那个不安分守己的国君！"诡计多端的沙伽德，私下里劝说鲁斯塔姆："对付喀布尔这样的区区小国，何须兴师动众，大举进攻？凭兄长如雷贯耳的大名，只要去那里走一趟，岂不就让喀布尔国王乖乖就范，俯首听命？""唵，兄弟所言有理。"鲁斯塔姆顿时打消了出兵讨伐的主意，"就这么办，我和扎瓦拉同去，再有两百名骑兵和士卒随行，看那喀布尔国王还敢不敢逞威风？"

鲁斯塔姆狩猎

鲁斯塔姆遭暗算落入陷阱

就在沙伽德返回扎贝尔斯坦那几天，喀布尔国王抓紧时间，去狩猎场选好合适的地点，随后派壮丁挖了许多深坑，坑内埋设刀剑长矛等利器，再经过一番巧妙的伪装，不留丝毫陷阱的痕迹。待鲁斯塔姆和扎瓦拉刚刚启程动身，沙伽德便暗地派人火速赶回喀布尔向国王送信，告诉他计划进展顺利，鲁斯塔姆已经出发，没带多少军队，并叮嘱他做好各种准备，务必谨慎从事，不得有任何疏忽大意。

喀布尔国王得悉鲁斯塔姆一行即将到达，急忙出城迎接。老远见到鲁斯塔姆，他战战兢兢地下得马来，将缠头巾一把扯去，又脱掉脚上的皮靴，跪倒在英雄面前，泣涕涟涟："在下有罪，罪该万死！老朽酒后失态，出言无状，对令弟多有冒犯。是我利令智昏，胡言乱语，得罪了女婿。由此惊动英雄，有劳大驾，亲临敝地，老夫不胜惭愧。在下低头认罪，甘愿受罚！"见国王服罪态度诚恳，鲁斯塔姆便不再追究他的过失："算啦！事情已经过去，就不必再提。今后你可要好自为之，如期进贡纳税，善待我的兄弟！绝不可造次，有违天道，犯下悖逆之罪！""多谢英雄宽宏大量，饶恕臣下的罪孽。"喀布尔国王感激涕零，"我愿肝脑涂地，为朝廷效尽犬马之劳！"

鲁斯塔姆应邀到喀布尔城外郊游。他由国王作陪，来到一处风景如画的胜地：溪水潺潺，绿草如茵，鸟语花香，沁人心脾。国王吩咐端上美酒佳肴，与鲁斯塔姆开怀畅饮。酒过数巡，国王开口言道："这附近有个狩猎场，依山傍水，鸟兽成群，可供消闲解闷。素闻英雄颇好狩猎，不知今日是否有此雅兴？""好哇！先饮酒后狩猎，何乐而不为呢？"鲁斯塔姆兴致勃勃地说，"待我收拾一下，马上出发！"扎瓦拉和鲁斯塔姆策马前行，另有三五个骑兵紧随其后。眼看进入布满陷阱的地段，鲁斯塔姆一行催马扬鞭，加快了速度。机敏的拉赫什闻到新翻土地的气味，倏地纵身跃起，马蹄刨地，不肯前进。拉赫什表现异常，并未引起鲁斯塔姆的警觉。他一心想着捕获野驴，对拉赫什的反常动作大为不满。但见他怒气冲冲地将马鞭一扬，重重地抽打在拉赫什身上。拉赫什不由自主地向前冲去，只听扑腾一声，前蹄踏空，连人带马跌落陷阱！人马坠落陷阱，被底部埋设的利器刺成重伤。拉赫什真不愧是神驹宝马，在遍体鳞伤的情况下，竟然腾空而起，跃出陷阱！并把鲁斯塔姆也带出坑外。

　　伤痕累累的鲁斯塔姆，浑身血迹，躺倒在地，动弹不得。他慢慢地睁开双眼，看到的却是沙伽德阴险狡诈的笑脸。英雄这才如梦初醒，恍然大悟，原来阴谋陷害他的不是别人，正是自家的异母兄弟！"你这狗杂种！"鲁斯塔姆上气不接下气地骂道，"简直没有一点人性，全然不顾兄弟情义，做出伤天害理的事情。纵然你得逞于一时，终将遭受报应！"沙伽德凶相毕露，反唇相讥："死到临头，还这么嘴硬？你这好战之徒，穷兵黩武，飞扬跋扈，多少人在你手中丧命！杀人者终将被杀，这也是命中注定！"这时喀布尔国王走上前来，见鲁斯塔姆鲜血淋淋，气息奄奄，心中窃喜，但却装出一副慈善怜悯的样子，假惺惺地说道："啊，英雄怎的伤势这么严重？应该赶快去看医生！怪只怪老臣粗心大意，照顾不周。""你这人面兽心的老贼，见我动弹不得，你却幸灾乐祸！别高兴得太早，吾儿法拉玛尔兹定然找你算账，我看你也活不长！"鲁斯塔姆说完，把目光转向沙伽德："你再无情无义，也该答应我的临终要求。①快把弓箭递给我，以作防身之用，免得我被野兽活活地吃掉！"沙伽德料定鲁斯塔姆必死无疑，便放心大胆地将弓箭送到他的手里。英雄接过弓箭，自觉浑身平添一股神力。他强忍剧痛，挣扎着立起上身，张弓搭箭，瞄准了沙伽德。沙伽德见状，吓出一身冷汗。

　　他急忙掉头鼠窜，想躲到大树后边。说时迟，那时快，英

---

① 根据波斯传统，临终者的要求必须得到满足。

雄举弓怒射，复仇之箭洞穿沙伽德的脊背！只听"哎哟"一声，他便倒地丧命。鲁斯塔姆仰天长叹："啊，感谢万能的造物主！得神力相助，我在临终前总算结果了这不逞之徒！"说完，英雄气绝身亡，与世长辞。

法拉玛尔兹出兵替父报仇

惊悉鲁斯塔姆和扎瓦拉遇难，扎尔悲恸欲绝，哭得死去活来。"神鸟大鹏的预言果然应验，英雄遭人暗算，命赴黄泉！只可恨沙伽德这畜生，翻脸无情，与那喀布尔老贼狼狈为奸，密谋杀害了自己的弟兄！失去了鲁斯塔姆，我在世上还有什么活头？失去了顶梁柱，必将殃及整个萨姆家族！呜呼哀哉！杀遍天下无敌手的英雄，竟然死于自己兄弟的手中！沙伽德罪大恶极，死有余辜！那喀布尔老贼，胆敢冒天下之大不韪，丧尽天良，置英雄于死地。将他千刀万剐，也难消我心头之恨！"千言万语道不尽扎尔的满腔悲愤。法拉玛尔兹领命前去喀布尔，尽快把鲁斯塔姆和扎瓦拉的尸体运回扎贝尔斯坦。他赶到喀布尔郊外的狩猎场，见父亲遍体鳞伤，躺倒在血泊中，不由得热泪夺眶而出，悲痛得大哭一场。他小心翼翼地脱下父亲的衣衫，用温水轻轻地揩净父亲身上的血迹，梳理好那一把银白的长须，再用洁白的锦缎，层层包裹尸体，然后喷洒玫瑰香水，上面撒满樟脑、麝香和花瓣。对叔父扎瓦拉的尸体，法拉玛尔兹也同样做了精心处理。随后，又将拉赫什洗净，给它披上马衣。装殓完毕，法拉玛尔兹令人抬着棺椁，急速返回扎贝尔斯坦。

鲁斯塔姆遇难的噩耗不翼而飞，传遍扎贝尔斯坦的城乡各地。人们奔走相告，无不为英雄之死痛哭流涕。扎尔为爱子举行了隆重的葬礼，参加追悼会的男女老少，人山人海，无以数计。悼念者哭声震天，直上云霄。无论达官显贵，还是庶民百

扎尔被抓获

姓，都满怀崇敬的心情，瞻仰英雄遗容，缅怀英雄的丰功伟绩，馨香祷祝，寄托他们的无限哀思。英雄虽然离开人世，但他将永远活在广大人民的心中。为国尽忠、为民除害的鲁斯塔姆虽死犹生，他的英名长存，流芳百世，永垂千古！

办理完父亲的丧事，法拉玛尔兹立即率领大军出征。他要血洗喀布尔，替亡父报仇雪恨。喀布尔国王得悉消息，胆战心惊，自知大难临头，在劫难逃。但他别无出路，只有决一死战。两军相遇，喊杀声四起，震天动地。但见刀光剑影，飞矢如雨。双方浴血奋战，杀得血肉横飞。喀布尔国王且战且退，正待要夺路而逃。法拉玛尔兹盯住不放，催马追上前去，将他生擒活捉。喀布尔军队群龙无首，如鸟兽散。扎贝尔斯坦将士愈战愈勇，乘胜追击，直杀得敌军横尸遍野，血流成河。

喀布尔国王被打得头破血流，伤痕累累。法拉玛尔兹令人将他捆绑在象背上，押解到狩猎场。就在那鲁斯塔姆遇难的地方，乱箭射死喀布尔国王，以祭奠英雄的在天之灵。这样做仍难解心头之恨，人们索性把国王的尸体倒悬于陷阱中。随后，又把国王的眷属四十余人投入深坑，点火焚烧。末了，将万恶不赦的沙伽德的尸体捆在树上，燃起大火，将其烧成灰烬。有道是恶有恶报，为非作歹之徒，纵然一时得逞，终将遭受报应。阴谋陷害英雄鲁斯塔姆的沙伽德和喀布尔国王，遭天下人唾骂，将遗臭万年！

且说登基为王的巴赫曼，对父亲埃斯梵迪亚尔之死刻骨铭心，耿耿于怀。杀父之仇一日不报，他一日不得安枕。得知鲁斯塔姆遇难后，巴赫曼复仇的欲望日甚一日。他终于按捺不住内心的怒火，决定出征扎贝尔斯坦。缺少鲁斯塔姆做后盾，萨姆家族中谁又能抵挡得住巴赫曼率领的伊朗大军？结果扎尔被抓获，囚于大牢；法拉玛尔兹奋勇出战，败阵身亡。国王巴赫曼念及昔日鲁斯塔姆的养育之恩，在班师回朝之前，下旨释放了扎尔。事过不久，扎尔亡故，享年六百五十余岁。至此，始于庇什达德王朝玛努切赫尔国王时期，长达数百余年的英雄时代宣告结束。鲁斯塔姆的光辉一生，贯穿英雄时代的始终。他堪称叱咤风云、顶天立地的伊朗民族英雄；然而，他又是一位令人扼腕叹息的悲剧式的典型人物，富于时代的特征。

附 录 古波斯经典神话与传说补遗

（一）琐罗亚斯德教经典神话与传说

1. 隐遁先知降世除恶神话 ①

【**按语**】神主霍尔莫兹德与魔王阿赫里曼约定进行为期九千年的斗争，以决雌雄。这当中，善恶之争的最后三千年无疑是胜负见分晓的最关键时期。进入最后三千年，霍尔莫兹德应不堪忍受折磨的牛精古舒尔万的恳求，选派琐罗亚斯德的灵体下凡，宣示天启，传播正教，以指引黎民百姓弃暗投明，走上抑恶扬善的正途。诸善神最终战胜以阿赫里曼为元凶的众妖魔。

　　作为霍尔莫兹德的使者，琐罗亚斯德寿命再长，也不可能活在世上三千年。根据宗教传统说法，教主琐罗亚斯德曾与妻子赫沃薇同房三次，每次都将精液射到地上，传令天使内力尤桑格奉神主之名，将饱含光和力的先知的精液取走，交给江河女神阿娜希塔保管。精液保存在锡斯坦的卡扬塞湖，计有九万九千九百九十九名善者的灵体负责守护。另据波斯语文献，《〈班达赫申〉详解》，对隐遁先知降世说的神话有比较详细的描写，兹将其梗概记述如下：

　　教主琐罗亚斯德曾向神主霍尔莫兹德探问，在他之后谁将取得教主的职位。神主回答说，当胡希达尔年满三十岁时，他将蒙受我的启示，成为先知。嗣后，琐罗亚斯德动身去伊朗维杰（Iranvij）传教。这期间，他与妻同房三个月。每次房事完

---

① 根据帕拉维语文献《班达赫申》编写。

毕，其妻便起身到康弗塞（Kanfseh，即卡扬塞）湖中洗浴洁身。当地许多居民和部落都皈依并笃信正教。每逢新年和梅赫尔甘节（7月16—21日）到来之际，家长们便督促自家的女孩子去湖中洗浴，并希望她能因此而受孕。因为教主琐罗亚斯德生前曾说过，他的子嗣胡希达尔、胡希达尔·马赫和西亚乌尚斯（Siyaushans，即苏什扬特）的母亲将出自该地的女孩子。于是，久而久之便形成了传统习俗。琐罗亚斯德升天一千年后，按照惯例去湖中洗浴的姑娘中，有个名叫芭德的女孩果然怀上了身孕。九个月后，胡希达尔降生。转瞬间，他已年满三十岁。蒙受神主霍尔莫兹德的启示，成为先知。其时空中的太阳静止不动，十天不落，以晓谕百姓新先知的问世。光阴似箭，日月如梭。胡希达尔统治时期，世上毒蛇猛兽几乎销声匿迹。后来出现一只大恶狼，伤害人畜无以计数，使百姓惶惶然不得安宁。胡希达尔先祭拜神灵，随即率领信众将大恶狼杀死。此后天下太平，再也不见豺狼虎豹的踪影。再后来又出现了个暴雨和大风雪妖魔，名叫马尔科斯，扬言要夺取世界的统治权。他施展魔法，令暴雨和大风雪连降三年，危害人类，破坏世界。三年过去，此妖便随着他带来的灾害一起消失得无影无踪。

教主琐罗亚斯德升天两千年后，有位名叫贝赫·芭德的姑娘在湖中洗浴受孕。九个月过去，胡希达尔·马赫降生。年满三十岁时，他蒙受天启，成为先知。但见空中的太阳静止不动，二十天不落，以晓谕众生另一位新先知问世。胡希达尔·马赫统治初期，世上的毒蛇猛兽几乎已经绝迹。不久出现了一条极其凶残的巨蛇（龙），吞噬人畜无以计数，使得人心惶惶、不得终日。胡希达尔·马赫先祭拜神灵，随即率领民众与巨蛇搏杀，终于除掉这个大祸害。于是整个世界又恢复到原来生机勃勃、欣欣向荣的样子。所有的人都皈依马兹达教。其他宗教一律废止。世上的暴虐、仇恨、贪婪和淫荡等丑恶现象消失殆尽。

黎民百姓安居乐业，过着无忧无虑的美满生活，期待着复兴日（即终审日）的到来。

教主琐罗亚斯德升天后三千年，有位名叫埃蕾达德·芭德的姑娘在湖中洗浴受孕。九个月过去，苏什扬特降生。他三十岁蒙受神启成为先知时，空中的太阳静止不动，三十天不落，以晓谕百姓最后一位隐遁先知问世。在苏什扬特的统治下，所有的人都是马兹达教信徒，齐心协力帮助神主霍尔莫兹德彻底战胜阿赫里曼及其众妖魔。苏什扬特举行祭神大礼，从"乌沙欣·伽赫"（子夜至日出）开始直到"哈万·伽赫"（日出至正午），只见死去的人们逐渐苏醒，活转过来；至落日前的祈祷结束，所有死去的人都复活了，不必再继续晚上的祈祷。这时，整个世界焕然一新，光明而纯洁，没有任何腐朽黑暗的角落。崇奉霍尔莫兹德的人们奔向天国，在那里看到吉夫（Giv）、图斯（Tus）、佩舒坦（Peshutan）、萨姆（Sum）和纳里曼（Nariman）等永恒不死者。

2. 具有非凡神力的灵体神话[1]

【按语】当神主完成开天辟地的创举之后，整个世界（指天国和尘世）一片灿烂辉煌，见不到任何黑暗的角落，也没有白昼和黑夜之分。自然万物如同其在天国的原型一样，各就其位，静止不动，沉浸在安谧的氛围中，唯独人类的众灵体在天国表现得异常活跃。善本原霍尔莫兹德意味深长地向他们发问道："如今我已完成世界的创造，并做好迎战阿赫里曼一切准备。你们又将作何打算呢？是遵从我的意愿，下凡尘世，投入将与阿赫里曼展开的长期斗争，以击败形形色色的妖魔鬼怪，彻底消除世上的暴虐、贪婪和虚伪，然后尽情享受幸福美满的生活呢，

[1] 根据《法尔瓦尔丁·亚什特》编写。

还是想逃避这场与恶魔进行的殊死战斗?"人类的众灵体毅然表示绝不辜负善本原和光明之主霍尔莫兹德的期望,誓与恶魔阿赫曼斗争到底。因为他们知道,只有通过与恶魔鬼怪的坚决斗争,人类才能获得拯救和永生。

这则灵体神话,集中表现在善者的众灵体所具有的非凡神力和特殊功能上。这正是《法尔瓦尔丁·亚什特》所要回答的问题。

该篇第一章第二节吟唱到:

呵,琐罗亚斯德!
得助于闪耀着灵光的众灵体,
我才能架天于高空,
使之放射出光芒,
形成笼罩大地的苍穹。
那众灵体擎起的穹隆,
坚固异常,辽阔无垠,
犹如熠熠发光的熔铁,
闪耀在地面之上的空中。

如果说善本原马兹达是天空、江河、大地、植物、动物及人类创造者和支配者,那么善者的众灵体就是世界万物发生变化和有规律的运动的具体推动者。经典中说,善者的众灵体还遵从马兹达的意愿,使长江、大河流向应去的地方。善者的众灵体还协助神主阿胡拉·马兹达保护宽广的大地,及大地上一切美好的创造物。使滔滔的江河在地面上奔流不息,为保护牲畜、人类和五种动物,以及纯洁的信士和伊朗的国土,辽阔的大地上生长着各种植物。此乃灵体神的第一大特殊功能。

灵体神的第二大特殊功能,就是对人类尤其是对行善积德的正教徒的保护和佑助。

诗中唱道，在灵体神的庇佑下，"女人的肚腹才能把男子的精液储藏"，"妇女才能够怀孕生育"，"妇女分娩时才能够顺利"。人类虽然是神主马兹达创造的，但每个人在母体中的生长发育却有赖于灵体神的佑助。

灵体的神威突出表现在"抑恶扬善"的战场上。信士们强大的灵体，与战无不胜的梅赫尔、拉申、达姆伊什·乌帕玛纳和风神一起，向着异教徒的营垒冲杀过去，歼敌以十计、百计、千计、万计、十万计。诗人热情地颂扬："信士们善良、强大而纯洁的灵体，是最矫健的骑手、最敏捷的先锋、最坚强的后盾，最锐利的武器。"颂诗中特别强调灵体神对笃信正教的善男信女的庇佑：无论是出鞘的利剑，还是投出的狼牙棒。无论是发射的翎箭，还是掷出的石块和标枪，都不能使之受伤。可见灵体正是"主知生死，辅天行化，诛恶行善"的神明。

灵体的第三大特殊功能，表现在其为实现神主阿胡拉·马兹达以抑恶扬善、拯救世人为主旨的终极目的而做出的重大贡献上，颂诗唱道：

我们赞美——
信士们善良、强大而纯洁的灵体，
其中有九万九千九百九十九个灵体，
守护着手持狼牙棒、
长发辫儿的英雄伽尔沙斯布的躯体。

引诗中提到的九万九千九百九十九个善者的灵体，守护着长眠不醒伽尔沙斯布的躯体，为的就是来日让他听从神主马兹达的召唤，在善与恶两大本原的斗争中斩妖除害，戴罪立功，杀死作恶多端的阿日达哈克。在琐罗亚斯德教教徒眼中，伽尔沙斯布是永生不死的伟大英雄，世界末日到来之际，他将协助最后一位隐遁先知苏什扬特，彻底战胜世间的邪恶势力，清除一切罪恶和污垢，还世界以光明纯洁的原貌。

另一首短小而重要的诗写道：

我们赞美——
信士们善良、强大而纯洁的灵体，
其中九万九千九百九十九个灵体，
负责先知琐罗亚斯德精液的守卫。

引诗中提到九万九千九百九十九个善者的灵体，守护着琐罗亚斯德的精液，这无疑是一项意义十分重大的历史使命。它关系到隐遁先知的降生，关系到正教的传承，关系到善与恶两大本原长期斗争的结局，关系到人类的命运和世界的前途，一句话，关系到神主阿胡拉·马兹达的终极目的能否实现。由此可见，"灵体说"完全称得上琐罗亚斯德教的基本教义之一。

古波斯人认为，笃信正教的虔诚教徒去世后，他们的灵体每年都从天国返回尘世一次，来探望死者的遗属。为迎降灵体，祈求福寿，还专门设立了"灵体节"，时间在每年的最后十天（包括"伽萨"日五天）。过节时，人们身着素服，去墓地扫墓献花，在拜火神庙举行宗教仪式，馨香祷祝，以祭奠祖先亡灵，告慰死者的灵体。古波斯的这个传统宗教节日，跟中国的清明节扫墓活动有些类似。兹录《法尔瓦尔丁·亚什特》第31章第157节诗如下：

愿众灵体在这间屋里感到欣慰，
愿他们［为生者］求得奖赏和怜悯。
愿［众灵体］愉快地告别这所房屋，
向神主阿胡拉和六大天神传达
我们纯洁的赞颂和真诚的祷祝。
切不可让［众灵体］愤然离开此处，
远远躲避我们——马兹达的信徒！

3. 人类始祖凯尤玛尔斯的传说 ①

【按语】《法尔瓦尔丁·亚什特》第24章第87节诗云："我们赞美凯马尔斯纯洁的灵体，他最先聆听阿胡拉·马兹达的教诲。雅利安人的始祖凯尤马尔斯，第一个家庭由他亲自建立。"前引《霍尔莫兹德与阿赫里曼》，曾提到凯尤马尔斯是霍尔莫兹德创造的第一个人。他"耳聪目明，口齿伶俐"，"像太阳一样光彩夺目"。当恶魔向光明世界发动进攻时，凯尤马尔斯奋起抵抗，与众妖魔苦战三十年，终因寿限已到，死于众妖魔手下。他的灵魂飞向霍尔莫兹德，立于神主左侧。咽气之前，凯尤马尔斯留下遗言："但愿我死之后，我的子孙后代得以繁衍增殖，过上真诚美好的生活，并彻底清除阿赫里曼及其众妖魔带给尘世的罪恶和灾难！"

根据帕拉维语文献《班达赫申》记载，神主霍尔莫兹德创造的第一个人凯尤马尔斯，在深山老林独居三十年而亡。弥留之际，从他的脊柱里流出精液，经阳光的照射和净化，渗入地下。过了四十年，在梅赫尔月梅赫尔日（即7月16日，时值梅赫尔甘节）从地里长出一株形似大黄的植物，它的两根叶茎紧密地缠绕在一起。此后，这两根叶茎长成一对男女，其形体和面貌非常相似。男的名叫马什亚（Mashya），女的名叫马什亚内（Mashyane）。五十年过后，马什亚和马什亚内结为夫妻，经过九个月生下一对男女；他们又生了七对男女，其中一对男的名叫西亚马克（Siyamak），女的名叫纳萨克（Nasak）；他们又生了一对男女，分别叫作弗拉瓦克（Fravak）和弗拉瓦肯（Fravaken）；他们又生出十五对男女。就这样，一代接一代不断的繁衍增殖，人口越来越多。地面上七个国家不同种族的居

---

① 根据《法尔瓦尔丁·亚什特》和帕拉维语文献《班达赫申》编写。

民，全都是他们的后裔。

4.《虔诚的维拉夫梦游记》①

【按语】约成书于萨珊王朝末期的《阿尔塔伊·维拉夫书》（Artay-viraf-Namak），现存八千八百字，是一篇宗教梦幻故事。作者试图通过对祭司维拉夫梦游天国和地狱的记述，向人们展示光明天国的无限美好和黑暗地狱的阴森可怖，进而达到劝善惩恶、坚定宗教信仰的目的。"维拉夫"是萨珊贵族阶层的专用人名。"阿尔塔"词义为"虔诚的""神圣的"，多用作徽号。故书名可译为《虔诚的维拉夫梦游记》。根据萨珊时期《阿维斯塔》第13卷记载，阿胡拉·马兹达曾向使者琐罗亚斯德显示过天堂和地狱的景象，可见此书或许有所本，但主要反映的还是萨珊王朝末期的社会情况。

《阿尔塔伊·维拉夫书》中说，宗教首领们因见世风日下，百姓对琐罗亚斯德教的教义和信条产生怀疑和动摇，于是决定挑选一名虔诚的祭司，让其灵魂到另外一个世界去周游一番，顺便带回有关天国和地狱的信息，以消除正教徒心头的疑虑，并警告那些口是心非、阳奉阴违的无神论者和怀疑论者。抽签的结果是维拉夫中选。当天夜里，他饮下一杯掺有印度大麻酚浸液的酒，只觉得头重脚轻，昏昏然进入梦乡。此时他的灵魂出窍，飘然升起。在传令天使索鲁什（Srosh）和圣火之神阿扎尔（Azhar）的引导下，维拉夫的灵魂来至烈火熊熊的炼狱，目睹了淫乱男女、骗子手、饶舌妇、伪信者和诽谤之徒等被妖魔鬼怪和毒蛇猛兽折磨得死去活来的惨状。随后，维拉夫的灵魂

---

① 根据帕拉维语文献《阿尔塔伊·维拉夫书》编写。

经过"善思""善言"和"善行"三道关口，进入光辉灿烂的天国，见到笃信正教的善男信女，个个丰姿秀逸，笑逐颜开，享尽天国的清福。七日之后，维拉夫的灵魂附体，从梦中苏醒过来。他当即请人将梦游另一个世界的所见所闻记录下来，以告诫世人好自为之，切莫鬼迷心窍误入歧途，免得来日灵魂遭受痛苦和煎熬。书中有关黑暗地狱的描绘，笔法酷似后来但丁的《神曲》，远比对天国的描述具体而形象。其中尤以妇女犯罪尤为突出。甚至连涂脂抹粉，梳妆打扮，用他人的头发做头饰；说话尖酸刻薄，用语言伤害丈夫和邻居；把丈夫买回来的肉拿给外人吃；出于吝啬和肉欲，不让孩子吃饱或不给孩子喂奶等，全都成了妇女的犯罪而给予惩罚。不难设想当时的妇女地位是多么低下和卑贱。

此书语言通俗，明白晓畅，在民间广为流传，产生了深远影响。伊斯兰时期先后被翻译成波斯文和印度的古杰拉特文。13 世纪下半叶，琐罗亚斯德教祭司巴赫拉姆·帕日杜（Bahram-Pazhdu）将其改写成波斯文诗歌。在鲁斯塔姆·帕舒坦（Rostam-Pashutan）的抄本中附有精美的工笔画插图，活灵活现地描绘出另一个世界的情景，给人留下难以磨灭的印象。

（二）中古波斯文学经典故事

1.《希琳和法尔哈德》①

【按语】《希琳和法尔哈德》的故事，家喻户晓，妇孺皆知，在多位波斯诗人作品中提及。这个故事取材于诗人内扎米的名著《霍斯鲁与希琳》，该书共 13 000 行，讲述萨珊国王霍斯鲁·帕尔维兹（公元 590—627 年在位）与亚美尼亚公主希琳感人肺腑的爱情故事。菲尔多西的史诗《列王纪》曾提到这则民间传说，但内容过于简略。内扎米做了增补润色，成功地塑造了一位情爱甚笃、坚贞不渝的贵族妇女形象。

《希琳和法尔哈德》共分四章，第一章萨珊国王霍斯鲁爱上亚美尼亚公主希琳；第二章希琳在宫殿接见法尔哈德；第三章法尔哈德奉旨进宫，遭到霍斯鲁国王质问；第四章法尔哈德奉命开凿比斯通山。兹将该故事的内容叙述如下。

（1）萨珊国王霍斯鲁爱上亚美尼亚公主希琳

在很久很久以前，亚美尼亚王国有一位王后叫米赫巴努，她统治着这个国家。她有一位花容月貌的侄女，名叫希琳。希琳纯洁貌美，亭亭玉立，举世无双，连童话中的仙女都嫉妒她几分。她是世界上所有国王的梦中情人。蛾眉弯弯似新月，双眸宛如迷人的鹿眼，红艳的嘴唇似玛瑙，黑色的发辫如套索，

---

① 根据内扎米爱情故事诗《霍斯鲁与希琳》编写。

内扎米（1141—1209）

洁白的牙齿似珍珠。希琳是世界上最聪明善良的公主。她口齿伶俐，能说会道，说起话来，声音悦耳动听，令身边的人忘记了干活，只顾侧耳倾听。

话说伊朗国王霍斯鲁·帕尔维兹，有一天外出打猎，无意间在湖边偶然发现了正在洗浴的希琳，宛如天仙展现在眼前，就打心里头爱上了她。希琳竟也神使鬼差地对霍斯鲁产生了好感。此后，霍斯鲁朝思暮想，日夜思念着希琳，曾多次前往亚美尼亚，去希琳宫中做客。天长日久，两个人的感情越来越深，霍斯鲁萌发了向希琳求婚的心愿，但每次都被希琳婉言谢绝了。这让霍斯鲁倍感失望，以至于灰心丧气，只想过平静、安逸的生活，可又身不由己地喟叹："我乃伊朗的王中之王，怎能这样儿女情长？"后在与罗马帝国交好的过程中，结识了罗马公主玛利亚，罗马帝国君主见此，趁机顺水推舟，就把公主许配给霍斯鲁·帕尔维兹。婚后，霍斯鲁·帕尔维兹仍然不忘旧情，暗恋着希琳，对她思念有加。

亚美尼亚王后米赫巴努去世后，希琳继位，执掌王权。有一次，霍斯鲁派他的挚友，曾在中国学习绘画的沙普尔特意去探望希琳。沙普尔走进希琳的宫殿，寒暄过后，便煞有介事地对希琳说："你和霍斯鲁的交情，我早有耳闻。国王陛下近期对你日夜思念，心都要碎了，恨不能与你见上一面。所以特派我来转达他的思念之情。特请女王陛下跟我一起去伊朗，会见霍斯鲁，以了却他的心愿。"

希琳闻听正色言道："你这不是在让我上当受骗吗？霍斯鲁

是伊朗的帝王，我也身为亚美尼亚的君主。既然霍斯鲁不念旧情，已和罗马公主成婚，我还去伊朗干什么？"沙普尔自觉理亏，无言以对，准备离去。不料，这时希琳突然开口言道："请阁下留步，我还有一事相求于你。"沙普尔说："大可不必客气，甘愿为陛下效犬马之劳。"

希琳说："我在山中养着一群牛羊，王宫离山路途遥远。需要的牛羊鲜奶，必经崎岖的山路取回，十分困难，你能不能帮我解决这个难题？"

沙普尔听后，胸有成竹地说："尊贵的陛下，此事好办。我有一个朋友名叫法尔哈德，曾和我一起到过中国学习绘画。尤擅石工和雕塑，想必能帮你解决这个困难。"

希琳闻听，喜形于色，忙不迭地说道："那就快快请你带法尔哈德来见我吧。"

（2）希琳在宫殿接见法尔哈德

法尔哈德独身住在乡下，生活在森林小木屋。平日不修边幅，衣衫褴褛，几乎不与人交往，林中的动物就是他的朋友。但这位身披动物皮毛的奇人，却是位充满智慧的艺术家。他能把一块普通的岩石雕刻成一件精美的艺术品。

法尔哈德白天去山上，随身带回大大小小的石头，晚上坐在火堆旁进行雕刻，再把各式各样的雕塑带到集市上卖掉，以维持生计。

沙普尔来到法尔哈德的小木屋，两人久别相逢，互致问候，热情拥抱，手拉手地坐在篝火旁。沙普尔说："兄弟呀，今日来见，有一件急事相求，你必须帮帮我。"法尔哈德说："你这个大能人，又是伊朗国王的心腹，还有什么难事需要我帮忙？"

沙普尔问道："你可听说亚美尼亚有位绝色天资的女王吗？"法尔哈德回答道："不曾听说过。""这位女王的名字叫希琳，她求我将你带去见她，请你帮忙解决一件难事。""什么难事？请讲。""去了她会亲自告诉你的。"法尔哈德二话没说，拿起他的斧头，就跟沙普尔赶赴亚美尼亚王宫。

他穿着一身动物皮衣，头发蓬乱，满脸污垢，光着脚丫踏进了宫殿的院落。见到法尔哈德这身打扮，朝臣们十分诧异，相互低声嘟囔着："这个男人是谁呀？来这里干什么？"

"这位光着脚的来客真像一只野熊！个子这么高，肩膀这么宽！"

"他的皮肤是褐色的，和我们白色皮肤不一样啊。"

"这个男人怎么还带着一把斧子，难道想要杀人吗？……"

法尔哈德根本不听朝臣们的窃窃私语，径直跟沙普尔登上台阶，阔步进入宫殿大堂。但见大堂尽头，悬挂着巨大的帷幔，女王希琳端坐在帷幔后面。两名侍女搬来一个床榻，请沙普尔和法尔哈德入座。希琳从帷幔背后发话道："法尔哈德呀，愿万能的主赐福于你，聪明睿智的艺术家！你有一双巧夺天工的手，一定能解决我的难题。我想请你开凿一条从大山通向宫殿的沟渠，使山中牛羊的鲜奶源源不断地流至宫殿，供我享饮……法尔哈德呀，你在听吗？想来这件事对你来说，只是举手之劳……法尔哈德呀，你是在听吗？怎么不回答我的问话？……"

此时希琳的话语在法尔哈德的耳边回荡，他奇怪地怔住了，呆若木鸡，不知在想什么。见此，沙普尔用手拍了拍他的肩膀，在他耳边轻声说："女王在问话呢，你怎么发呆了，快点回答呀？"法尔哈德怔怔地盯着沙普尔，点了点头，平静地说："当然可以。"

希琳开心地说："乐师们！奏乐吧！"于是，欢快的乐曲响彻了整个宫殿。

（3）法尔哈德奉旨进宫，遭到霍斯鲁国王质问

一个月以后，法尔哈德凿通了从大山通往宫殿的一条沟渠。消息传来，希琳闻听喜出望外，赶忙前去观看这条沟渠。但见

从大山里倾泻而下的溪流，竟然是白花花的鲜奶。她惊诧不已，叹道："天哪，我看见的是什么？这简直就是天堂里的那条神圣的河啊！"于是她取下自己的耳环，恭敬地递给法尔哈德说："这个耳环是我最珍惜的宝贝，今日特将它奖励给你。请你接受这个礼物吧！"

法尔哈德接过金光耀眼的耳环，端详良久，抬头痴情地望着希琳那饱含深情、光芒闪烁的双眸。仿佛一股热流从心头涌起，激动地反复亲吻了耳环，微笑着郑重其事地将耳环交还给希琳，然后捡起他的斧头，向森林的方向跑去。

法尔哈德和希琳眉目传情的佳话，广泛流传，已经成为亚美尼亚人的口头禅。以至于街头的孩子们都在玩"希琳和法尔哈德"过家家游戏。但是法尔哈德自觉不配承受女王对他的爱，自惭形秽，孤独地在小木屋伤心落泪。

法尔哈德爱上希琳的消息不胫而走，传到了伊朗国王霍斯鲁那儿。恼怒不已的霍斯鲁简直不敢相信也无法忍受这个事实！他怒气冲天地吼道："就连一个贫穷无依的石匠，难道也配向希琳求爱，成为堂堂波斯国王的竞争对手？"他略事沉思，想出一条妙计："还是应该给那个穷小子一笔财富，等他得到钱，想必也就打消对希琳的痴心妄想了。"

霍斯鲁当即下令召法尔哈德前来相见。法尔哈德来到皇宫，霍斯鲁上下打量着他，笑眯眯地说道："年轻人，你是哪里人？"

法尔哈德说："我来自神秘的爱之国都。"群臣闻听此言，前俯后仰，捧腹大笑。霍斯鲁揶揄道："法尔哈德呀，你还真会开玩笑。那好吧，请你说说，在神秘的爱之国都，你都做了什么哪？"法尔哈德若有所思，说出心腹之言："我收获了痛苦，迷失了灵魂。"群臣闻听，再次哈哈大笑。此刻霍斯鲁正严厉色地说："莫非你还真对希琳有爱慕之心？"法尔哈德斩钉截铁地答道："不瞒陛下，我早已把灵魂寄托给希琳啦！"此言一出，群臣大惊失色，颇感意外。霍斯鲁怒不可遏，问道："那你为什么不到希琳的身边去亲近她？"法尔哈德回道："难道从远处观望，月亮不是更明亮吗？"霍斯鲁听罢，火冒三丈，怒气冲冲地将装满金子的钱袋扔给法尔哈德，说道："希琳是我之所爱，今后不允许你再提及她的芳名。"法尔哈德回说："我压根儿也没提过她的尊名呀。"霍斯鲁灵机一动，又心生一计，说道："法尔哈德，你是个有名的石匠，若想在爱情上获得成功，目前摆在面前的，只有一条路：你必须奋力劈开比斯通山，在山中凿通一条生路。到那时你就会如愿以偿了。"法尔哈德毅然接受了霍斯鲁提出的条件，甩开大步，走出宫殿。霍斯鲁诡秘地说："凭他本事再大，料也绝对不可能办成这件事。"

（4）法尔哈德奉命开凿比斯通山

法尔哈德为了早日实现自己爱情的美梦，铆足了劲儿，日复一日、昼夜不停地开凿比斯通山，那劈山的声音响彻了夜空。痴情的法尔哈德特意在山上雕刻出希琳的画像，借以增添自己的勇气和力量！

从远方眺望比斯通山的过路人，一眼就会发现希琳的塑像。他们听说了法尔哈德与希琳相爱的传闻，议论纷纷，口耳相传。消息不翼而飞，传到亚美尼亚的王宫。希琳得悉此事，好生诧异。当她得知原来是霍斯鲁设计陷害法尔哈德，心里焦急不安，特令宫女从意中人开凿的沟渠中打出一碗鲜奶，急急忙忙赶去看望和安慰。

法尔哈德万万没有想到希琳会亲自来见他，激动得说不出话来。他接过牛奶一饮而尽，只觉得浑身热血沸腾、难以自持。

霍斯鲁得知希琳前去比斯通山看望法尔哈德，心中很不是滋味。心想："法尔哈德若日夜劈山不止，很可能真的开出一条山路来，那就糟啦！无论如何，我也绝不能让他得逞。"于是霍斯鲁想出了一条毒计，指派一个心腹侍臣火速赶往比斯通山。侍臣慌里慌张地赶来，哭着跑向法尔哈德。法尔哈德见状，不解地问道："究竟发生了什么事，令你如此悲恸？"侍臣上气不接下气地说："你……你……难道你还不知道吗？"法尔哈德问："快说，你想让我知道什么？"侍臣哭丧着脸说："你真的不知道吗？大事不好啦，可我真不愿意把这个坏消息告诉你。"

法尔哈德问："究竟发生了什么事？快点说吧！"侍臣说："希琳都死了，你还蒙在鼓里吗？"

法尔哈德闻听，如雷贯耳，大惊失色，昏倒在地。苏醒过来，法尔哈德不由得泪如雨下，仰天喟叹："苍天啊，为何我如此命运多舛！世道为何对我如此不公！为什么相爱的人不能随心所愿？亲爱的希琳啊，我的灵魂就要随你而去，在天国相会。"

他毅然决然地举起利斧，猛然朝自己的头上砍去。从此巍峨的比斯通山间，再也听不到凿山的响声。当希琳得悉法尔哈德的死讯，心如刀割，痛不欲生。而阴险狡诈的霍斯鲁国王却在暗自庆幸。

2. 波斯王子胡玛与中国公主胡玛雍

【按语】《波斯王子胡玛与中国公主胡玛雍》是波斯14世纪苏菲派诗人哈珠·克尔曼尼（公元1310—1373年）家喻户晓、妇孺皆知的作品。根据中古波斯诗人哈珠·克尔曼尼叙事诗《胡玛与胡玛雍》编写。哈珠·克尔曼尼公元1310年生于克尔曼，殁于设拉子。童年在家乡度过，成人后游学雷伊、伊斯法罕、阿塞拜疆、大马士革、伊拉克和埃及等地。据说在设拉子逗留期间，与诗人巨擘哈菲兹过从甚密，两人建立深厚友谊。故此赢得"园丁诗人"的美誉。哈珠·克尔曼尼的作品有"伽西代"体颂诗集及"伽扎尔"体抒情诗集，以及仿内扎米风格的叙事诗，《胡玛与胡玛雍》是其中之一，全诗约四千三百行。该诗作于1902年，在孟买印行过一次。兹将胡玛①与胡玛雍②的故事内容简述如下。

很久很久以前，在沙姆③地区，有位出身凯扬王族的贤明国君玛努尚，坐拥名城雷伊④。玛努尚国王治国有方，万事顺遂，唯独膝下无子。因此，日夜祈祷上苍恩赐骄子，能继承王位。一年后，他果真如愿以偿，喜得爱子，视为心肝宝贝。给他取名胡玛。愿他像玛努切赫尔⑤一样漂亮，像古巴德⑥一样英俊。国王将爱子交给保姆精心抚养，保姆把孩子放到金丝锦缎的摇篮里，用鲜奶喂他。孩子成年后，四处拜师求学，学业日渐长进，赢得著名学者的赞许。胡玛还受到严格的训练，武艺超群，十八般武艺样样精通，而且还慷慨大方、乐善好施，深得民众的爱戴。

一天，十五岁的胡玛觐见国王陛下，启奏说："老在练武场习武，感觉心情不爽，敬请父王陛下允许孩儿出城去打猎。"国王说："心肝宝贝呀，有了你，我才觉得星光灿烂；失去你，就连明月也暗淡无光。你若执意外出狩猎，为父就准你出城一天吧！"胡玛闻听，喜不自禁。

次日一早，胡玛王子抖擞精神，跨上宝石镶嵌马鞍的千里马，欣喜若狂地向郊外原野飞奔而去。时值阳春二月，放眼远眺，沃野千里，百花竞放，此时王子心情好不畅快。来至猎场，

① 胡玛，据查胡玛是波斯传说中象征吉祥的神鸟的名字。它的翅膀的影子落在谁的身上，谁就会获得幸福。伊朗航空公司就以"胡玛"命名。
② 胡玛雍，意为幸福、吉祥，传说为中国西域君主国的一位公主。
③ 沙姆，古叙利亚地区，属于伊朗领土。
④ 雷伊，波斯最古老的城市之一，今天属于德黑兰市的第20区。当雅利安人迁徙到伊朗高原时，这座城市就有了。"雷伊"这个词的意思是"国王之城"，城里的居民被称为"神秘的人"。据《阿维斯塔》记载：这座城市为世界上第13大城市，公元前8000年前，就有居民居住，据说最早是琐罗亚斯德教徒的故乡。
⑤ 玛努切赫尔，古波斯传说中庇什达德王朝的著名国王之一。
⑥ 古巴德，古波斯传说中凯扬王朝贤明君主。

忽见前方一阵旋风骤起，出现一头急驶而去的野驴。王子迅即挥鞭催马追赶，远远地抛出套索，那头敏捷的野驴躲闪过去；紧接着王子弯弓射出一箭，未能中的。他又怎肯善罢甘休！于是快马加鞭追上前去。追呀追，追呀追，眼看天色转暗，离猎场越来越远，始终也没有追上。又困又乏的王子也只好无精打采地寻一落身之处，先睡上一觉再说。他很快便昏昏然进入梦境：清晨之际，胡玛王子来到一片青草地，但见四周玫瑰、茉莉花等竞相开放，黄莺和野鸡展翅飞舞。举目远眺，天边隐隐约约显出一座高大巍峨的宫殿和一处漂亮的花园。王子策马疾驰，近前凝神伫立，但见一位如花似玉天仙般的女子从花园中翩翩走来，彬彬有礼地说道："啊，尊贵的客人从何处而来？有何贵干？我们将尽心款待贵客，为您准备住处，在宫中置办酒席，表示欢迎，以尽地主的情谊。"

胡玛王子闻听，喜形于色，但他哪里知道这位美人竟是一位天仙！他兴高采烈地跟随仙女缓步进入宫殿。但见大厅上方一块金匾闪烁，匾框上装饰着漂亮的锦缎，上面写着："尊敬的贵客，请仔细看看金匾上的这幅肖像，画的是气度非凡、端庄秀丽的中国公主胡玛雍！你若有一双慧眼，就不难看出这画上的美人对你情意深长。"胡玛闻听，深感诧异，仔细端详那美女肖像，再三叨念胡玛雍的名字，昏昏然似乎完全陶醉在爱情的醇酒之中。冥冥中耳边霍然响起天使的声音："凡沉浸于真爱的人，虔诚地喜欢意中人，那他就会甘冒万种风险去追寻，哪怕刀山火海也敢闯，哪怕献出生命也心甘情愿。真正钟情就应舍身忘我，舍身忘我才算是情真意切。你若想寻见那心仪之人，就赶快动身，启程去中国吧！"

王子一觉醒来，方知原来是一场黄粱美梦，心中好不懊悔。哪里有什么花园和宫殿？但是，那肖像上美女的姿态，总在他的脑海中盘旋，挥之不去。那天仙的谆谆教诲，启示他真正懂得了若献身爱情，就应不畏舍生忘死，彻底抛弃"我"自身的桎梏。

这日清晨，一队骑兵急匆匆从远处赶来，见王子心绪欠佳，有些郁闷，就一齐跪倒在地，叩拜请安。当得知王子梦中的神奇遭遇，骑兵们颇感惊异。安慰王子说："殿下啊，何必自寻苦恼，为一幅虚无缥缈的画儿忧心。这一定是妖魔作祟，迷住了你的心窍。倘若有邪魔作祟，就该凭理智行事，摆脱困扰。作为王子，你要为父王着想，国王陛下正焦急地等着你回家哩。回家后，还愁国王不能为你在凯扬王族中选一位皎月般的美女吗？"胡玛闻听此言，不合心意，不禁怒从中来，正言厉色地说："勇士们，休得无知妄说！你们怎能理解我痛苦的心情。请你们回去告诉我的母亲，就说她的爱子已经陷入情网，不能自拔，决意不惜一切也要赶赴中国，去寻找他的心上人。还请你们转告父王陛下，不可逆转的命运，使我走向了不归路，说什么也一定要去中国，找到我梦中所见的那个美人。若是天神开恩相助，我将如愿以偿，与她喜结良缘；要是天公不作美，那就自认倒霉。"

言罢，王子抖擞精神，快马加鞭，直奔中国而去。随身跟随的贴身侍卫，名叫贝赫扎德。每走一程，王子就打听去中国的必经之地"突朗"①在何方，每到一站，就探询中国公主的消息。每当太阳从东方升起，王子就不由自主地喟叹："啊，那太阳多像心上人艳丽的面庞啊！"每当黑夜降临，他就暗自喃喃呓语："这漆黑的夜色莫非是心上人编好的发辫？"

一天，胡玛和侍卫两人来到海边，不料遭遇一伙以萨蛮都为首的黑人的攻击。由于势单力薄，他俩招架不住，被黑人俘虏，赶到船上，驶向大海深处。途中，狂风大作，海浪滔天，将那伙歹徒卷入海中。王子和侍从被海浪推送到岸边。他们跪

---

① 突朗，据伊朗《德胡达字典》记载，是位于河中地区以东的一个突厥人国家。再往东就是中国西北边境地区。书中所谓的中国，就是指该地区一个地方君主国。

倒在地，拜谢苍天，庆幸自己死里逃生。

次日一早，只见远远尘埃起处，冲来一队人马。王子怀疑又遇到海盗，不料这队人马的首领走上前来，伏地跪拜，诚恳地开口言道："大人阁下啊，请恩准我们认您做我国的君主吧！我们的国家繁荣昌盛，兵强马壮，威震东方。令人可悲的是，我们敬爱的国王陛下，在这次打猎中，不幸翻身落马，命归黄泉。依据我国传统法律，当国王意外驾崩之时，国务大臣就要按规定奔向郊外，最先看到的人，就将被拥立为我们的国王。而您恰好就是我们所遇到的第一个人，这正是天意的安排，岂能违背？"

胡玛王子随着这一队人马进了京城，受到迎宾队伍的热烈欢迎。众将官见胡玛王子生得英俊潇洒、气宇轩昂，不愧是理想的国王人选。他们迎上前去，为胡玛戴上国王的桂冠，向他抛洒五彩缤纷的鲜花。胡玛黄袍加身，登上王位，任命侍从贝赫扎德为宰相。

胡玛虽然身为国王，内政外交大事缠身，但总也忘不掉胡玛雍，朝思暮想地惦念她。一天夜里，胡玛做梦走进一座天堂中的花园，忽见一位仙女款款而来，身旁有两名腰系金丝彩带的侍女伺候。此时隐约听到有人说："快看啊，中国公主胡玛雍来了。"胡玛闻听胡玛雍的名字，立刻翻身起床，忙不迭地迎上前去，伏身下拜，以讨好的口吻说："我梦寐以求的可心人啊，我多么想拥抱你，亲吻你的朱唇。是你那粗黑闪亮的发辫，将我从遥远的西方牵引到你的身边。"

胡玛雍闻听此言，又惊又喜，煞有介事地言道："你高踞于王位之上，还奢谈什么爱情。要是你真有一颗为爱情献身的心，那就应该放弃王位。"

听罢这番话，胡玛不觉大叫一声，从睡梦中惊醒，鬼使神差，三步并作两步，跌跌撞撞地冲出宫廷，跨上骏马，朝着中国方向急驰而去。

翌日早晨，他们赶到一处驿站，巧遇一支商队，与商队年迈的领队攀谈起来。老人家言道："我名叫萨德，这次率队经商，是为中国君主采购物品。听说前面有座扎林古堡，堡内有个杀人越货的妖精，可恶至极，你可要当心啊！"胡玛闻听此言，毅然决然地应道："待我前去会会这个妖精，以我摩西①般的本领，莫非还拿不下这个妖精吗！"

胡玛说完，径直跨上高头大马，斗志昂扬，直奔古堡。但见古堡门前妖气弥漫，四周火光漫天，直冲云霄。胡玛明白这是妖怪在作法，便无所畏惧地冲向火海。赶至一道篱笆前，将妖怪让德置于死地。此时猛然听到一声巨响，古堡大门敞开。胡玛冲进古堡，在金碧辉煌的大厅角落里，看到一位被囚的漂亮姑娘。她的辫子被拴在一个黄金宝座的腿上。一打听，才知道她是中国公主胡玛雍的姐姐白莉泽。胡玛急忙上前为她解开绳索，好言相劝，说话间问起胡玛雍的近况如何，并讲述自己多次曾在梦中与她相会，巴不得能早日梦境成真！白莉泽答应尽力相助，成全这桩美事。

胡玛命令贝赫扎德汇集商队一干人等，赶来成群骆驼，打开妖怪的宝库，载满金银珠宝、绫罗绸缎，启程上路，直奔中国。

得悉女儿白莉泽获救回宫的喜讯，中国皇帝喜出望外，又得知胡玛王子此次跋山涉水、千里迢迢前来，是为了向他的爱女求婚。国王暗自寻思，两国联姻，确是一件好事，只是心里还舍不得女儿远离故土，出嫁他国。

这时白莉泽公主就像从井里逃生的优素福②一样，欢天喜地地径直来到花园，与妹妹胡玛雍相见，把遭妖怪的劫难及胡玛相救的经过，眉飞色舞地从头至尾诉说了一遍，尤其对胡玛王子赞

① 摩西，公元前13世纪犹太人的民族领袖，史学界认为他是犹太教的创始者。在犹太教、基督教、伊斯兰教和巴哈伊信仰等宗教里都被认为是极为重要的先知。
② 从井里逃生的优素福的故事见《古兰经》第十二章。

不绝口，说胡玛为人品德高尚，相貌英俊，气度不凡。姐姐还要告诉你一个好消息，王子说了，他梦中还曾见过你哪，被你的姿色所打动，你呀，简直成了他的梦中情人了。他千里迢迢、日夜兼程，就是想尽快与你相会，喜结良缘。听姐姐这么说，胡玛雍不觉喜从中来，面带羞涩，有了与胡玛相见的念头。

且说商队领队老人萨德与胡玛王子一起觐见国王陛下，国王厚礼相待，宾主谈笑风生，入席而坐。此时悦耳动听的音乐响起，一队婀娜多姿的舞姬莲步而出，飘然而至，进行了赏心悦目的表演。席间觥筹交错，言谈甚欢。酒过三巡，微醉的胡玛忍不住向国王示意求见胡玛雍公主，并提出早日成亲，喜结良缘的心愿。国王奉劝胡玛好事多磨，此桩美事待来日再议。

宴会后，胡玛转到后花园散步，无意间信步走进一座式样别致的宫殿，恍惚看到一位绝美佳人，不禁失神入迷，认定她就是朝思暮想的心上人胡玛雍公主。此时，宫中传出美妙的音乐，胡玛神不知鬼不觉地溜进宫殿，只见胡玛雍坐在镶金的宝座上，和着悠扬的琴声，发自肺腑地唱着：

啊，意念中的情人你在何方？
怎的竟如此惹得奴家朝思暮想。
你呀你这个冤家何时来相会？
让我们欢聚在一起诉说衷肠。
你犹如这宫殿内闪亮的红烛，
竟将我们的心儿也照得通亮。

胡玛雍的歌声，令胡玛王子震撼不已，下意识地吟唱道："啊，你意念中的情人远在天边，近在眼前。你何不赏脸出来与我相见？"

胡玛雍公主觉察到宫外有动静，便起身缓步走出宫殿，见到来人似曾相识，认出他就是自己的心上人。胡玛王子忙不迭地迎上前去，满含热泪，跪倒在地，亲吻她的手。激动不已的

胡玛雍公主忙扶他起身，拉着他的手相拥走进宫去……

有道是，天公作美，有缘千里来相会，有情人终成眷属。喜见伊朗胡玛王子与中国公主胡玛雍缔结良缘，相敬如宾，相亲相爱，共度美满幸福的生活。这段中国和伊朗联姻的佳话，世代相传，成为丝绸之路上两国友好交往、源远流长的明证。